KB058899

개가 있는
계절

犬がいた季節

이부키 유키
이희정 옮김

소미미디어
Somy Media

차례

제1화
밀려오는 파도 소리

─

쇼와 63년도 졸업생

쇼와 63년(1988) 4월~헤이세이 원년(1989) 3월

시로, 시로라고 부르는 목소리에 꼬리를 흔들어 답하면 언제나 머리를 쓰다듬어주었다. 커다란 손일 때도 있고 작은 손일 때도 있었다.

좋아하는 음식은 우유와 작은 손이 주는 빵.

날마다 저녁이면 작은 손이 빵을 우유에 적셔 먹여주었다.

오늘도 그걸 기대하며 잠자고 있는데 갑자기 주변이 캄캄해졌다.

불안해서 짖어보았지만 아무런 반응도 없었다. 그러더니 몸이 한참이나 흔들리고 나서 정신을 차리자 이번에는 눈부신 빛속에 있었다.

"미안해, 시로. 역시 우리 집에선 널 못 키울 것 같아."

처음 맡아보는 낯선 냄새와 바람에 몸이 떨렸다. 그래도 익숙한 목소리에 용기를 내어 평소처럼 꼬리를 흔들었다.

"너무 원망하지 마. 넌 똑똑하니까 혼자서도 안전한 데로 갈 수 있을 거야. 좋은 사람 만나서 키워달라고 해. 알았지, 시로?"

시로라고 불러줘서 또 꼬리를 흔들었다. 달려가는 그 사람을 따라가자 "안 돼, 저리 가" 하는 목소리가 들렸다.

"따라오지 마! 넌 이제 자유야, 자! 이거 줄게! 물어와!"

던져준 공을 쫓아갔다. 공을 물고 돌아오면 다들 언제나 기뻐해준다. 필사적으로 쫓아가 공을 물었다.

돌아봤지만 아무도 없었다. 주변을 이리저리 달려보았지만 익숙한 냄새조차 나지 않았다.

땅바닥에 코를 박고 냄새를 맡으며 걸어가는데 요란한 소리가 났다. 눈앞에서 수많은 검은 바퀴가 무시무시한 기세로 굴러갔다.

그 소리가 사라지고 무수한 검은 바퀴가 움직임을 멈춘 순간 정신없이 달렸다. 하지만 아무리 달려도 원하는 냄새와 목소리는 찾지 못했다.

걷다 지쳐 비틀거리는데 몸이 허공으로 떠올랐다.

"아이고, 위험하잖아. 이 개가 선로로 들어가려고 했어."

"강아지야? 강아지라기엔 조금 큰가?"

여자가 턱 밑을 긁어주었다. 그 손길이 부드러워 꼬리를 살짝 흔들었다.

"아, 여기 하치고구나. 마침 잘됐다. 여기다 넣어두자."

"확실히 안전하긴 하겠네."

땅에 내려주자 수많은 사람의 냄새가 났다. 그 속에서 희미하게 그리운 냄새가 났다. 안쪽으로 들어갈수록 그 냄새는 점점 짙어졌다.

'빵 냄새가 나……'

*

영어와 수학 성적은 나쁘지 않다. 다른 과목도 조금만 더 노력하면 한 단계 높은 대학을 노려볼 수 있다.

담임선생님은 그렇게 말했다.

다만 그 '조금만 더 노력하면'이 잘 안 된다. 교복 스커트의 주름을 내려다보며 시오미 유카는 생각했다.

여름방학 전에는 못하는 과목을 극복하기 위한 계획표를 짰다. 방학 기간인 약 40일간을 열흘씩 네 단계로 나누고 기초 다지기, 복습, 응용력 키우기, 총정리로 구성한 그 표는 자기가 봐도 감탄이 절로 나올 만큼 훌륭했다.

하지만 예정은 어디까지나 예정일 뿐이다. 세상 일이 계획대로 흘러가지는 않는다.

사흘째까지는 계획대로 할 수 있었다. 나흘째에 늦잠을 자는 바람에 그날은 빈둥빈둥 시간을 보내고 말았다. 닷새째에 밀린 공부를 만회하려고 했지만 그럴 기분이 나지 않았다.

엿새째 저녁, 부엌에서 아이스크림을 먹으며 멍하니 앉아 있었더니 할머니가 공부할 게 아니면 가게 일이나 도우라고 잔소리를 했다.

그래서 집 1층에 있는 빵집 일을 거들었는데, 그날만 도우려던 게 어쩌다 보니 여름방학 내내 할머니 대신 저녁부터 계산대에 앉아 있게 되었다. 계획은 계속 밀렸고 여름방학이 끝난 지금 숙제를 빼면 해낸 일이라고는 완벽한 계획표를 짠 것뿐이었다.

아니, 그렇지 않다. 가게 일 때문이 아니다.

집안일을 돕는다는 핑계로 공부에서 도망쳤던 것이다.

왜 도망 다녔을까. 스스로에게 물어보고 있는데 선생님의 목소리가 들렸다.

"야, 시오미. 제대로 듣고 있어?"

"듣고 있어요. ……괜찮아요, 선생님. 저는 많은 걸 바라진 않거든요. 집에서 다닐 수 있고 무난히 들어갈 수 있는 대학이면 충분해요."

"너는 욕심이 없구나."

담임이 입시학원에서 주최하는 전국 통일 모의고사 성적표를 내밀었다.

"그럼 지망 대학은 이대로 유지하자. 마음이 바뀌면 언제든지 얘기하고."

교무실을 나온 유카는 성적표를 보았다.

교내 등수 98등. 전국 등수는 볼 마음도 들지 않았다.

미에현 욧카이치시, 긴테쓰* 도미다야마역 옆. 여덟 방향으로 빛이 퍼져나가는 팔망성이 학교 휘장인 하치료 고등학교, 통칭 '하치고'는 현 내에서 손꼽히는 진학고다. 학군 내에 있는 50여 중학교에서 상위 성적을 올리는 학생 대다수가 하치고로 모여든다. 그리고 대부분 입학과 동시에 깨닫는다.

세상에는 뛰는 놈 위에 나는 놈이 있다. 비슷하게 좋은 성적을 내는 학생들 사이에서 나는 생각했던 만큼 우수하지도 특별하지도 않다. 오히려 평범하다.

유카는 성적표를 작게 접어 스커트 호주머니에 찔러 넣었다.

대학 입시는 지망하는 학교의 지명도와 표준 점수가 올라갈수록 전국에서 우수한 수험생이 모여 치열하게 경쟁한다. 그런 격전에서 이기기란 불가능에 가깝다. 설령 입학한다 하더라도 고등학교에서 겪은 것 이상으로 자신의 평범함에 절망할 것이다. 그러니 이대로도 충분하다. 실패할까 두렵다. 더는 아무것도 아닌 스스로에게 절망하고 싶지 않았다.

발돋움을 하려고 애쓰지는 않을 것이다. 어깨에 힘을 빼고 나답게 있을 수 있는 곳이 좋다.

유카는 쇄골에 걸리는 머리카락을 고무줄로 묶으며 미술부실로 향했다.

여름방학 전까지 부장을 맡았던 미술부에서는 요즘 체육대

***

* 긴키일본철도.

회에 쓸 간판을 만들고 있다. 하지만 미술부라고 해도 이 부에 미술이 특기인 학생은 거의 없다.

하치고 학생은 모두 방과 후 동아리 활동을 의무적으로 해야 하는데 미술부는 활동이 느슨하다. 체육제와 문화제 때 간판을 만드는 작업 외에는 1년에 작품을 하나 완성하거나 나고야에서 열리는 미술전을 관람하고 보고서만 쓰면 된다. 그것도 원고지 두 장이면 충분하므로 유카를 포함해 대부분이 보고서파라 방과 후에는 곧장 집으로 돌아간다. 이른바 귀가부다.

하지만 그중에도 열심히 작품 활동에 힘쓰는 부원이 극소수 있다.

미술계 대학을 지망하거나, 그림이나 일러스트를 좋아하는 학생들이다. 그들은 저마다 부실에서 마음에 드는 곳을 정해 자리를 잡고 그림을 그린다.

유카는 옛날에는 교사로 썼다던 단층 목조건물인 동아리동으로 들어가 가장 안쪽에 있는 교실 앞에 섰다.

"야, 고시로."

성량이 풍부한 남자의 목소리가 울려나왔다. 미술 교사이자 미술부 고문이기도 한 이가라시 사토시의 목소리였다.

이가라시는 바리톤의 미성에 풍채가 좋고 수염을 기른 외모 때문에 음악 선생님으로 오해받기도 하지만, 교직 생활을 하면서 2년에 한 번씩 시내 갤러리에서 개인전을 여는 현역 유화 화가다.

이게 무슨 일이래, 하고 이가라시의 쾌활한 목소리가 들렸다.

"고시로, 너 어쩌다 이렇게 조그매졌니?"

"손! 오, 손도 할 수 있네. 엎드려! 와, 엎드려도 할 줄 알잖아."

"고시로 선배, 역시 능력 있는 남자야."

신이 난 목소리에 유카는 고개를 갸웃했다.

고시로, 즉 하야세 고시로는 도쿄의 미대를 지망하는 말수 적은 동급생이다. 부실에 있을 때는 언제나 가까이 다가가기도 힘들 만큼 진지하게 그림만 그리는데, 사람들과 어울려 장난을 치다니 별일이었다.

그는 중학교 3학년 2학기에 유카네 집 근처로 이사 왔다. 집에서 가까운 역이 같기 때문에 등하교 시에 곧잘 마주치지만 그런 유카조차 그와 친근하게 이야기를 나눠본 적은 없었다.

유카는 가볍게 헛기침을 하고 부실로 들어갔다.

"다들 왜 이렇게 시끄러워? 복도까지 목소리가 다 들리잖아. 특히 선생님요."

"너무 혼내지 마."

이가라시가 겸연쩍게 웃고 유카를 손짓해서 불렀다.

"너도 와서 봐봐. 깜짝 놀랄걸."

"저는 간판 만드는 걸 도우러 온 건데……, 어? 개가 있네?"

이가라시에게 다가가자 하야세 고시로의 자리에 하얀 개가 있었다. 아직 어린 개는 어째서인지 온몸에 모래가 묻어 있었다.

"이 개는 뭐예요? 선생님네 개예요?"

"내 개는 아니야. 나도 후지와라가 불러서 와본 거야."

"부실에 왔더니 고시로의 자리에 이 녀석이 오도카니 앉아 있잖아."

체커스*의 후지이 후미야처럼 앞머리를 길게 기른 후지와라 다카시는 학생회장으로, 학생회 임원을 3기 내내 맡아온 학생이다. 싹싹한 데다 성적도 좋고, 누구와도 스스럼없이 대화하는 그는 남녀 사이에 거의 교류가 없는 이 학교에서는 매우 두드러지는 존재다.

후지와라가 하얀 개 앞으로 몸을 숙여 머리를 쓰다듬었다.

"시오미도 한번 불러봐. 이 녀석, 고시로라고 부르면 꼬리를 흔들어."

시험 삼아 "고시로" 하고 부르자 꼬리를 흔들며 유카의 손을 핥았다. 복슬복슬한 하얀 털과 늘어진 귀가 사랑스러웠다.

"진짜네. 꼬리를 엄청 흔들잖아. 누구네 집 아이지?"

"그걸 모르겠다니까. 그치, 다카나시?"

후지와라의 말에 미술부의 새 부장, 다카나시 료가 끄덕였다. 다카나시는 눈이 동글동글한 학생으로 그림을 그리는 것보다 미술사에 관심이 있는지 부실에서 늘 화집이나 역사책을 펼치고 있었다.

"우리도 어떻게 해야 좋을지 모르겠더라고요. 일단 의논하려

---

* 1983년부터 1992년까지 활동한 일본의 7인조 보이밴드.

개가 있는 계절

고 이가라시 선생님을 모셔왔어요."

"나라고 뭐 뾰족한 수가 있겠냐마는."

이가라시가 하얀 개를 안아 올려 등을 쓰다듬었다.

"나도 개에 대해서는 잘 모르거든. 관리인인 구라하시 씨한테
도 연락을 했는데 좀처럼 안 오시네."

"늦어서 죄송합니다."

기품 있는 목소리와 함께 회색 작업복을 입은 구라하시가 나
타났다. 깔끔한 백발의 구라하시는 목소리와 행동이 부드러운
사람으로, 이가라시와 사이가 좋았다.

"죄송해요, 이가라시 선생님. 전구를 가는 데 시간이 좀 걸려
서요."

이가라시가 안고 있는 개를 본 구라하시의 눈이 가늘어졌다.

"이 녀석이 그 개군요. 귀여운 친구네요. 어디 보자……, 수컷
이고요. 푸들과 닥스훈트가 좀 섞인 것 같네요."

"믹스견이라는 뜻인가요?"

"아마도요. 자, 꼬마야. 입 좀 벌려볼까?"

구라하시가 윗턱을 누르자 개는 얌전히 입을 벌렸다.

"거부하지 않고 입을 벌리는 걸 보니 어느 정도 훈련도 받았
네요. 강아지에서 벗어나서 슬슬 성견으로 넘어가는 시기고요."

"누가 기르던 개구나. 길을 잃고 여기까지 온 걸까?"

"아니면 버려졌을지도요."

구라하시가 개의 입에서 손을 뗐다.

"왜 이렇게 모래투성이인지는 모르지만 당분간 보호해주는 게 좋을지도 몰라요."

"그럼 주인을 찾아줄까? 전단지라도 만들어보자."

이가라시가 좋아, 하고 끄덕이고선 큰 소리로 말했다.

"누가 포스터 좀 그려봐. '털이 하얗고 복슬복슬한 개를 하치고에서 보호하고 있습니다'라고."

네에? 하고 꺼리는 목소리가 부원들 사이에서 쏟아져 나왔다.

"왜들 그래? 너희도 일단 미술부잖아. 사야카, 네가 그려라."

"네? 제가요?"

1학년 아카이 사야카가 불안한 표정을 지었다.

"의인화한 강아지라면 그릴 수 있지만 본격적인 개는 좀 힘든데……."

"본격적인 개는 또 뭐야? 괜찮으니까 한번 그려봐."

못 그려요, 하고 아카이가 옆에 있는 남학생에게로 눈길을 돌렸다.

"사사야마는 미술 교사 지망이잖아? 사사야마가 그려."

"아니, 그게……."

사사야마가 이가라시를 흘긋대며 머뭇거렸다.

"너무 어려워 보여서 얼마 전에 지망을 바꿨어. 나는 국어 선생님 되려고."

잠깐만, 하고 이가라시가 개를 마루에 내려놓았다.

"너 인마, 국어 선생님도 얼마나 어려운데."

"여름방학 때 미대 입시학원에 한번 가봤는데요, 아 진짜, 완전 잘하는 애들 천지더라고요. 고시로 선배가 우글우글 모여 있는 느낌?"

어우 오싹해, 하고 터져 나온 목소리에 "그치?" 하고 사사야마가 대답했다.

"미대 지망한다고 말하고 다닌 게 부끄럽더라니까."

"선생님, 글만 쓰면 안 될까요?"

유카는 부실 선반에 있는 도화지를 꺼내 마커로 '미아견'이라고 큼지막하게 썼다.

"여기에 '우츠룬데스*'로 사진을 찍어서 붙여요."

"대충 갈겨쓴 그 글씨는 또 뭐냐?"

이가라시가 한숨을 푹 내쉬고 손으로 이마를 짚었다.

"하다못해 레터링이라도 하든가. 다시 한번 말하지만 여긴 미술부라고. 게다가 시오미, 너는 부장이었잖아."

"제비뽑기로 걸린 부장한테 그런 걸 기대하시면 안 되죠……."

선생님, 하고 누가 말했다. 몇 번밖에 본 적 없는, 안경 쓴 1학년 남자 부원이었다.

"시오미 전 부장이 그린 포스터는 우리 학교의 수치예요. 간판 만들 때도 시오미 선배는 전혀 도움이 안 된다고요."

---

* 일회용 필름 카메라의 상표명.

"그럼 네가 그리든가. 애당초 내 선택 과목은 음악이라고."

"제가 그려도 상관은 없어요."

1학년이 이쪽을 흘긋흘긋 보며 말했다.

"레터링은 자신 있거든요. 하지만 시간이 걸려요. 개 포스터를 그릴 시간이 있으면 영어 단어 하나라도 더 외우는 게 낫잖아요."

이가라시가 또 한숨을 내쉬고 고개를 가로저었다.

"됐으니까 누가 '강아지 찾아가세요' 하고 포스터 좀 쓱쓱 그려봐라."

누구인지는 모르지만 소곤거리는 목소리가 들렸다.

'선생님이 그리는 게 빠르지 않아?'

'완벽하잖아!'

"너희하고는 말을 못하겠다. 고시로, 고시로는 어디 갔어?"

이가라시의 발밑에서 개가 꼬리를 흔들었다.

"너 말고 인간 고시로 말이야. 어제도 수업에 안 들어왔던데, 무슨 일 있어?"

"걔네 할아버지가 저승 문⋯⋯."

아차, 하고 후지와라가 황급히 앞머리를 쓸어 올렸다.

"용태가 안 좋아지셔서 병원에 가 있대요."

"그건 몰랐네."

이가라시의 표정이 어두워지며 목소리가 가라앉았다.

꼬리를 흔들던 개가 갑자기 움찔움찔하며 주변을 두리번거

개가 있는 계절

리다 몸을 웅크렸다. 어쩐지 겁에 질린 모습에 유카는 개를 안아 올렸다.

개가 몸을 기대오자 가만히 등을 쓸어주었다.

떨고 있는지 손바닥에 가느다란 진동이 전해져왔다.

딱한 것, 하고 구라하시가 개의 머리를 쓰다듬었다.

"애가 긴장했네요. 빨리 주인에게 돌려보내야 할 텐데."

이가라시가 다시 한숨을 내쉬고 머리를 긁적였다.

"하는 수 없지. 일단 내가 워드프로세서로 전단지를 만들 테니 그거라도 붙여보자."

선생님이 직접 그리지 않고요? 하고 여학생이 말했다.

"시끄러워. 지난주에 새로 샀단 말이야. 이참에 좀 써보자."

이가라시는 개가 지낼 만한 곳을 만들라고 지시하고 부실을 나갔다.

고시로라고 부르면 꼬리를 흔드는 하얀 개는 미술부실 구석에 케이지를 설치하고 보호하기로 했다.

그로부터 1주일 동안 미술부 학생들은 분담해서 주변 시설이나 상점에 미아견 포스터를 붙였다. 하지만 주인은 나타나지 않았다.

열흘째에 접어든 월요일, 교장이 일단 개 보호를 끝내고 주인을 찾을 때까지 맡아줄 사람을 찾아보라고 했다. 그래서 이번에는 맡아줄 사람을 교내에서 모집했지만 아무도 나서지 않았다.

9월 말의 방과 후, 유카는 긴테쓰 나고야선을 탔다가 욧카이치역에서 유노야마선으로 갈아타고 집으로 돌아왔다.

욧카이치시는 동쪽으로는 이세만, 서쪽으로는 스즈카산맥 기슭까지 펼쳐져 있어, 동서로 폭이 넓다. 연안 구역은 예로부터 도카이도의 역참 마을로 번영해왔다.

쇼와 30년대*에 일본 최초로 석유 산업단지가 유치되었고, 그것을 시작으로 매립지에 제2, 제3의 산업단지가 차례차례 건설되었다. 고도 성장기에는 대기오염이 발생했지만 20년 넘는 노력의 결과 쇼와 63년(1988년)인 지금은 공기가 깨끗해졌다.

동쪽 도시부에 비해 유노야마선이 뻗어 있는 서쪽 지역은 논과 동산이 펼쳐진 목가적인 곳이다. 종점인 유노야마온센역은 고자이쇼다케산 기슭에 있다. 그 산기슭에 펼쳐진 드넓은 구릉지는 오랫동안 나고야로 출퇴근하는 사람들의 베드타운으로 개발되어왔다.

유카는 다카쓰노역에서 전철을 내려 황금빛으로 물든 논 사이를 천천히 걸었다.

할아버지가 세운 '시오미 빵 공방'은 잇쇼부키산이라고 불리는 동산 기슭, 고속도로를 따라 펼쳐진 논 지대에 있다.

그래서인지 빵집이 접해 있는 이 외길은 포장은 되어 있지만 차량 통행량이 적다. 외길 동쪽에는 중학교, 서쪽에는 고가 고

---

* 1955년~1964년.

개가 있는 계절

속도로가 있고, 그 밑을 지나서 더 가면 대규모 주택가가 펼쳐져 있다.

집으로 돌아오자 매장 쪽에서 할머니의 목소리가 들려왔다.

"유카, 돌아왔니?"

공방과 자택을 잇는 문에서 하얀 블라우스에 다갈색 앞치마를 두른 할머니가 고개를 내밀었다.

"왜 이렇게 늦었어?"

"미안. 전철을 하나 놓쳤어."

"어서 서둘러라. 이젠 동아리 활동도 안 하잖아?"

동아리 활동이 없는 것은 수험 공부를 해야 하기 때문이다. 하지만 여름방학부터 저녁에 가게를 보기 시작한 게, 좀처럼 파트타임 직원을 구하지 못해 아직도 계속되고 있다.

"옷 갈아입고 바로 내려갈게. 할머니는 그만 들어와도 돼."

유카는 3층 자기 방에서 가게 유니폼을 갈아입고 도화지와 펜을 들고 1층으로 내려갔다.

계단 옆의 공방을 들여다보자 아버지가 등을 구부정하게 숙이고 스포츠신문을 보고 있었다.

동트기 전부터 일을 시작하는 제빵사인 할아버지와 아버지는 저녁 이 시간 즈음에야 일이 끝난다. 두 사람을 보조하는 할머니도 아침 시작이 이르기 때문에 저녁에는 언제나 지쳐서 기분이 언짢다.

가게에 들어가자 파트타임 직원인 아이바 시즈코가 손님을 배웅하는 참이었다.

"아이바 언니, 혼자 일하게 해서 미안해요."

아이바는 괜찮아, 라며 흘러내린 은테 안경을 고쳐 썼다.

"그보다 유카도 수험 공부하느라 많이 힘들지?"

"빨리 사람이 구해지면 좋겠지만. 그래도 전 언니 덕분에 살았어요."

근처 주택가에 사는 아이바는 중학생 아들이 돌아오는 4시에는 집에 가고 싶다고 해서 지금까지는 3시에 파트타임을 마쳤다. 하지만 일손이 너무 없어서 이번 달부터는 주 3일, 5시까지 근무 시간을 연장해주었다.

"응원하고 있어. 자, 앉아."

아이바가 계산대 옆 테이블에 의자를 놔주었다.

아이바는 올해 고등학교 입시를 치르는 아들이 하치고를 희망하기 때문에 늘 유카에게 잘해준다. 할머니와 있을 때는 절대 안 되지만 아이바와 일할 때는 손님이 없을 때 참고서를 펼칠 수도 있다.

"고마워요. 하지만 오늘은 포스터를 그려도 될까요? 개를 키워줄 사람을 찾아야 하거든요. ……맞다, 언니, 강아지 안 기르실래요?"

"아들은 키우고 싶어 했는데 남편이 동물을 싫어해서."

"그렇구나. 우리 집도 할머니가 싫어하세요. 음식 장사를 하는 집에서 짐승을 키우다니 말도 안 된대요."

개가 있는 계절

"털이나 냄새가 신경 쓰여서 그러시나 보네."

매장에서 흐르는 라디오에서 파워풀한 여가수의 노랫소리가 흘러나왔다. 하마다 마리의 'Heart and Soul'이다.

영어로 얼을 뜻하는 단어 Soul에 한국의 수도 이름인 서울-Seoul 의 의미를 담은 제목의 노래는 17일부터 시작된 서울 올림픽의 NHK 중계 테마곡이다.

싱크로나이즈드스위밍 해설을 들으며 유카는 도화지에 '강 아지 가족 구함'이라고 펜으로 큼지막하게 썼다.

한참을 쳐다보다 연필로 개를 그려보았다.

진지하게 그렸는데 개도 아니고 여우도 아니고 고양이도 아 닌 생물이 그려져 있었다.

한숨을 내쉬었을 때 멀리서 울음소리 같은 것이 들렸다.

"언니, 뭔가 우는 소리 안 들려요?"

아이바가 라디오 볼륨을 낮추고 귓가에 손을 댔다.

"아무 소리도 안 들리는데……."

"또 원숭이가 내려왔나?"

공전의 호황기가 도래하면서 스즈카산맥 기슭에는 골프장이 우후죽순으로 들어섰다. 그래서인지 최근 들어 산에서 터를 잃 은 원숭이가 마을로 내려왔다.

라디오에서 큰 환호성이 끓어올랐다. 그 함성 사이로 또 무슨 소리가 들렸다.

어린아이의 울음소리 같기도 해서 유카는 창문을 열었다.

붉게 물든 저녁놀 속에서 벼 이삭이 한들거렸다. 그 너머의 길에 작은 무언가가 웅크리고 있었다.

"앗, 아이바 언니, 저기 어린애 아니에요?"

어린애? 하고 되물으며 아이바가 흘러내린 안경을 올렸다.

"어머, 그런가 본데. 세상에, 무슨 일이래? 울고 있나?"

"내가 다녀올게요."

가게를 나와 달려가자 외길 끝에서 어린아이가 얼굴을 파묻고 있었다. 옆에는 작은 자전거가 넘어져 있었다.

"얘, 왜 그래? 자전거 타다 넘어졌어?"

유치원생이나 초등학교 1학년 정도로 보이는 어린 남자애가 눈물을 훔쳤다.

유카는 무릎을 꿇고 아이와 눈높이를 맞추었다.

"괜찮아? 아팠지?"

남자애는 눈물을 닦던 손을 멈추고 유카의 얼굴을 말똥말똥 쳐다보았다.

수상하다는 듯 보는 표정에 유카는 황급히 등 뒤의 가게를 가리켰다.

"누나는 저기 있는 빵집 딸이야. 치료해줄 테니까 가자. 집은 어디니?"

"괜⋯⋯ 찮아."

아이는 고개를 가로저으며 일어서려다 비틀거렸다.

유카는 그런 아이의 앞에 앉아 등을 내밀었다.

"좋아, 누나가 업어줄게."

돌아보고 "응?" 하고 웃어 보이자 아이는 일어났다.

걷기 시작하는 아이 옆에서 유카도 나란히 걸음을 옮겼다. 아이가 올려다보기에 손을 내밀었더니 작은 손이 단단히 움켜쥐었다.

무서워서 그런다는 생각에 유카도 그 손을 단단히 맞잡았다.

가게로 들어가자 아이바는 손님 응대를 하는 중이었지만 계산대 옆에 구급상자가 나와 있었다. 유카는 아이를 계산대 옆의자에 앉히고 무릎의 상처를 소독했다.

반창고를 집으려고 일어나자 아이와 눈이 마주쳤다.

"괜찮아?"

아이가 물끄러미 자신을 보더니 옆으로 고개를 돌렸다. 그 눈이 이번에는 테이블 위에 있는 도화지로 쏠렸다.

"이거…… 개야?"

반창고를 집으며 유카도 포스터를 보았다.

"기뻐라. 개라고 알아보겠어?"

"개라고?"

"누나네 학교에 귀여운 개가 있거든. 꼬마야, 괜찮으면 너희집에서 개를 키워……."

아이가 얼굴을 감싸고 또 울음을 터뜨렸다.

"왜 그래? 다친 데가 아파?"

"안, 아파."

아이는 어깨가 들썩이도록 울었다.

"외로워? 무서워? 괜찮아. 집에 바로 연락해줄게. 빵 먹을래? 쿠키 좋아해?"

가게 안쪽 문이 열리고 할머니가 나왔다.

"유카, 왜 애를 울려? 이렇게 어린 애를."

"내가 울린 거 아닌데⋯⋯."

"됐다. 아이바 씨한테서 얘기는 들었으니까 들어가서 밥부터 먹어. 아이고, 딱해라. 빨리 치료부터 해줘야지."

할머니가 한숨을 내쉬며 아이의 무릎에 반창고를 붙였다.

"애 집은 어디라니? 전화번호는 물어봤어?"

"앗, 아직⋯⋯."

할머니가 또 다시 한숨을 내쉬었다.

"유카는 공부만 잘했지 이런 머리는 영 안 돌아간다니까."

유카는 붙여주려던 반창고를 호주머니에 쑤셔 넣고 밖으로 나왔다.

아이의 자전거를 가게 주차장까지 끌고 오며 땅거미를 올려 다보았다.

확실히 자신은 어딘가 맹한지도 모른다.

하지만 할머니 말처럼 딱히 공부를 잘하는 것도 아니다.

2층 주방으로 올라가자 부모님과 할아버지가 저녁을 먹고 있었다.

유카, 고생했어, 하고 어머니가 일어나 된장국을 데웠다.

"아이바 씨가 내선으로 연락했는데, 어린애가 다쳤다며?"

"자전거 타다 넘어졌나 봐. 할머니가 연락처 물어보고 있어."

아버지가 된장국을 후루룩 마시고 "도시코" 하고 엄마를 불렀다.

"어머니 혼자서는 걱정되니까 나중에 당신도 내려가봐."

"유카 밥부터 차려주고."

"그건 내가 하면 되니까 괜찮아. 그보다 가게에 한 번 더 내려갈 거야."

"안 그래도 되니까 유카는 앉아 있어."

어머니가 행주로 손을 닦고 1인분의 식사 준비를 시작했다.

할아버지가 연 이 빵 공방은 옛날에는 중고생이나 이웃 단골들 상대로 소소하게 꾸려왔다. 그러던 것을 15년 전에 아버지의 아이디어로 화덕을 도입해 바게트와 식빵, 조리빵에 힘을 쏟고, 먹고 갈 수 있는 테이블도 설치함으로써 주택가의 가족 단위 손님들이 자주 가게를 찾게 되었다.

3년 전에는 여섯 살 위인 오빠도 가업에 뛰어들어 영업과 배달을 담당하고 있다. 시내 음식점에 화덕에서 구운 빵과 과자를 납품하는 일도 맡으면서 공방의 사업은 점점 확장되었다.

그런데도 어머니는 여전히 공방의 경리 업무와 집안일을 혼자 도맡아 하고, 남는 시간에는 가게에서 손님 상대까지 하느라 쉴 틈이 없다.

어머니가 된장국과 밥을 식탁에 차려주었다.

"유카, 지난번 모의고사 결과는 어땠어? 엄마한테 아직 안 보여줬잖아?"

"별로 안 좋아서."

"안 좋아도 결과는 꼬박꼬박 보여줘."

그래야지, 하고 아버지가 후루룩거리며 된장국을 마셨다.

"시험은 누가 공짜로 보게 해준다니? 그게 다 부모 돈인데 결과 정도는 보여줘야지. 밥 먹기 전에."

하는 수 없이 3층으로 올라가 어머니에게 모의고사 결과를 보여주었다. 어머니가 안타깝게 고개를 가로저었다.

"유카, 성적이 점점 떨어지네. 1학년 때는 교내 등수가 더 높았는데. 역시……."

가게 일 때문이라고 어머니가 말하려는 것을 짐작하고 유카는 큰소리로 말했다.

"그냥 1학년 때랑 다르게 다들 열심히 해서 그래."

"너도 열심히 하면 되잖아. 역시 가게 일이……."

묵묵히 식사를 하던 아버지가 식탁에 젓가락을 내려놓았다.

"도시코, 너무 잔소리하지 마. 앞으로 더 열심히 하면 되지."

"그래. 공부 좀 할 줄 안다고 빵이 저절로 부푸는 것도 아닌데. 있어봐라, 배설로 킥 나온다."

할아버지가 텔레비전 볼륨을 올렸다. 배영으로 금메달을 딴 스즈키 다이치 선수가 배설로 킥 수영법에 대해 이야기하고 있었다.

차를 마시며 아버지도 텔레비전으로 눈을 돌렸다.

여보, 하고 부르는 어머니의 목소리에 비난하는 기색이 묻어났다.

"유카는 수험생이니까 공부에 더 전념할 수 있게 해줘야지."

"나도 그러고 싶지만 그게 마음대로 돼야 말이지. 오는 사람마다 어머니와 성격이 안 맞아서 다 그만두는데 어떡해. 어머니도 아이바 씨랑은 잘 지내는데."

"서두를 거 없다. 가족끼리 일하면 그만큼 돈도 아끼는데."

정말로 그럴까?

유카는 밥을 먹으며 말없이 생각했다.

할아버지는 오빠에게는 월급을 준다. 그 급여 덕에 오빠는 이 집에서 나가 따로 방을 구하고 화려한 차를 타며 일한다.

자신이나, 그리고 아마도 어머니와 할머니에게는 보수가 나오지 않는다. 하지만 장남인 오빠만은 별개다.

'왔어'인지 '왔슈'인지 모를 인사를 하며 오빠가 부엌으로 들어왔다.

"엄마, 이거 처리해줘."

오빠가 어머니에게 청구서를 주고 식탁에 놓여 있는 모의고사 결과를 보았다.

"오, 이게 유카 성적이야? 뭐야 이게? 교내 등수 98등. 나 참, 중학교에서 아무리 1등 해봐야 하치고에 가면 너도 별 수 없구나."

"어쩔 수 없잖니?"

어머니가 위로하듯 말하고 오빠 앞에 차를 내주었다.

"학생들이 얼마나 많이 오는데. 50개 학교에서 1등 하는 애들이 모이면 누군가는 50등이 될 수밖에 없지."

하지만 유카는 그 50등에도 끼지 못한다. 어금니를 깨물었을 때 오빠가 웃었다.

"발끈하지 마, 유카. 이 정도면 충분하니까. 공부만 파는 여자가 뭐가 예쁘겠냐? 남자는 자기보다 잘난 여자는 싫어하거든."

나도 그런 남자는 필요 없다. 어금니에 힘이 더 들어갔다.

"이사무, 그만해. 그런 말 하는 거 아니야."

어머니가 오빠를 매섭게 보았다.

"뭐, 어멈은 똑똑하니까."

할아버지가 후루룩 소리를 내며 차를 마셨다.

"우리 집에서 가장 똑똑한 사람은 금고 담당인 어멈이야. 우리는 일개 졸병, 일개미지."

"거 무슨 말씀이 그래요?"

아버지가 할아버지 앞에 있는 텔레비전 리모컨을 집어 볼륨을 더 키웠다.

상업고등학교를 졸업하고 제과용품 취급점 경리부에서 일했던 어머니는 일하면서 부기학원에 다니며 부기 1급 자격증을 딴 사람이다. 아버지가 원한 화덕을 설치하기 위한 자금을 끌어온 사람도, 테이블을 놓자는 아이디어를 낸 사람도 어머니라고 들었다.

어머니가 없었다면 이 공방은 이렇게까지 크지 못했다.

그런데도 할아버지와 할머니, 요즘에는 오빠까지 어머니를 홀대한다.

유카는 욱여넣듯이 식사를 마치고 일어났다.

"할머니랑 교대하고 올게. 엄마는 좀 쉬어. 저녁에도 가게는 내가 볼 테니까."

"괜찮아, 유카. 너는 공부나 해."

"가게 보면서 단어 외우려고."

할아버지가 크게 끄덕였다.

"그래, 유카. 공부 같은 건 어디서나 할 수 있어. 책상 앞에 앉아서 하는 게 다가 아니야. 어멈아, 차 좀 다오."

어머니가 큰 소리를 내며 의자에서 일어났다. 합세하듯이 유카도 자리에서 일어났다. 그 참에 할아버지 앞에 있는 리모컨을 잡아채고 왕왕 울리는 텔레비전을 껐다.

할아버지가 놀랐는지 눈빛이 흔들렸다. 속이 조금은 후련해졌다.

가게 앞의 외길에서 울고 있던 아이는 아들을 데리러 온 젊은 어머니와 함께 돌아갔다. 근처 주택가에 사는 아이로, 가까운 동산에 혼자 나섰다가 돌아오는 참이었다고 한다.

유카는 파트타임 직원인 아이바가 돌아간 뒤 가게를 보며 포스터를 마저 그렸다.

라디오에서 8시를 알리는 시보가 흘러나왔다. 슬슬 가게를 닫을 시간이다.

개 그림에 색칠을 마치고 유카는 가게 창문을 모두 열었다.

벼 이삭을 타고 밤바람이 기분 좋게 흘러왔다. 여름내 시끄러울 정도였던 개구리 소리도 사라지고 대신 방울벌레 소리가 울려 퍼졌다.

바닥을 대걸레로 한 차례 닦은 뒤 밖을 내다보았다.

외길 저 멀리서 자전거 불빛이 보였다.

유카는 창문을 닫고 특가 판매하는 빵 진열대로 갔다.

아버지가 자신 있어 하는 초코소라빵과 데리야키 치킨 샌드위치를 가게 봉투에 넣었다. 그리고 진열대를 둘러보고 핑크색 아이싱을 올린 꽃 쿠키를 넣으려다 손을 멈췄다. 생각을 바꿔 강아지 모양 쿠키를 넣었을 때 가게 문이 열렸다.

유카는 종이가방을 계산대 밑으로 숨기고 "어서 오세요" 하고 외쳤다.

커다란 보스턴백을 어깨에 걸친 하야세가 가게로 들어왔다.

목요일 이 시간에 오는 손님은 언제나 정해져 있다. 개가 고시로라는 이름을 얻은 계기가 된 남학생, 미술부의 하야세 고시로다.

유카가 인사를 해도 그는 머리만 가볍게 숙일 뿐이다. 늘 무표정하게 30퍼센트 할인하는 식빵을 들고 계산대로 와 계산이 끝나면 재빨리 떠난다.

하야세가 식빵을 들고 계산대로 왔다. 유카는 넣어두었던 종이가방을 잡으며 말을 걸었다.

"있잖아, 하야세."

지갑을 꺼낸 하야세가 이상하다는 눈으로 보았다. 그 눈길 끝에 그리다 만 포스터가 있는 것을 깨닫고 유카는 황급히 종이를 뒤집었다.

"그거" 하고 하야세가 작은 소리로 말하며 포스터를 가리켰다.

"그 개야?"

"어떻게 알았어? 색칠을 했더니 오히려 더 이상해져서……."

하야세가 순간 눈을 감았다. 눈을 버렸다는 표정이다.

"그렇게 질색하지 마. 차라리 비웃는 게 마음이 덜 아프겠네."

하야세는 일주일에 세 번, 나고야에 있는 미대 전문 입시학원에 다니는 듯했다. 듣기로는 미대 중에서도 가장 들어가기 어렵다는 도쿄예술대학을 지망한다고 한다.

하야세가 앞머리를 가볍게 쓸어 올렸다. 이목구비가 반듯해서인지 행동이나 표정이 어쩐지 냉정하게 보인다.

"그걸 어디에 붙이려고?"

"역 같은 데에다? 하지만 이런 수준으로는 안 되겠지?"

"급해?"

"조금."

"조금이라고 하면 얼마나 급한 건지 모르겠어."

성의 없는 대답을 타박하는 기분이 들어 유카는 서두르는 이유를 황급히 덧붙였다.

"주초에 강아지를 어떻게 할지 교장 선생님과 이야기하기로 했거든. 그 전까지 가족을 찾아주고 싶어서. 그래서 서두르는 거야. 나는 포스터 담당이야. 후지와라는 학생회에서 먹이와 예방주사 값 모금 활동을 시작했어. 차라리 학교에서 기르자며 서명운동을 하자는 의견도 냈어. 후지와라는 참 대단하더라."

"그 녀석이라면 그 정도는 하고도 남지."

하야세는 언짢은 말투로 들어가기 무척 어려운 도쿄의 사립대학 이름을 말했다.

"후지와라는 거기 추천 입학을 노리고 있거든. 학생회 임원을 계속해온 것도 그걸 노린 거라는 소문이야. 그런 활동을 해두면 입시 때 유리한가 봐."

"단지 그것 때문만은 아닐 거야. 서명운동 같은 걸 했다가는 학교에서 싫어해서 추천을 안 해줄지도 모르잖아."

"녀석이라면 요령 좋게 넘길걸."

"하야세도 그런 말을 하는구나. 엄청 의외야."

반박할 줄 알았는데 하야세가 고개를 숙였다.

유카는 초코소라빵과 샌드위치를 담은 봉투를 하야세에게 내밀었다.

"괜찮으면 이거 가져가. 그 강아지, 우리가 장난삼아 부르는 바람에 완전히 하야세의 이름으로 굳어졌잖아. ……어제도 1학년이 그렇게 불렀다며?"

"'야, 고시로' 하고 불러서 돌아봤더니 그 개가 오줌을 싸고 있더라. 그러고는 '고시로, 이런 곳에서 쉬하지 마'라는 말을 들었어."

"정말 미안해."

유카는 작게 손을 모으고 봉투를 하야세에게 내밀었다.

"이건 별거 아니지만 사과의 뜻이야."

"아니, 됐어."

하야세가 봉투를 손으로 되밀었다. "사양하지 마" 하고 유카는 다시 내밀었다.

"어차피 버리는 거라 괜찮아. 식빵 말고도 우리 집 빵은 꽤 괜찮은 편이거든. 할아버지랑 아버지가 매일 아침마다 정성껏 만드시는 거야."

"정말 괜찮다니까."

하야세는 지갑에서 식빵 값만큼 동전을 꺼내 트레이 위에 딱 맞춰 내려놓았다.

"늘 할인하는 빵만 산다고 해서 먹고살기 힘든 건 아니야."

"그런 식으로 생각한 건 아닌데."

"지우개 대신으로 쓰는 그림 재료야."

"먹으려고 사는 게 아니구나."

맞아, 하고 작은 소리로 말하고 하야세가 식빵을 집었다.

"앗, 기다려. 하야세, 봉투, 봉투."

하야세가 문을 열고 가게를 나섰다. 뒤따라 나갔지만 하야세는 자전거를 선 채로 타고 달려갔다.

고시로의 가족이 되어줄 사람은 주말이 되어도 나타나지 않았다.

월요일 방과 후, 교장은 고문인 이가라시와 관리인 구라하시의 안내를 받으며 고시로를 볼 겸 부실로 왔다. 유카는 학생회장 후지와라가 만든 '고시로를 돌보는 모임' 멤버 열여섯 명과 함께 부실 의자를 모아 대화의 자리를 만들었다.

부실 구석에서는 하야세가 교복 윗도리를 벗고 카키색 작업복을 입었다. 옷을 다 갈아입자 자리에 앉아 이번에는 쓰레기통을 끌어오더니 그 위에서 검은 막대기를 나이프로 열심히 깎았다.

하야세에게 방해가 되지 않도록 목소리를 낮추고, 지난 2주 동안 개의 가족이 되어줄 사람을 찾아봤지만 구하지 못했다고 후지와라가 교장에게 설명했다.

후지와라의 이야기를 보충하듯 개를 기르는 법을 잘 아는 구라하시가 고시로는 버려졌을 가능성이 높다고 덧붙였다.

구라하시는 케이지 안에서 자고 있는 고시로에게 눈길을 주었다.

"저 녀석은 여기에 왔을 때 모래투성이였어요. 어쩌면 바닷가에 버려졌고 거기서부터 걸어왔을지도 몰라요."

스즈카산 기슭에 있는 중학교 출신인 여학생이 의아해하며

개가 있는 계절

물었다.

"네? 바다가 여기서 가까워요?"

"가깝지는 않아."

이가라시가 역 방향을 가리켰다.

"똑바로 쭉 가면 얼마 안 가 나와. 교가에도 '밀려오는 파도 소리'라는 구절이 있잖아? 다만 그 사이를 긴테쓰와 JR* 철도가 가로지르고 간선도로까지 있으니까. 이 강아지한테는 꽤 먼 거리지."

뒤쪽 자리에서 남학생이 말했다.

"이 녀석은 그 먼 거리를 필사적으로 걸어서 하치고까지 왔다는 거죠?"

교장이 목소리가 난 방향으로 말했다.

"하지만 유기견이라면 아무리 기다려도 원래 주인은 안 나타날 거야."

후지와라가 교장을 향해 손을 들며 주위를 둘러보았다.

"다들 발언할 때는 제대로 손부터 들어. 교장 선생님께 먼저 자기 이름부터 말하자. 저는 학생회장인 후지와라, 후지와라 다카시입니다."

우렁찬 목소리로 당당하게 이름을 밝히고 후지와라가 막힘 없이 이야기했다.

---

* 　일본국유철도의 철도 사업을 이어받아 민영화된 7개의 지역별 주식회사.

"사실은 이웃 중에 데려가 키우고 싶다고 한 사람도 몇 명 있었어요. 그런데 막상 고시로를 보면 다들 포기하더라고요. 새끼 강아지라면 좋은데 이 녀석은 거의 성견이 다 되어가니까요. 어중간하게 큰 개는 정이 잘 들지 않나 봐요."

"그런 이유로 버려졌을지도 몰라."

이가라시가 팔짱을 꼈다. 교장이 머뭇거리듯 입을 열었다.

"데려갈 사람이 없다면 최종적으로 보건소에 연락을 해야지."

잠깐만요, 하고 유카가 손을 들었다.

"3학년 시오미 유카입니다. 데려가줄 사람이 나타날지도 몰라요."

시오미 학생, 하고 교장이 온화한 눈으로 보았다.

"이 개는 앞으로 몸집이 더 커질 거야. 성견이 되면 결국 데려간다고 할 사람은 아무도 없겠지. 아니면 학생 집에서 키우면 안 되겠나?"

"저희 집은 음식 장사를 하는 집이라 동물은 키울 수 없다고 하셔서요."

후지와라가 다시 손을 들었다.

"죄송합니다, 후지와라입니다. 교장 선생님, 한 말씀 올려도 될까요? 저희 '고시로를 돌보는 모임'에서는 이대로 하치고에서 키우면 어떠냐는 의견이 나왔습니다. 사료 값이나 예방주사 값으로 쓸 기부금도 모았습니다. 집에서 사료나 화장실 용품을 가지고 오는 사람도 있고요."

"후지와라 학생 집에서 키울 수는 없겠나?"

교장이 묻자 후지와라가 순간 머뭇거렸다.

"여동생이 알레르기가 있어서요. 게다가 그 이전에 저희 부모님은 개를 무척 싫어하세요."

"학생들 중에도 알레르기가 있는 사람이 있어. 그 부분은 어떻게 배려할 거지? 그리고 만약 이 개가 누군가를 물기라도 하면 그 책임은 누가 지고?"

관리인 구라하시가 "얌전한 아이예요" 하고 고시로를 보았다.

"쓸데없이 짖지도 않고요. 줄곧 귀하게 사랑받아왔을 거예요. 사람을 믿는 아이입니다."

제가 데려가서 기를 생각도 해봤습니다만, 하고 이가라시가 교장에게 말했다.

"제가 사는 곳은 동물 금지라서요. 관리조합에 이야기를 해봤지만 안 되더라고요. 저희도 계속해서 키워줄 사람을 찾아볼 테니 그때까지만 학교에서 돌보면 안 되겠습니까?"

"사립이라면 그것도 가능하겠지만 우리는 공립이라. 전례가 없는 일이에요."

교장이 양복 호주머니를 뒤적이며 담배를 꺼냈다가 이내 생각을 고친 얼굴로 다시 호주머니에 넣었다.

"이번 일로 하치고에 버리면 잘 키워준다며 사람들이 개나 고양이를 자꾸 버리면 어떡할 겁니까? 애당초 자기 집에서는 못 키우니까 학교에서 키우자는 발상 자체가 이상하지 않나요?

너무 안이하잖아요."

안이하다는 말에 유카는 케이지 안에 있는 고시로를 보았다.

태어난 지 얼마 되지 않은 귀여운 아기 강아지였다면 데려갈 사람이 나타났을까.

창밖으로 눈길을 돌리자 유리창에 자기 모습이 미쳤다.

아이는 아니지만 어른도 아니다. 특별히 우수하지는 않지만 아주 떨어지지도 않는다.

어중간한 존재. 고시로는 자신과 무척 닮았다.

말이 저절로 튀어나왔다.

"안이한 발상일지도 모르겠지만."

모두의 시선이 쏠리자 유카는 말이 턱 막혔다. 숨을 깊이 들이마시고 다시 한번 같은 말을 되풀이했다.

"안이한 발상일지도 모르겠지만, 그럼 헤매다 학교로 찾아온 개를 보고도 못 본 척하고 죽든 말든 내버려두면 좋았을까요? 저희는 어떻게 했어야 하나요? 어떻게 하는 게 안이하지 않은 방법인가요?"

"어려운 질문이구나."

그 말만 하고 교장은 생각에 잠겼다. 그리고 모두가 입을 다물었다.

침묵을 견디지 못하고 유카는 고개를 숙였다.

말이 심했던 것 같다. 게다가 아무런 해결책도 되지 않는 말을 하고 말았다.

개가 있는 계절

갑자기 방 한쪽에서 박수를 치는 듯한 소리가 들려왔다.

유카는 그 소리에 용기를 얻고 고개를 들었다.

이젤 앞에 있는 하야세와 눈이 마주쳤다. 곧은 눈빛으로 이쪽을 보고 있었다.

그는 경쾌한 소리를 내며 손가락으로 종이를 튕기고 있었다.

손가락 끝을 천으로 닦으며 "한 말씀 드려도 될까요?" 하고 하야세가 일어났다.

"3학년 하야세 고시로입니다. 저는 그 개와 아무런 관련은 없지만⋯⋯."

하야세가 케이지로 다가가 자고 있는 고시로를 안아 올렸다.

"솔직히 그다지 애착도 없습니다. 하지만 멋대로 내 이름을 붙여놓고 보건소로 끌고 가 살처분한다니. 그건 정말로 기분이 나쁩니다."

잠에서 깬 고시로가 하야세의 어깨에 앞발을 올리고 목덜미 냄새를 맡았다. 하야세는 애착이 없다는 사람치고는 무척 다정하게 개의 등을 쓸어주더니 교장에게 고시로를 내밀었다.

교장이 의외로 익숙한 손길로 받아들더니 작게 한숨을 내쉬었다.

"하야세 학생, 보건소에 데려간다고 해서 바로 살처분되는 건 아니야. 거기서 무사히 가족을 찾는 경우도 있어."

그럴지도 모르지만, 하고 하야세가 교장 앞에 섰다.

"공립 초등학교에서는 토끼나 닭도 기르는데 왜 공립 고등학교에서 개를 기르면 안 되나요?"

"그것도 그러네."

이가라시가 몇 번이나 고개를 끄덕이더니 교장을 보았다.

"초등학생도 제대로 동물을 돌보지 않습니까. 하치고 학생이라면 더 잘할 거예요. 하치고에 개*라니. 그럴듯하잖아. 안 그래, 고시로?"

"저한테 하는 말씀이세요, 아니면 개한테예요?"

둘 다, 하고 이가라시가 손을 뻗어 교장에게서 고시로를 받아 들었다.

"어떠십니까? 학생들이 책임을 지고 돌본다면 당분간 미술부실 한쪽을 내줘도 되고요. 고문인 제 생각에는 그런 방법도 있을 것 같은데요."

"전례가 없는 일이에요."

이가라시에게 안긴 고시로가 교장에게로 돌아가려고 했다. 그 모습을 보며 교장이 말을 이었다.

"하지만…… 알겠습니다. 주인이 나타날 때까지 사육을 허가하지요. 단, 다른 학생이나 학교 측에 피해가 가는 일이 발생한다면 곧바로 새로운 대응을 검토할 겁니다."

선생님, 하고 후지와라가 손을 들었다.

"그러니까 키워도 된다는 건가요? ……정정하겠습니다. 고시

---

* 죽은 주인을 10년 동안 기다린 것으로 유명한 충견의 이름이 하치공이다.

로에게 지낼 곳을 제공해주신다는 말씀이십니까?"

"그래. 곧바로 돌봄 담당 대표를 정해서 나한테 보고해."

교장이 일어나 모두를 둘러보았다.

"책임이란 무엇인지, 생명을 돌보는 게 어떤 뜻인지, 각자 직접 겪으면서 고민해보아라."

교장의 허가가 떨어지자 고시로는 미술부 부실에서 지내게 되었고, '고시로를 돌보는 모임'의 돌보미 대표는 학생회 집행부가 겸임하기로 했다.

10월 초, 유카는 빵 꾸러미를 안고 미술부실을 기웃거렸다.

빵을 주려고 했던 날부터 하야세는 가게에 오지 않았다. 게다가 요 며칠은 학교도 쉬었다. 9월 초에 위독했던 그의 할아버지는 잠시 용태가 회복되었지만 하순에 접어들면서 다시 악화되었다고 한다.

오늘은 하야세가 오랜만에 등교했고, 방과 후에도 작업복 차림으로 이젤 앞에 앉아 있다. 심각한 표정으로 끊임없이 종이를 손가락으로 튕기고 있었다.

유카는 주뼛주뼛하며 하야세에게 다가갔다.

하야세는 미녀의 석고 두상을 앞에 두고 열심히 손을 움직이고 있었다.

"하야세, 잠깐 방해해도 돼?"

눈이 부신 듯 눈을 가늘게 뜨며 하야세가 손을 멈췄다.

"저기, 이야기가 조금 긴데……."

하야세는 옆에 있는 의자 등받이에 걸쳐놓은 교복을 집어 거칠게 휙 던지고 그 의자를 가리켰다. 앉으라는 뜻인 듯했다.

유카가 옆자리에 앉자 그림을 보이고 싶지 않은지 하야세가 이젤 위치를 바꿨다.

"한창 집중하고 있는데 미안해. 그냥 지난번 일에 대해 인사랑 사과를 하고 싶어서."

"무슨 일이 있었던가?"

"교장 선생님과 이야기했을 때 구명줄을 던져줬잖아."

"구명줄이라니. 클래식한 표현이네."

"하지만 정말로 그랬어. 기분이 가라앉아서 익사하기 직전이었거든. 고마워."

하야세가 살짝 웃었다. 그의 작업복 가슴에 오렌지색 실로 이름이 수 놓여 있었다.

"그 작업복은 그림 그릴 때 입으려고 특별히 맞춘 거야?"

하야세가 가슴의 이름 자수를 보았다.

"할아버지가 입으시던 거야. 산업단지에서 일하셨을 때."

"할아버지는 좀 어떠셔?"

몰라, 하고 하야세가 중얼거렸다.

"몰라서 매일 아침 조수 시간을 알아보고 있어."

"만조나 간조 시간 같은 거?"

하야세는 고개를 끄덕이고 왼쪽 가슴의 이름 자수를 가만히 만졌다.

"인간의 영혼은 간조 시간에 몸에서 떠나가나 봐. 그래서 9월부터 계속, 매일 아침 신문에서 시간을 확인해."

"오늘 간조 시간은……."

"이미 지났어."

하야세가 가냘프게 미소 지었다.

"그럼 안심해도 되겠다."

하야세가 이젤로 뻗던 손을 멈추고 유카를 보았다.

"왜? 내가 이상한 말 했어?"

딱히, 하고 하야세가 눈을 내리깔았다.

"사과할 일이란 건 뭐야?"

이거, 하고 유카는 가지고 온 빵을 자기 무릎 위에 내려놓았다. 하야세가 늘 사가는 식빵이다.

"그 뒤로 우리 가게에 안 왔잖아. 걱정이 돼서."

"할아버지 일로 바빴어."

"내가 말을 이상하게 하는 바람에 그런 걸까 하는 생각이 들어서. 버린다고 했지만 반은 거짓말이야. 샌드위치에 든 치킨은 다시 빼서 도시락 반찬으로 먹어. 초코소라빵은 간식이고. 내가 날마다 팔다 남은 빵을 먹다보니 너무 가볍게 권했던 것 같아. 미안해. 그래서……."

유카는 무릎 위에 있는 빵으로 눈길을 떨구었다.

"이거, 괜찮으면 써. 여기에 놔둘게."

책상에 내려놓자 하야세가 빵을 보았다.

"그림 도구로 전락해도 괜찮아? 식구들이 아침부터 열심히 만든 건데."

"이건 정말로 처분하는 빵이야. 따로 활용할 방법도 없어. 그러니까 그렇게라도 써주는 게 더 나아. 하야세가 여기에 오는 날은 언제야?"

"화요일과 목요일."

"그럼 남은 빵이 있으면 이 자리에 놔둘게."

왜? 하고 하야세가 물었다. 왜냐고? 되묻고 유카는 우물쭈물했다.

"같은 반이잖아. 빵이 지우개가 된다는 것도 처음 알았고. 어떻게 써?"

"지우개라기보단……."

하야세가 이젤 방향을 돌리자 방금까지 그리고 있던 그림이 보였다.

온통 까만색으로 그려진 미녀 석고상에 유카는 눈이 동그래졌다. 까만색으로 그려져 있는데 석고상의 흰 색깔이나 광택이 선명하게 도드라졌다.

"와아, 신기해. 검은데 희게 보여."

"아니면 곤란하지. 그렇게 보이도록 그리고 있는 거니까."

"진짜 신기하다. 어떻게 그게 가능해?"

하야세가 왼손으로 검은 막대기를 들어 그림을 그리기 시작

개가 있는 계절

했다.

왼손잡이구나, 하고 유카는 선을 긋는 손가락을 홀린 듯이 쳐다보았다.

하야세가 곤란한 표정을 지으며 바로 손을 멈추었다. 엄지손가락과 집게손가락으로 원을 만들어 집게손가락으로 캔버스를 두드렸다.

"그건 뭐하는 거야? 지난번에도 그렇게 탁탁 두드리던데."

"목탄이거든. 이렇게 하면 여분의 가루가 떨어져."

"가루는 왜 터는데?"

하야세가 작게 한숨을 내쉬었다.

"새로 그리려고."

"잘못 그렸다는 뜻이야? 빵은 어디에 어떻게 써?"

하야세가 식빵의 흰 부분을 집더니 손가락 끝으로 뭉쳤다. 그 빵을 방금 그린 선에 문질렀다. 선이 스르륵 사라졌다.

유카는 섬세하게 움직이는 하야세의 큼직한 손을 바라보았다.

관절이 조금 튀어나왔지만 길고 예쁜 손가락이다. 손가락 끝은 목탄 때문에 잿빛으로 물들어 있었다.

거북해 하는 목소리가 들렸다.

"너무 그렇게 보지 말아줄래? 그리기 힘들잖아."

"손가락이 꽤 검어지는구나."

하야세가 자기 손바닥을 보고 가볍게 주먹을 쥐었다.

"돈은 줄게."

괜찮아, 하고 유카가 의자에서 일어나자 하야세와 눈이 마주쳤다.

"정말로 괜찮아. 빵을 받아줘서 다행일 정도거든."

"그래도 어떻게 공짜로 받아."

"그럼 나중에 하야세가 그린 그림으로 줘. 제대로 그린 그림이 아니라도 괜찮아. 오히려 그게 더 좋아. 네가 유명해지면 자랑할 거야."

하야세는 발밑에 있는 가방에서 스케치북을 꺼내 그림을 몇 장 뜯어냈다. 그 그림을 줄 줄 알았는데 스케치북을 통째로 내밀었다.

"자."

종이를 넘겨보자 연필로 그린 고시로가 나왔다. 잔디밭에서 기분 좋게 잠든 모습이었다.

"귀여워! 이거 나 주는 거야? 정말 기뻐."

다음 페이지에는 고시로가 부원과 놀고 있는 모습, 세 번째 페이지에는 앉아 있는 모습이 그려져 있었다. 그 다음에는 아직 그리지 않은 흰 종이가 많이 남아 있었다.

"하야세, 흰 종이가 아직 잔뜩 남아 있는데."

"아무 데나 써. 계산 용지로 쓰든가."

"이렇게 좋은 종이를 어떻게 계산 용지로 써?"

"괜찮아."

하야세는 단호한 말투로 스케치북을 들이밀고 다시 이젤을 향했다. 하지만 이내 곤란한 표정으로 다시 종이를 두드리기 시작했다.

"미안해. 내가 방해하고 있었구나. 할아⋯⋯."

할아버지가 빨리 회복하기를 바란다는 말을 하려다 말고 유카는 입을 다물었다.

그것을 기대하기 어렵기 때문에 하야세는 매일 아침 썰물이 빠져나가는 시간을 두려워하는 것일 테다.

"고마워, 유카링. 너도 남자친구 생기면 말해. 도와줄 테니까!"

섣달그믐 날 밤, 전화기 너머에서 친구가 중학교 때의 별명을 부르자 유카는 웃었다.

수화기를 내려놓고 계단을 올라가자 2층 거실에서 히카루 GENJI*의 '파라다이스 은하'가 흘러나왔다.

어른들이 보고 있는 〈홍백가합전〉** 중계다.

그저께 일을 마무리하고 오늘부터 할아버지와 아버지는 고타쓰*** 안에서 느긋하게 술을 마시고 있다.

올해는 입원 중인 천황의 용태가 좋지 않아 가을 끝 무렵부터 온갖 행사를 자제하고 있다. 해마다 섣달그믐에 방송하는 NHK의 〈홍백가합전〉도 자숙하느라 결방하는 것 아니냐는 말

---

* 1987년부터 1995년까지 활동한 일본의 남자 아이돌 그룹.
** 1951년부터 방송된 일본의 대표적인 연말 음악 프로그램.
*** 안에 열원을 넣고 이불을 씌운 탁자형 난방 기구.

이 나왔지만 예년대로 시작되었다.

유카, 하고 주방에서 명절 음식을 담던 어머니가 불렀다.

"마사미랑 같이 놀러가니?"

"응. 올해도 종 치고 올 거야."

"사이좋구나."

소꿉친구 마사미와는 중학교에 들어간 뒤부터 해마다 둘이서 섣달그믐에 제야의 종을 치러 간다. 이날부터 정월 초하루에 걸쳐 지역 절에서는 경내에 큰 화톳불을 피우고 참배객에게 종을 치게 해준다.

하지만 마사미가 올해는 같은 고등학교에 다니는 남자친구와 놀러가기로 한 모양이었다. 고등학교 마지막 해를 기념한 추억 만들기라고 했다. 부모님에게 사실대로 말하기는 어려우니 같이 제야의 종을 치러 가는 것처럼 입을 맞춰달라고 방금 부탁했다.

멍, 하고 개가 짖는 작은 소리가 들렸다.

거실에서 "얘야" 하고 할아버지의 목소리가 들렸다.

"유카, 개가 짖는다."

"알아요. 엄마, 올라가 있을게."

유카는 3층의 자기 방으로 올라가 케이지에서 고시로를 꺼내주었다.

연말연시는 학교에 출입할 수 없으므로 처음에는 관리인 구라하시가 고시로를 집에서 맡아주기로 했었다. 그런데 구라하시가 독감에 걸리고 말았다.

그래서 가게가 쉬는 동안에는 유카네 집에서 맡기로 했다. 학교에 출입할 수 있는 4일부터는 '고시로를 돌보는 모임' 멤버가 매일 미술부에 다니며 돌볼 예정이다.

"고시로, '슬슬 올 시간이야' 하고 말한 거지? 아니야?"

고시로가 유카의 손을 가볍게 핥고 창문을 향해 달려갔다.

"맞았나? 아닌가? 뭐, 아무렴 어때. 오면 불러."

유카는 태평하게 창문 아래에 누운 고시로에게 말하고 영어 참고서를 펼쳤다.

가을 끝 무렵부터 전국 모의고사 등수가 비약적으로 올랐다.

화요일과 목요일 방과 후, 미술부실에 빵을 가져다주게 된 뒤부터 갑자기 공부에 열을 올리게 되었기 때문이다. 팔다 남은 빵을 하야세에게 건네며 한두 마디 대화를 나누고 그의 그림을 본다. 그 뒤에는 부실에서 고시로의 이를 닦아주거나 산책을 시켜주고 학교를 나섰다.

집에 돌아와서는 가게를 보며 계속 영어 구문을 쓰면서 외웠다. 입시를 위해 날마다 실기 연습을 계속하는 하야세를 보고 있으면 유카도 손을 움직이고 싶어졌다.

고시로가 갑자기 몸을 반짝 일으켰다.

그러더니 창문 밑에 동상처럼 앉아서 어딘가에 쫑긋 귀를 기울였다.

유카는 시계를 올려다보고 창가로 다가갔다.

9시 17분. 평소대로라면 조금 후 자전거를 탄 하야세가 시오미 빵 공방 앞을 지나간다.

하야세는 나고야의 입시학원에 가는 날엔 언제나 9시 반 정도에 가게 앞을 지나간다. 12월에 접어들어 저녁에 가게 보는 일을 면제받은 날부터 그 모습을 보는 것이 일과가 되었다. 이따금 하야세가 이 건물을 올려다볼 때가 있다. 그런 날은 괜히 마음이 기뻤다.

유카는 커튼 틈 사이로 집 앞의 외길을 살폈다. 섣달그믐인 오늘, 입시학원은 쉴 것이다. 하야세는 지나가지 않을지도 모른다.

그래도 고시로의 모습을 보자니 그가 가까워지고 있다는 예감이 들었다.

가로등에 비추인 길을 보며 생각했다.

하야세는 제야의 종을 치러 가본 적이 있을까?

도쿄로 진학하면 하야세는 이 마을로는 돌아오지 않고 연말에는 친구들과 스키를 타러 가거나 해외여행을 떠날지도 모른다. 친구의 오빠들이 그러는 것처럼.

'고등학교 마지막 해의 추억 만들기.'

그렇게 말한 마사미의 목소리가 되살아났다.

"고시로, 하야세가 오면 알려줘."

유카는 진정되지 않는 마음으로 다시 공부 책상 앞에 앉아 눈앞에 장식되어 있는 하야세의 스케치북으로 손을 뻗었다.

아무것도 그려져 있지 않은 종이를 한 장 찢었다.

개가 있는 계절

펜을 들고 한동안 고민했지만 천천히 정성스럽게 한 글자 한 글자 적어나갔다.

제야의 종을 치러 가지 않을래?
YES면 서서 타기, NO면 앉아서 타기.

외길 끝에 있는 중학교 자전거 주차장을 약속 장소로 지정하고 '밤 12시'라고 시간을 적었다. 설레는 마음을 가라앉히며 두툼한 그 종이로 비행기를 접었다.

하야세는 나타나지 않을지도 모른다. 그럴 경우에는 마사미의 핑계에 맞춰주기 위해 나갔다가 고시로와 함께 집 주변을 조깅하고 오면 된다.

고시로가 일어나 꼬리를 세차게 흔들었다. 몇 번이나 폴짝폴짝 뛰며 창문으로 기어오르려고 했다.

"고시로, 혹시, 혹시!"

유카는 비행기를 들고 창가에 섰다.

고시로를 안아 올리고 다시 커튼 틈 사이로 밖을 내다보았다.

멀리, 논 사이로 난 외길에 자전거 불빛이 한들한들 다가오고 있었다.

가로등 아래를 지나자 어둠 속에 남색 코트를 입은 하야세의 모습이 나타났다. 순간 마치 스포트라이트가 비춰진 듯했다. 그 불빛에 비춰질 때마다 그의 모습은 점점 커지며 눈앞으로 쑥쑥

다가왔다.

비가 오거나 진눈깨비가 날리는 날에도 그는 그림 도구가 든 큰 짐을 자전거에 싣고 이 길을 똑바로 달려왔다.

그 모습을 보고만 있어도 용기가 샘솟았다. 그리고 자신도 열심히 하자고 마음속으로 단단히 다짐했다.

자전거 체인이 끼익거리는 소리가 들려왔다.

규칙적인 그 소리와 함께 하야세가 집 앞을 지나가려고 했다.

고시로가 길게 울자 그가 3층을 올려다보았다.

유카는 한손으로 커튼을 걷고 창문을 열어젖혔다.

밤의 냉기가 방 안으로 흘러 들어왔다.

놀란 표정의 하야세에게 미소를 지어 보이고 똑바로 비행기를 날렸다.

그의 가슴을 향해 날리려고 한 비행기는 바람을 타고 추수가 끝난 논 방향으로 팔랑팔랑 날아갔다.

왼팔에 안겨 있던 고시로가 이번에는 조급하게 짖었다.

종이비행기를 본 하야세가 자전거 스탠드를 세우고 뒤쫓아갔다. 풀쩍 뛰어올라 잡더니 종이비행기를 펼치고 등을 돌렸다.

가로등이 하야세의 등을 비추었다.

하야세가 종이비행기를 코트 호주머니에 찔러 넣고 자전거로 돌아갔다.

스탠드를 올리고 안장에 앉았다. 자전거는 그렇게 조용히 달려 나갔다.

NO다.

그렇겠지…….

그 순간 하야세가 휙 일어났다. 자전거가 점점 빨라졌다.

하야세는 안장에 다시 앉지 않고 그대로 논 사이를 단숨에 달려갔다.

멀어져가는 등을 고시로와 지켜본 뒤 유카는 침대에 푹 쓰러졌다.

"YES야, YES. OK래, 고시로!"

엎드린 채 얼굴을 옆으로 돌리자 고시로가 쳐다보고 있었다.

"고시로, 나 하야세랑……."

그다음 말을 생각했더니 얼굴이 무섭게 뜨거워졌다.

쑥스러움을 감추기 위해 고시로를 양손으로 안아 올려보았다. 하얀 스웨터 소매가 눈에 들어왔다.

"어떡해, 보풀투성이잖아, 부끄럽게! 이 꼴로 아까 하야세 앞에 나섰다니."

유카는 침대에서 벌떡 일어나 옷장을 열었다.

"고시로. 뭐 입고 가면 좋을까?"

하얀 더플코트는 어떨까? 작년에 샀지만 때가 탈까 겁이 나 거의 입지 않았다.

코트를 걸치자 올려다보고 있던 고시로가 하얀 꼬리를 흔들었다.

"마음에 들어? 그럼 이거 입고 가자. 우리 똑같이 흰색이네."

하얀 코트 밑에는 검은 터틀넥 스웨터와 빨간 타탄체크 스커트가 어떨까?

체크 스커트를 입어보았다. 너무 짧지도 길지도 않아 나쁘지 않았다.

이어 검은 스웨터를 입으려는데 어머니의 목소리가 들렸다.

"유카, 좀 내려와볼래? 아빠가 부르셔. 오빠도 와 있어."

"공부 좀 더 할래."

"아빠가 중요한 이야기가 있대. 내려와봐. 슬슬 국수도 다 삶아가니까."

2층으로 내려가자 할아버지와 할머니, 아버지는 고타쓰 안에 들어가 있고 오빠는 소파에 앉아 텔레비전을 보고 있었다.

어머니가 식탁에 앉아 있었으므로 유카는 그 옆에 앉았다.

야, 유카, 하고 오빠가 맥주를 살짝 들어보였다.

"너도 가볍게 한잔할래?"

어머니가 "유카한테는 아직 일러." 하고 오빠를 나무랐다.

"조금쯤 마시면 어때서? 엄마는 참 고지식하다니까. 뭐, 됐다. 그런데 유카, 넌 또 왜 그래? 술도 안 마셨는데 얼굴이 새빨갛잖아."

"어, 그래? 왜 그러지?"

손바닥을 부채처럼 펼쳐 파닥파닥 부치자 3층에서 고시로가 짖는 소리가 들렸다.

오빠가 혀를 찼다.

"시끄럽네. 언제까지 맡아야 돼?"

"3일까지. 미안해. 역시 올라가 있을게. 고시로가 혼자 있으면 외로워서 그럴 거야."

아니, 유카, 하고 아버지가 말했다.

"진로 이야기 좀 하자. 바빠서 이야기할 기회가 없었지만 3자 면담에 대해서는 엄마한테 들었구먼. 개를 2층으로 데려온나. 확실히 외로워서 우는 게 맞는 거 같다."

교토에서 제빵사 공부를 한 아버지는 편하게 있을 때는 어디 사투리라고 콕 집어 말하기 힘든 부드러운 말투를 쓴다.

할아버지는 '듬직한 맛이 없다'며 그런 말투를 싫어했지만 오늘은 아무 말도 하지 않았다.

아버지가 3층을 올려다보고 할아버지와 할머니에게 말했다.

"오늘 정도는 개를 이리로 데려와도 안 괜찮겠소? 유카를 위해서."

할아버지가 말없이 고개를 가로젓고 할머니는 대놓고 얼굴을 찡그렸다.

"에이그, 안 된다. 짐승이랑 우째 같이 있노. 저 개가 온 뒤로 유카한테서도 짐승 냄새가 난다 아이가."

"냄새 많이 나, 할머니?"

조심하는데도 역시 냄새가 나는 걸까.

어머니가 고시로 용으로 쓰는 그릇에 우유를 따랐다.

"강아지가 배가 고파서 그러나? 잠깐 보고 올게."

엄마는 그릇을 들고 3층으로 올라갔다.

"그럼 먼저 이야기하고 있을게. 유카, 열심히 했더구나."

어제 어머니에게 보여준 모의고사 결과를 아버지가 고타쓰 위에 펼쳐놓고 있었다.

이번 모의고사에서는 지망하는 국립대학의 랭크를 올려, 2차 대전 전에 설립된 유서 깊은 명문 학교를 넣었다. 그 대학의 합격 판정은 B였다. 예전부터 지망하던 학교는 모두 A 판정을 받았다. 한 학부만 지망 학교에 넣은 도쿄의 들어가기 어려운 사립대학의 결과도 B 판정이다.

아버지가 할아버지에게 모의고사 결과를 보여주었다.

"아버지, 여기 좀 보소. ABCDE 다섯 단계가 있거든. 유카가 전에는 B나 C밖에 못 받았는데 이제 거의 A랑 B잖아요. 와세다 대학도 B 판정을 받았어요. 예전에는 D였는데."

"나 어쩌면 와세다도 붙을지도 몰라. 문과 쪽 세 과목만 보면 꽤 괜찮은 수준이거든."

"내가 본다고 뭘 아나."

할아버지가 모의고사 판정표를 고타쓰 위에 휙 던졌다.

"와세다? 사내놈이라면 몰라도 여자가 도쿄에 있는 사립대에 는 가서 뭐 하게."

"딱히 가겠다고 한 건 아니잖아. 그래도……, 시험은 쳐보면 안 돼? 기념으로."

"가지도 않을 학교 시험은 봐서 뭐 한다고."

"내가 어디까지 할 수 있는지 확인해보고 싶잖아. 나도 알아, 할아버지. 집에서 다닐 수 있는 곳이 아니면 안 된다는 거."

유카는 모의고사 결과로 눈길을 떨어뜨렸다.

"하지만 보통 손녀가 성적이 오르면 칭찬해줘도……."

"니는 남한테 칭찬받고 싶어서 공부하는 기가?"

"그건 아니지만."

"아버지, 유카한테 그렇게 심하게 말할 필요 없잖아요. 아빠는 유카가 대단하다고 생각한단다. 얼마나 자랑스러운데. 자, 아버지도, 드이소."

아버지가 술병을 들어 할아버지의 술잔에 술을 채웠다. 기세를 못 이기고 흘러넘치는 술을 할아버지가 입으로 받으며 후루룩 마셨다.

"크, 좋다……. 유카, 명심해라. 공부 좀 한다고 우쭐하면 안 되는 기라."

아부지요, 하고 말한 뒤 아버지가 "아버지" 하고 고쳐 말했다.

"유카가 언제 우쭐했다고 그럽니까?"

"그러면 안 된다고 당부하는 기다, 아이가."

할아버지가 술을 달게 마시고 입가를 훔쳤다.

"알겠나? 세상에는 학교 공부보다 더 중요한 게 있데이. 니 오빠를 좀 봐라. 중학교, 고등학교 때는 방황했어도 지금은 이 집 장남으로서 듬직하게 우리 가업을 떠받치고 있다 아이가. 이

사무, 니도 한잔 받아라."

"나는 청주보다는 맥주가 더 좋은데. 뭐, 주세요."

오빠가 할아버지의 옆에 앉아 술을 마시기 시작했다.

할아버지, 아버지, 오빠까지 세 남자가 나란히 술을 마시는 모습을 흐뭇하게 지켜보던 할머니가 귤을 깠다.

"자, 유카는 귤 먹어라. 피부가 고와진단다."

먹고 싶지는 않았지만 할머니가 까준 귤을 말없이 입에 넣었다. 어금니로 꽉꽉 씹자 차가운 과즙이 입 안에 퍼졌다.

맛있제? 하고 할머니가 다정하게 미소 지었다.

"도쿄에서 혼자 청승맞게 먹는 밥보다 가족이 다 모여서 같이 먹는 게 훨씬 더 맛있는 기라."

암, 하고 할아버지가 끄덕였다.

"별거 없어도 집이 최고지. 다 같이 모여서 먹으면 뭔들 맛이 없겠나?"

3층에서 고시로가 짖는 소리가 들렸다. 어머니가 "쉿, 조용히 하자" 하고 달랬다.

아래층을 방해하지 않으려는 필사적인 목소리에 화가 치밀어올랐다.

"그럴까?"

유카는 귤 속껍질을 뱉어 티슈로 쌌다.

"다 같이 먹어서 맛있는 건 할아버지랑 할머니뿐 아니야? 하긴, 즐겁기도 하겠지. 언제나 밥 먹으면서 나나 엄마한테 하고 싶은 말은 다 하니까."

할머니가 한숨을 내쉬며 고개를 가로저었다.

"아이고, 무서워라. 누굴 닮았는지 저 말하는 본새 봐라."

"할아버지도 할머니도 왜 늘 오빠만 칭찬하고 나한테는 싫은 소리만 해?"

"얘, 유카. 어머니도 그만해요."

할머니가 무슨 말을 하려고 하는 걸 아버지가 막았다.

"섣달그믐인데 화내지들 말고 즐겁게 보냅시다. 유카가 말하는 본새가 뭐요? 누굴 닮아서 그러긴, 딱 봐도 어머니 판박이구만. 이제 다들 조용히 좀 하소. 유카랑 진로 이야기 하는 중이지 않소."

"아버지, 그 이야기 하기 전에 나도 유카한테 할 말이 있어. 오빠만 칭찬한다니, 유카, 네가 칭찬받을 행동을 뭐라도 하긴 했어? 자기 힘으로 돈 벌어본 적도 없는 주제에 기념 수험이 니 어쩌고 하며 돈 쓸 궁리만 하고 말이야."

"무슨 말을 그렇게 해? 오빠도 고등학생 때는 돈 벌어본 적 없잖아!"

오, 올림픽 선수가 나온다, 하고 할아버지가 텔레비전 볼륨을 올렸다.

한 해를 되돌아보는 영상 중에 서울 올림픽에서 활약한 일본 선수가 나오고 있었다.

"고등학교 야구 선수도 그렇고 운동선수는 보고 있으면 속이 뻥 뚫린다니까. 봐라, 유카. 이마에 땀 흘리며 매진한 녀석들은 하나같이 표정이 좋다 아이가."

"할아버지는 왜 스포츠 선수는 칭찬하면서 공부에 매진하는 손녀한테는 싫은 소리만 해? 공부 열심히 하는 애나 운동 열심히 하는 애나 똑같은 거잖아."

오빠가 일본주를 들이켜고 잔을 소파 앞 테이블에 탁 내려놓았다.

"넌 애가 귀여운 맛이 없어. 유카, 가르쳐줄 테니까 잘 들어. 사회에 나오면 공부 잘하는 거랑 머리 좋은 전 전혀 다른 문제야. 납품처에도 있어, 좋은 대학교 나왔지만 쓸모라고는 전혀 없는 녀석이."

"그 사람이 단순히 오빠랑 안 맞는 것뿐 아니고? 그리고 그렇게 말할 만큼 나는 똑똑하지도 않아. 우리 집 레벨이 너무 낮은 거지."

할아버지의 술잔에 술을 따르던 아버지의 손이 멈칫했다.

그렇지, 하고 아버지가 쓸쓸하게 웃었다.

"아빠는 중졸이고. 할아버지도 소학교밖에 안 나왔으니까. 뱁새가 수리를 낳은 셈이니 유카의 심정은 좀처럼 이해하지 못할지도 몰라……."

"아니야. 그런 뜻으로 한 말은……."

텔레비전 소리가 유난히 크게 울렸다. 아버지가 리모컨을 집어 텔레비전을 껐다.

계단을 내려오는 발소리가 나고 어머니가 거실로 돌아왔다.

"왜 이렇게 조용해? 텔레비전은?"

할머니가 두 개째 귤을 거칠게 깠다. 손톱에 걸렸는지 과즙이 살짝 튀었다.

아니, 하고 할머니가 입을 삐죽거렸다.

"유카가 무슨 일이 있어도 도쿄로 가야겠다고 한다 아이가."

"그런 말 안 했어!"

여보, 하고 어머니가 비난하는 눈으로 아버지를 보았다.

"제대로 이야기하겠다고 했으면서."

"그래, 유카."

아버지가 고타쓰 옆에서 봉투를 꺼냈다.

"아빠는 도쿄에 있는 대학교 시험을 보는 거 찬성이야. 그 이야기를 하려고 불렀는데 다들 끼어들어서 방해하니까 그렇지."

어? 하는 소리를 흘리며 유카는 아버지의 얼굴을 보았다.

아버지가 봉투에서 '수험생 숙소'라고 적힌 팸플릿을 꺼냈다.

"엄마한테 자세하게 이야기를 들었거든. 유카의 그, 희망 학부라는 곳의 시험일도 알아보고 어제 수험생용 호텔도 다 잡아놨어."

교통공사의 로고가 들어간 봉투를 펼치자 신주쿠 호텔의 예약표가 들어 있었다.

"아빠가 주는 새해 선물이야. 신칸센 회수권도 넣어놨어."

"회수권은 왜……?"

"붙으면 방도 구하고 해야 하잖아? 잘 안 되면 엄마랑 도쿄 디즈니랜드에 다녀오면 돼. 그냥 버리는 건 아니야."

오빠가 콧방귀를 뀌며 일어났다.

"뭐야, 아버지는 옛날부터 유카한테만 잘해주지!"

"이사무한테는 차를 사줬잖아. 유카는 차 대신 대학교에 보내주는 거고. 이 이야기는 여기서 끝. 다들 유카 기죽이는 말은 하지 마."

아버지에게 받은 봉투를 두 손으로 받아들자 눈물이 쏟아졌다.

"아빠, 고마워……, 고마워."

"울지 말고. 자, 텔레비전 계속 볼까?"

아버지가 리모컨을 집어 텔레비전 전원을 켰다. 할아버지는 휙 드러누웠고, 할머니는 언짢은 듯이 귤을 먹었다.

〈홍백가합전〉은 끝나고 〈가는 해 오는 해〉를 하고 있었다.

분위기를 바꾸듯이 어머니가 쾌활하게 말했다.

"어머, 유카, 슬슬 약속 시간 아니니?"

유카는 눈물을 닦으며 일어났다.

2층 세면실에서 세수를 하고 방으로 올라가 코트를 입었다.

거울을 보니 울어서 눈이 붓고 머리카락은 부스스했다. 빗으로 머리를 빗고 립크림이 든 작은 파우치와 동전 지갑을 호주머니에 넣었다.

개의 리드줄을 집어 들자 밖으로 나가는 걸 알았는지 고시로가 껑충껑충 뛰었다. 유카는 고시로를 간신히 붙잡아서 안고 1층으로 내려갔다.

"고시로도 같이 가니?"

"어······?"

계단을 내려온 어머니가 묻자 무심코 들고 있던 리드줄을 바닥에 떨어뜨렸다.

어머니가 리드줄을 집어 들어 고시로의 목줄에 걸었다. 그 이름이 사람이 아니라 개를 말하는 것임을 깨닫고 나서 황급히 대답했다.

"다, 당연하지. 같이 데려갈 거야."

유카는 얼굴이 보이지 않도록 어머니에게 등을 돌리고 검은 스웨이드로 된 티롤리안 슈즈를 신발장에서 꺼냈다. 등 뒤에서 작은 소리가 들렸다.

"유카, 기념 수험 같은 소리 하지 말고 합격하고 와."

돌아보자 어머니가 고시로의 리드줄을 넘겨주었다.

트고 거칠어진 그 손가락에, 대답하는 목소리가 작아졌다.

"아마 힘들 거야. 일본 전역에서 수험생이 몰려오니까. 게다가 만에 하나, 정말 만에 하나 붙어서······, 내가 도쿄로 가면 엄마 혼자서 힘들잖아."

어머니는 고개를 가로저었다.

"전혀 힘들지 않아. 엄마가 이 집을 나가서 곤란한 건 저쪽이거든. 엄마가 진심으로 화내면 아무도 못 이겨. 하지만 화내지 않을 거야. 엄마한테는 돌아갈 집이 없으니까."

만주에서 태어난 어머니는 본국으로 송환되었을 때 부모님과 언니를 잃고, 자식이 없는 고모 부부 밑에서 자랐다. 그 고모 부부도 지금은 세상을 떠 달리 의지할 친척이 없었다.

"하지만 유카는 달라. 유카한테는 돌아올 집이 있어. 엄마가 지키고 있는 이 집이. 그러니까 넌 네가 하고 싶은 대로 해. 아빠도 엄마도 응원하고 있어."

어머니가 고시로 앞으로 몸을 숙이고 머리를 쓰다듬었다.

"고시로랑 참배 잘 하고 와."

"어, 응."

어머니가 마치 하야세에 대해 알고 있는 것 같아서 대답하는 목소리가 작아졌다.

"……가자, 고시로."

밖으로 나가자 뿜어져 나오는 입김이 하얬다. 유카는 곱은 손을 입김으로 데우며 밤하늘을 올려다보았다.

도쿄에 있는 대학교를 지망 학교에 넣은 것은 실력을 시험해 보기 위해서였다. 할아버지에게 한 말은 거짓이 아니었다.

그런데도 도쿄행 표를 받았을 때는 눈물이 멈추지 않았다.

이 마을에 불만이 있어서는 아니다.

가족이 싫은 것도 아니다.

그런데도 가슴이 설렌다. 새로운 낯선 도시로 가보고 싶었다.

하고 싶은 대로 해도 된다고, 어머니는 말했다.

유카는 가볍게 고개를 가로젓고 달려 나갔다.

실패할까 두렵다. 붙는다 하더라도 틀림없이 자신의 평범함에 절망하리란 것도 안다.

아아, 하고 목소리가 새어나왔다.

크게 소리를 한번 지르자 옆에 있던 고시로가 앞으로 달려나갔다.

그래도 괜찮으니까 가보고 싶어, 도쿄에.

하지만…….

그럴 의도는 아니었는데 그만 아버지에게 상처를 주고 말았다.

"아아!"

어둠 속으로 새하얀 개가 달려 나갔다. 그 등에 이끌리듯이 밤길을 달렸다.

길 저편 하야세와 만나기로 한 중학교가 점점 가까워졌다.

숨이 차고 다리가 꺾였다. 갑자기 오래 달린 탓인지 목구멍에서 피 맛이 올라왔다.

유카는 발을 멈추고 길에 무릎을 꿇었다.

그러면서 손에서 리드줄이 떨어졌다. 고시로는 멈추지 않고 똑바로 달려갔다.

"앗, 고시로. 기다려, 돌아와, 고시로."

따라가려고 했지만 일어날 수가 없었다. 유카는 땅에 손을 짚고 숨을 가다듬었다.

필사적으로 일어나자 저 멀리 있는 교문 앞에서 하야세가 나왔다.

고시로가 멈추더니 돌아보았다. 혀를 내밀고 거친 숨을 몰아쉬면서도 떨어져 나갈 듯이 꼬리를 흔들었다.

"괜찮아, 먼저 가봐, 고시로."

하얀 화살처럼 고시로가 하야세를 향해 달려갔다. 하야세가 무릎을 꿇자 곧장 품으로 날아들었다.

그 모습에 순간 눈을 감았다. 개의 솔직함이 부러웠다.

고시로의 줄을 잡고 하야세가 일어났다. 검은 바람막이와 같은 색깔의 청바지를 입고 있었다.

학교에 있을 때와 그다지 다르지 않은 거무스름한 복장이다. 아껴뒀던 하얀 더플코트를 차려입고 온 자신이 갑자기 부끄러워졌다.

하야세가 고시로와 함께 달려왔다.

흐트러진 숨을 가다듬으며 유카도 천천히 하야세를 향해 걸었다.

괜찮아? 하고 걱정하는 목소리가 들렸다.

"고시로를 잡아야겠다 싶어서 나왔는데, 시오미, 넘어지지 않았어?"

"이상한 모습을 보여서 미안해. 넘어지지는 않았어. 고시로랑 달렸더니 숨이 차서. 그래서 휘청했을 뿐이야."

머뭇거리는 말투로 하야세가 물었다.

"무슨 일…… 있었어? 가족들한테 혼났다든가."

"혼난 건 아니지만, 그냥…… 진로 문제로 좀 그랬어. 어쩐지 이런저런 일들이 다 생기네, 참."

하야세의 가슴 언저리에서 좋은 향기가 포롱 피어올랐다. 잘 보니 교복과 색깔은 똑같지만 검은 청바지는 다리가 길어 보여 어른스러웠다.

유카는 머리카락을 만지작거리며 고개를 숙였다.

사실은 머리를 예쁘게 드라이하지 않았다. 스웨터도 갈아입을 시간이 없어 보풀투성이인 하얀 스웨터 차림 그대로 나왔다.

너무 부끄러워서 말투가 무뚝뚝해졌다.

"저기, 그럼 갈까?"

"제야의 종도 좋지만."

하야세가 스즈카산 방향을 보았다. 산 표면에 점점이 반짝이는 빛은 고자이쇼다케산 정상으로 향하는 로프웨이 철탑의 불빛이다.

"……높은 곳에 한번 올라가볼라나?"

평소에는 쓰지 않는 하야세의 사투리에 어째서인지 얼굴이 뜨거워졌다.

유카는 고시로 쪽으로 몸을 숙여 등을 쓰다듬었다.

"로프웨이를 타려고? 아직 운행 안 하는 거 아이가?"

고자이쇼다케산 꼭대기에서 새해 첫 해돋이를 보면 이세만에서 떠오르는 해를 볼 수 있다. 날이 맑으면 멀리 후지산도 보인다고 한다.

운행 안 하지, 하는 대답에 살짝 올려다보자 하야세의 얼굴에 부드러운 미소가 떠올라 있었다.

"정월 초하루에는 새벽 5시 정도부터 한다고 들었어. 게다가 좀 멀기도 하고. 그냥 걸어갈 수 있는 산으로 가자."

"그게 어딘데?"

하야세가 눈앞의 동산을 가리켰다.

20분 정도면 오를 수 있는 산 정상에는 벚나무에 에워싸인 비사문천*과 칠복신** 신사가 있다. 중학교 때 사생대회나 마라톤 대회 때문에 자주 갔던 곳이다.

"저 산? 너무 가까워서 아는 사람 만날 것 같은데."

"조금 떨어진 곳에 야경이 보이는 곳이 있어."

"위험하지 않아?"

괜찮아, 하고 하야세가 몸을 숙여 고시로의 머리를 쓰다듬었다. 둘이 같이 쓰다듬어줘서 기쁜지 고시로의 꼬리가 파닥파닥 흔들렸다.

"고시로도 있고 길은 포장되어 있어. 가로등도 있고. 그리고 오늘 밤에는 신사에서 화톳불을 피우고 감주랑 어묵도 나눠줘."

"하야세, 먹는 거에 낚이는 사람이었어? 그리고 오늘은 어딜 가도 감주를 나눠주거든."

하야세가 고시로를 쓰다듬던 손을 멈췄다. 그 얼굴이 쓸쓸해

---

* 불교에서 나오는 사천왕의 하나.
** 일본 전통 민간신앙에서 숭배하는 일곱 신.

개가 있는 계절

보여서 "농담이야" 하고 밝게 웃었다.

"사실 먹는 거에 낚이는 사람은 나야. 해마다 절에 감주 마시러 가거든."

"감주 좋아해?"

"좋아해!"

사실은 감주를 그다지 좋아하지 않는다. 하지만 마음을 담아 좋아한다고 말했다.

그럼 가자, 하고 하야세가 먼저 일어나 동산을 향해 발걸음을 옮겼다.

길은 산비탈을 따라 완만한 호를 그리며 정상으로 이어져 있었다. 천천히 걸었지만 전혀 대화가 이어지지 않는 사이에 꼭대기에 다다르고 말았다.

시계를 보자 12시 반 정도였다. 커다란 화톳불에 비춰진 경내는 환했다. 신사에 참배하러 온 사람들이 웃으며 새해 인사를 나누었다.

"이 광장 끝에 전망이 조금 더 트인 곳이 있어."

벤치에 앉아 나눠주는 음식을 먹은 뒤 하야세가 왔던 길과는 다른 길을 가리켰다.

그 손가락 끝에 숲 안쪽으로 이어진 외길이 있었다. 달빛을 받아 길이 하얗게 빛났다.

가자, 하는 하야세의 말에 유카가 일어났다.

"잠깐만, 그 전에 손 좀 씻고 올게. 어묵 국물이 묻었거든."

유카는 광장 화장실로 가서 머리를 다듬고 코트 호주머니에서 파우치를 꺼냈다. 이 안에는 립크림과 함께 아끼는 립스틱이 들어 있다.

사촌 언니가 준 크리스찬 디올 립스틱에는 'Tibet'라고 적혀 있다. '티베'라고 읽는 그 립스틱은 파란색과 남색의 육각형 케이스가 예뻐서 고이 간직해왔다.

입술에 살짝 발라보았다. 입술이 푸른빛이 도는 핑크색으로 물들었다. 형광등 밑에서 그 색깔이 건강하지 않아 보여 황급히 티슈로 닦았다.

한숨이 새어나왔다. 사촌 언니가 발랐을 때는 잘 어울렸는데 자신에게는 전혀 어울리지 않았다.

대신 색이 든 립크림을 바르고 하야세에게 서둘러 돌아갔다.

잎이 떨어진 커다란 벚나무 밑에서 하야세는 고시로의 귀 뒤를 쓰다듬고 있었다.

광장의 소란스러움을 뒤로 하고 두 사람과 한 마리는 걸음을 옮겼다.

밤하늘을 올려다보니 커다란 달이 걸려 있었다. 유카는 침묵이 어색해서 평소보다 쾌활한 목소리로 말했다.

"달이 참 밝네. 어쩐지, 엄청 예뻐."

하야세가 걸음을 멈추고 달을 올려다보았다.

"조수 이야기 있잖아, 그건 거짓말이더라."

"조수 이야기?"

"썰물 이야기 말이야."

하야세가 다시 걸음을 옮겼다. 평소라면 나란히 걷기 쑥스럽지만 고시로가 있으면 자연스럽게 어깨를 맞댈 수 있다.

고요한 목소리가 울렸다.

"조수는 달의 인력에 끌려 만조와 간조를 되풀이하잖아. 마찬가지로 사람의 몸속에도 조수가 있대. 혈조血潮라는 말도 있잖아? 그래서 사람은 만조 때 태어나 간조 때 죽는다더라고. 그렇게 들었는데 간조하고 전혀 상관없는 시간에 할아버지가 돌아가셨어."

그랬구나, 하는 대꾸 외에는 아무 말도 하지 못한 채로 한참을 걸었다.

10월 말경에 하야세의 할아버지가 타계했다. 반과 미술부를 대표해 장례식에 참석했는데, 하치고 교복을 입은 하야세가 체구가 작은 어머니를 지키듯이 조문객에게 인사를 하고 있었다.

고시로가 길가의 풀 냄새를 맡았다. 하야세가 그에 맞춰 걸음을 늦추었다.

"이 길 괜찮지? 고민거리가 있을 때 자주 와."

"나는 태어났을 때부터 줄곧 이 동네에서 살았는데도 이런 길이 있는 줄은 처음 알았어."

"할아버지가 알려주셨어. 너보다 할아버지가 이 마을에서 오래 사셨으니까."

하야세의 목소리가 살짝 밝아졌다. 거기에 이끌려 유카도 목소리가 들떴다.

"나는 생활 반경이 좁거든. 학교, 집, 학교, 집. 가끔 서점 정도 가서 책 보고 레코드 사고……, 요즘에는 CD구나. 그게 다야."

"뭐 들어?"

"BOØWY* 좋아했어. 해체했지만. 지금은 히무로 교스케의 〈FLOWERS for ALGERNON〉이라는 앨범을 자주 들어. 넌 뭐 들어?"

"딱히 이렇다 할 건 없어.《앨저넌에게 꽃을》이라는 책은 읽어봤어……. 이쪽이야."

길에서 벗어나자 갑자기 시야가 트였다.

발밑에서 수많은 빛 가루가 반짝거렸다. 그 광경이 끝도 없이 펼쳐져 있고 아득히 먼 곳에 산들이 만들어 내는 어둠이 보였다.

"여긴 꽤 높은 곳이구나."

"길이 내리막으로 바뀐 곳이 전혀 없었잖아? 정상에 있는 신사와 높이가 거의 같아. 옛날에 여기 있었던 산을 허물고 개발한 곳이 저 아래쪽의 주택가야."

눈 아래 가지런히 펼쳐진 빛은 대규모로 개발된 주택가의 불빛이었다. 하야세가 그중 한 곳을 손가락으로 가리켰다.

"저 즈음이 우리 집이야. 눈앞의 저 멀리 보이는 곳은 기후현의 요로산맥. 왼쪽은 알지? 스즈카산맥이야. 오늘은 공기가 깨

* 보위. 1982년 부터 1987년까지 활동한 일본의 록 밴드.

개가 있는 계절

곳해서 빛이 선명하게 보이네."

"날에 따라 차이가 있어?"

있어, 하고 하야세가 부드럽게 대답하고는 고시로를 안아 올렸다.

"공기가 맑은 정도에 따라 빛이 선명해지거나 부옇게 보이기도 해. 특히 낮에는 시간에 따라 풍경의 색조가 달라져. 빛의 양과 드는 방향이 다르거든. 그걸 포착해서……, 아, 이런 이야기는 따분하지?"

겸연쩍은지 하야세가 중간에 말을 멈추었다.

"전혀 따분하지 않아. 빛을 포착해서 어떻게 하는데? 그림으로 그려?"

그렇지, 하고 내키지 않는 목소리로 하야세가 고시로를 땅에 내려놓았다.

"하야세는 빛을 관장한다는 이름 그대로구나."

"돌아가신 아버지가 사진관을 하셨어."

할아버지 대부터, 하고 하야세가 밤하늘을 올려다보았다.

"사진은 빛을 다루는 일이라며 고시로光司郞라고 지어주셨어. 참고로 아버지의 이름은 빛을 다스린다는 뜻인 고지光治. 네 이름은 무슨 뜻이야?"

"유카? 4월에 태어났거든. 원래는 '사쿠라*'라고 짓고 싶었는

---

* 벚꽃이라는 뜻.

데 동네에 같은 이름을 가진 애가 있어서 '고운 벚꽃색 꽃'이라는 뜻으로 '유카優花'라고 지었대."

"유카의 이름에 있는 꽃은 벚꽃이었구나."

"비밀이야……라고 할 만큼 비밀도 아니지만."

"벚꽃을 볼 때마다 떠올릴게. 너도 이곳은 비밀이다?"

"하야세, 말하는 게 초등학생 같아."

웃으며 하야세의 등을 가볍게 때리자 은은한 감귤계 향기가 났다.

"냄새 좋다. 이거 포르투갈이야?"

야경을 보던 하야세가 돌아보았다.

"어떻게 알아?"

"옛날에 오빠가 고등학생 때 뿌렸었어. 여자친구를 만나러 갈 때면 꼭."

유카는 아무런 향수도 뿌리지 않은 스스로가 부끄러워져서 가슴께까지 자란 머리카락을 만지작거렸다.

희미하게 달콤한 향기가 났다. 어젯밤에 머리를 감을 때 티모테 컨디셔너를 듬뿍 바른 덕분인지도 모른다.

고개를 들자 하야세와 눈이 마주쳤다. 쑥스러워서 무심코 눈을 내리깔았다.

손가락으로 입술을 살짝 만져보자 거슬거슬했다. 립크림을 바르려고 호주머니에 손을 넣었다. 그런데 하야세 앞에서는 그것을 꺼내 입술에 바르기가 힘들었다.

아아, 하고 한숨이 새어나와 유카는 고시로에게로 몸을 푹 숙였다.

"······어쩐지, 잘 안 되네."

뭐가? 하고 하야세가 물었다.

"그냥 이것저것. 대학생이 되면 야무지게 해야지. 하지만 그 전까지는 어쩔 수 없어······, 제대로 못하더라도. 멋 부리는 거든 뭐든 지금은 참아야 해. 입시에 집중해야 하니까."

잠시 침묵하다가 "그렇지" 하고 하야세가 나직하게 말하고 유카에게 등을 돌렸다.

"조금만 더 있으면 공통 1차잖아. 넌 어디 시험 봐?"

"지역 대학 몇 곳. 하지만 하나는 도쿄에 있는 사립대를 보기로 했어. 분명 떨어지겠지만 기념 수험으로."

"기념 수험이 가능하다니, 시오미는 역시 아가씨구나."

"전혀 그렇지 않아. 아까도 그 이야기 때문에 싸우고 나온 거야. ······하야세는 전부, 도쿄야?"

하야세가 도쿄의 미술대학과 지역 대학 교육학부의 이름을 말했다.

"두 곳뿐이야? 사립은 어디 봐?"

"안 봐. 국립만. 아버지가 남겨주신 건 입시학원 비용으로 다 썼고, 할아버지 연금도 더는 안 들어오거든. ······정말로 따분한 얘기다. 갈까? 고시로가 하품을 하네."

야경에 등을 돌리고 하야세가 빠르게 걸음을 옮겼다. 그 뒤를 고시로가 따라가려고 했다.

유카도 황급히 리드줄을 잡고 일어났다.

"따분하지 않아. 아주 중요한 얘기잖아."

"너는 이런 얘기 실감 안 나잖아."

원래의 길로 돌아온 하야세가 가로등 밑에서 장갑을 벗어 내밀었다.

"추우니까 줄게."

"괜찮다. 니가 손가락 더 마이 쓰잖아."

분위기를 누그러뜨리기 위해 사투리를 썼지만 하야세는 웃지 않았다.

"미대는, 공통 1차는 별로 중요하지 않아. 모든 건 2차 실기에 달렸거든. 하지만 네가 시험 보는 곳은 그렇지 않잖아? 어서, 감기 걸리면 어떡해."

고시로의 줄을 빼앗더니 하야세가 빠르게 걷기 시작했다. 그 뒤를 쫓아갔다.

미술 교사를 지망했던 사사야마에게 들은 말이 있다.

하야세가 지망하는 미대는 일본 최정상이자, 들어가기 가장 어려운 학부로, 시험은 사흘에 걸쳐 이루어진다. 그들의 실기 시험은 한나절이나 이틀에 걸쳐 하나의 작품을 완성하는 것이라고 한다.

일반적인 입시에서는 다른 학생의 답안지를 절대 볼 수 없다. 하지만 미술 실기 시험에서는 다른 수험생이 작품을 제작하는 과정이 훤히 보인다고 한다. 자기 작품의 완성 속도가 늦거나 다른 사람의 작품 완성도가 빼어나면 의욕을 잃고 자멸하는 경우도 많다고 한다.

긴 시간 동안 맨손으로 격투를 하는 듯한 시험이라고 사사야마는 말했다.

조금 낡은 바람막이를 입은 등이 앞에서 걸어간다.

이 사람은 최정상을 목표로 전국의 수험생들과 경쟁하는 것이다.

언제나 진심이다. 무엇 하나 결코 허투루 하지 않는 이 사람은 어떤 싸움을 펼칠까.

하야세의 장갑에 남아 있는 온기가 손끝에 전해져왔다. 그 열은 온몸을 휘돌아 몸속 깊은 곳에 뜨겁게 깃들었다.

심장 고동이 빨라졌다.

이 두근거림은 몸을 휘도는 조수 소리. 혈조의 간만은 고동의 울림.

하야세의 머리 위에서 커다란 달이 빛났다.

이 위성의 인력에 끌려 조수는 밀물과 썰물을 되풀이한다.

"하야세."

하야세가 걸음을 멈추었다. 돌아볼 줄 알았는데 등을 돌린 채였다.

그 등에 손을 뻗고 싶었다. 뻗어서 넓은 등에 얼굴을 파묻고 싶었다.

"하야세⋯⋯."

부르는 목소리에 물기가 어렸다. 그런 감정을 얼버무리고 싶어서 일부러 장난스럽게 말했다.

"미안, 아무것도 아니야. 그냥 좀⋯⋯ 넘어질 뻔했을 뿐이야."

한숨처럼, 하야세가 크게 숨을 내쉬고 고개를 숙였다.

"슬슬 돌아가자, 시오미."

벌써 가? 사실은 그렇게 말하고 싶었다. 그런데 입술 사이로 나온 건 "그래" 하는 순순한 동의였다.

"그만 갈까? 고시로도 졸려 보이고."

고시로를 사이에 두고 아무 말도 없이 둘이서 산을 내려왔다. 어깨를 나란히 하고 걸었지만 아까보다 아주 조금 거리가 멀어진 느낌이 들었다.

길은 중학교 앞으로 나왔다. 집으로 이어진 외길 바로 앞에서 하야세가 걸음을 멈추었다.

"여기서부터는 혼자 가. 나랑 같이 있으면 가족들한테 혼날 거야."

"넌 이제부터 어떻게 할 거야?"

"네가 무사히 집에 도착할 때까지 보고 있을 거야."

하야세가 몸을 숙여 고시로를 쓰다듬었다. 졸음이 쏟아지는지 고시로의 반응이 얌전했다.

외길 중간에서 돌아보자 하야세는 교문 앞에 서 있었다.

집 앞에서 다시 돌아봤을 때는 이미 모습이 보이지 않았다.

그래도 어딘가에서 지켜봐주고 있다는 느낌이 들어서 유카는 달아오른 뺨을 양손으로 눌렀다.

달콤쌉싸름한, 장갑에서 희미하게 포르투갈의 향기가 났다.

1월에 접어들어 금상[*]이 붕어하고 쇼와 64년은 7일 만에 끝났다. 며칠 뒤에 공통 1차가 다가왔기 때문에 그 무렵의 기억은 흐릿하다.

1월 말부터 간사이 지역을 시작으로 사립대학 입시가 시작되었다. 와세다 대학의 입시는 2월 말경이다. 국공립대학의 수험을 치를 때 와세다대의 합격 여부는 아직 알 수 없었다.

하지만 끝나고 보니 사립은 와세다 대학을 포함해 모두 합격이었다. 국공립대학 두 곳에서도 합격 통보를 받았다.

도카이 지구에서도 손꼽히는 국립대학에 합격하자 가족은 기뻐했다. 평소에는 싫은 말만 하는 할머니 할아버지도 그때만큼은 칭찬해주었다. 칭찬은 기뻤지만 당연히 거기로 진학할 거라 믿어 의심치 않는 두 사람 앞에 있으면 괴로웠다.

집에서 다닐 수 있는 명문 국립대에 진학할 것인가, 도쿄의 유명 사립대로 갈 것인가.

이 지역에서 취직할 생각이라면 지역 대학에 가는 편이 유리하다.

* 현재 왕위에 있는 임금. 여기서는 히로히토 일왕을 말한다.

알고는 있지만 도쿄의 대학교에 가고 싶은 마음을 억누를 수 없었다.

가족에게 털어놓자 할아버지는 단박에 반대했고, 할머니는 대체 뭐가 불만이냐며 울었다.

불만 같은 건 없다. 단지 가보고 싶을 뿐이다.

그런 이유로는 아무도 이해해주지 않을 거라 생각했다. 하지만 부모님이 지지해준 덕에 도쿄행이 결정되었다.

3월 중순, 마감 기한 아슬아슬하게 입학 수속을 마친 뒤 아버지와 함께 상경해 살 곳을 찾았다.

바람은 이루어졌지만 앞으로 들어갈 비용을 생각하면 마음이 무거웠다.

아침 일찍 대학생협에서 방을 소개받아 네 곳을 살펴보고 두 번째로 본 방으로 정했다. 1층에 집주인이 사는 다세대주택이었는데, 방에 전화를 놓을 때까지 주인집 전화를 쓰게 해주기로 한 것이 결정적 이유였다.

전화 가입권을 구입하려면 7만 엔 가까이 든다. 아버지는 사주겠다고 했지만 방을 빌리고 생필품을 갖추는 데 예상한 것보다 훨씬 많은 비용이 들었다. 하다못해 전화 정도는 스스로 아르바이트를 해서 놓을 생각이었다.

생협에서 수속을 마치고 집주인에게 인사하러 가자 이미 저녁이었다. 이삿짐을 넣는 문제로 의논을 한 뒤 둘이서 가장 가까운 역으로 향했다.

신주쿠행 전철은 이미 출발한 직후였다.

도쿄는 참 편리하구나, 하고 아버지가 중얼거리며 벤치에 앉았다.

"차를 하나 놓쳐도 바로 다음 차가 오고. 그래도 학교에서 조금 더 가까웠으면 좋으련만. 도쿄는 방값이 비싸서."

"도심보다 조용해서 좋은걸."

그렇지, 하고 아버지가 대답하고 일어났다.

"여기가 앞으로 유카가 살아갈 마을이구나……."

기찻길 간판 너머로 집들이 끝도 없이 밀집해 이어져 있었다. 익숙한 산 풍경도, 논을 타고 건너오는 바람도 없다. 이따금 파도 소리처럼 들리는 울림은 바다가 아니라 간선도로를 오가는 자동차 소리다.

그 파도 같은 울림 사이에 작은 목소리가 들렸다.

"유카, 할아버지 할머니를 너무 나쁘게 생각하진 말아 다오."

"그거야 나도 알지만……."

"두 분 다 유카가 미워서 그러는 게 아니야. 단지, 아침부터 밤까지 공방에서 일하다보면 숨이 막혀서 어디든 토해내고 싶을 때가 있거든. 쏟아내고 나면 후련해지니까 하고 싶은 말 다 하게 두고, 아무리 그래도 너무한다 싶으면 내가 나서서 못을 박지. 나중에 엄마한테는 진심으로 사과하고. 기가 약한 아빠의 처세술이다. 엄마는 이해해주지만 유카는 마이 힘들었제?"

한심한 아빠라서 미안하구나, 하고 아버지는 중얼거렸다.

아버지가 그런 이야기까지 하는 것이 괴로워 유카는 고개를 숙였다.

근처에 학교가 있는지 동아리 연습을 하는 듯한 목소리가 바람을 타고 들려왔다.

미안하다, 하고 아빠가 다시 말했다.

"사실은 아빠 위로 누나가 둘 있었거든. 어릴 때 피난 갔던 곳에서 목숨을 잃었어."

유카는 처음 듣는 이야기에 옆에 있는 아버지를 보았다.

아버지는 황사로 살짝 탁해진 하늘을 보고 있었다.

"그런 이야기는 처음 들었어. 아빠가 첫째인 줄 알았는데."

"아빠는 어려서 너희 할머니랑 같이 있었어. 하지만 그날 일은 똑똑히 기억해. 작은 유골함 두 개를 안고, 보내지 말았어야 했다고 할머니가 엉엉 울더라. 유카는 그 첫째 누나와 닮았대. 야무지고 귀여운 아이라고."

"융통성 없다고 늘 혼났는데."

"아빠랑 기후에 사는 삼촌도 어릴 때 그런 말 자주 들었어."

"할머니는 단순히 일에 치여서 화를 잘 내는 건 줄 알았어."

그런 것도 있지, 하고 아버지가 말하고 발밑으로 눈길을 떨어뜨렸다.

"전쟁이 끝난 다음 해에 할아버지가 동남아에서 돌아왔어. 어린 두 딸의 마지막을 듣고 할아버지도 울었어. 그 전에도 그 뒤로도 할아버지가 남들 앞에서 우는 걸 본 건 그때뿐이었지."

개가 있는 계절

"하지만 전쟁으로 큰 상처를 입은 건 엄마도 똑같잖아. 그런데도 할머니는……."

"엄마는 부모님은 안 계셨어도 고모 밑에서 고등학교까지 갈수 있었잖아. 아빠는 중학교를 졸업하고 바로 할아버지가 시키는 대로 이 길로 들어왔고. ……할머니는 그게 한으로 남아서 엄마한테 모질게 대하는 걸 거야."

하지만 제빵사는 좋은 직업이야, 하고 아버지는 웃었다.

"아빠는 기가 약해서 분명히 밖에서는 제대로 살아가지 못했을 거야. 빵집을 이으라고 한 할아버지의 판단이 옳았어. 하지만 유카는 아니야. 자식들한테는 내가 하지 못했던 걸 시켜주고 싶거든. 아빠도 엄마도 그렇게 생각한단다. 그러니까 아빠는 최선을 다해서 유카가 원하는 곳으로 보내줄 거야. 네가 노력가라는 건 우리 가족 모두 다 알고 있어."

"하지만 할머니는……, 이제 나랑은 말도 하지 않는걸."

"여자애를 멀리 보내면 살아서 돌아오지 못할 거 같아서 무서운 거야. 이건 논리로 따질 수 있는 문제가 아니야. 그냥 무서운 거야. 제대로 표현할 수가 없으니까 그렇게 되는 거지. 전쟁은 사람의 마음을 망가뜨리거든."

할머니는 말 한 마디 하지 않으면서 오늘 아침에 집을 나설 때는 어머니와 함께 길까지 나와 보이지 않을 때까지 배웅해주었다. 할아버지가 도시락이라며 준 보따리에는 입시 날과 똑같이 돈가스 샌드위치가 들어 있었다.

전철이 통과한다는 안내 방송이 흘러나왔다.

전철은 굉음을 내며 눈앞을 지나갔다.

플랫폼이 조용해졌을 때 아버지가 대학생협에서 받은 봉투를 보았다.

"'축 헤이세이 원년도 신입생'. 쇼와 시대는 끝났구나. 헤이세이는 유카처럼 전쟁을 모르는 아이들의 시대야."

3월 하순, 미술부 고문 이가라시와 고시로를 보기 위해 유카는 하치료 고교로 향했다.

'고시로를 돌보는 모임'은 졸업식이 끝나고 인수식을 가졌다. 고시로는 다음 3학년이 중심이 되어 이어서 돌보고 올봄에 들어올 신입생을 새로운 부원으로 받아들일 예정이다.

졸업 후에는 모임의 선배로서 고시로를 챙길 예정이었다. 하지만 도쿄로 진학을 결정했으므로 앞으로는 좀처럼 만나러 올 수가 없다.

고시로가 좋아하는 뼈 모양 개 껌을 들고 부실로 들어가자 후지와라 다카시가 고시로를 빗질해주고 있었다.

그 옆에서 하야세가 '고시로를 돌보는 모임', 줄여서 '고돌모' 일지에 연필로 뭔가 하고 있었다.

후지와라가 빗을 가볍게 털었다.

"어, 시오미. 와세다로 결정했다며? 도쿄에는 언제 가?"

"내일. 후지와라, 혹시 파마 했어?"

후지와라의 앞머리는 불룩하게 부풀려서 옆으로 내린, 히카루GENJI의 모로호시 카즈미의 머리 모양과 비슷했다.

후지와라가 앞머리 끝을 가볍게 손가락으로 튕겼다.

"알아보겠어? 파마도 하고 색깔도 밝게 뺐어. 그리고 이것도 봐봐."

후지와라가 호주머니에서 정기권 카드 지갑 같은 것을 꺼냈다.

"자동차 면허도 땄지."

작년에 이미 게이오기주쿠 대학에 추천 입학이 결정된 후지와라는 2월 동안 운전학원에 다닌다고 했었다.

"축하해. 무사히 땄구나."

"별로 어렵진 않아. 시오미, 도쿄에서 드라이브 하자."

"바쁘니까 됐어. 미안해. 갓 운전면허 딴 사람 차는 무섭기도 하고."

"물 흐르듯이 자연스럽게 거절당했어, 하야세."

연필을 움직이던 손을 멈추고 하야세가 진지하게 말했다.

"후지와라, 넌 정말로 경박하구나."

"발놀림이 가볍다고 해줘. 학년에 한 명 정도는 나 같은 애가 필요하다니까. 모두가 하나같이 너 같은 녀석들만 있으면 동창회 같은 건 백 년이 걸려도 안 열릴걸."

"다 그렸어. 바꾸자."

하야세가 일어나자 교대하듯이 후지와라가 책상으로 향했다.

"둘이서 뭐 그려?"

유카는 후지와라의 손 쪽을 들여다보았다.

고돌모 일지는 이 학교에서 개를 키워도 된다고 허락해준 교장이 선물한 5년짜리 일기다. 그 자유 노트 공간에 앉아 있는 고시로 그림이 그려져 있었다.

"와아, 귀여워. 너무 귀엽다!"

"역시 하야세야. 부탁했더니 쓱쓱 그려줬어."

"그럼 후지와라는 뭐라고 쓸 거야?"

"기껏 5년 동안 쓸 수 있는 일지를 받았으니까 졸업식이 끝나면 그 해의 대표가 한 마디 남기는 게 어떨까 싶어서. 가장 인상 깊었던 일을 쓰려고. 시오미는 뭐야?"

"굿바이 쇼와, 헬로 헤이세이 같은 거?"

"좀 평범하네. 너무 심심하고 무난해."

후지와라가 조금 고민하더니 집게손가락을 가볍게 흔들었다.

"그럼 이건 어때? 뭐니 뭐니 해도 '고시로가 하치고에 온 일'."

"일단은 그거지. 어때, 하야세?"

"그것도 충분히 평범하고 무난하지만 그림이랑은 어울리네."

하야세가 고시로의 등을 빗겨주었다.

후지와라가 큼지막한 글씨로 '쇼와 63년도 졸업생'이라고 쓴 뒤 자신의 이름을 적었다.

"후지와라, '대표'라고 써야지."

"어쩐지 좀 쑥스러워서."

뭘 이제 와서, 하고 하야세가 말했다.

개가 있는 계절

"빨리 써. 시오미가 왔으니까 이가라시 선생님한테 가야 해."

후지와라가 고시로 그림 밑에 들어가 있는 히로세의 사인을 손가락으로 쓸었다.

"재촉하지 마. 하야세 사인 멋진걸. 그런데 읽을 수가 없네. 하는 수 없지. 내가 '하야세'라고 큼지막하게 잘 써줄게."

하야세의 그림 밑에 '미술부 하야세 고시로 그림'이라고 쓴 뒤 후지와라는 자신의 이름에 '대표'라고 덧붙였다.

그럼, 하고 후지와라가 일어났다.

"나는 볼일이 생각나서 그만 가볼게."

"야, 선생님한테는?"

"너희 둘이서 다녀와. 그럼 하야세, 굿 럭!"

후지와라가 영화 〈탑건〉의 톰 크루즈처럼 엄지손가락을 세우고 나갔다.

"대체 뭐가 굿 럭이라는 거야. 그래도…… 저 녀석이 없으니 갑자기 조용해지네."

"하야세, 사실은 후지와라랑 잘 맞는 거 아냐?"

설마, 하고 말하고 하야세가 우물거렸다.

"그래도 뭐, 나쁜 녀석은 아니야."

하야세가 다시 고시로의 등을 빗겨주었다.

조용한 부실에 봄 햇살이 들어왔다. 그 아래서 하야세는 고시로의 하얀 털을 계속 빗었다.

고시로가 기분 좋은지 눈을 감았다. 부드러운 빛에 감싸인,

같은 이름을 가진 사람과 개는 행복해 보였다.

그림을 그릴 줄 안다면 이 순간을 영원히 남길 텐데.

유카는 후지와라가 앉아 있던 자리에 앉아 하야세와 고시로를 보았다. 하야세는 아무 말도 하지 않고 손을 계속 움직였다.

유카는 여기 오기 전에 본, 각 대학의 합격자 이름이 붙은 게시판을 떠올렸다. 하야세의 이름은 어디에도 없었다.

축하해, 하는 작은 소리가 들렸다.

"너는 내일 가는구나. 후지와라는 오늘 밤에 차로 출발한대. 가족이 다 같이 드라이브 삼아."

"너는……?"

"아쉽지만. 하지만 그림은 포기하지 않을 거야."

"그럼 내년에 도쿄에서 만날 수 있겠다."

고시로가 꼬리를 파닥파닥 흔들었다. 하야세는 입을 다문 채로 빗을 움직였다.

"맞다……, 하야세의 장갑, 계속 빌린 채로 있었어. 미안해."

"괜찮아. 다른 게 있으니까."

섣달그믐에 빌린 하야세의 장갑은 수험 기간 동안 줄곧 부적 대신 지니고 있었다. 덕분에 긴장이 풀려 모든 일이 다 잘 풀렸다. 하지만 그런 만큼 하야세의 운을 빼앗은 것 같은 기분이 들었다.

"미안해, 하야세. 꼭 돌려줄게…… 보내줄게. 편지도 쓸게."

됐어, 하고 하야세가 고개를 가로저었다.

"이사 가거든. 아직 주소는 정해지지 않았지만."

"그럼 정해지면 알려줘. 이건 내 연락처야. 잃어버리면 빵집의 누군가한테 말 남겨놔도 되고."

도쿄의 주소를 쓴 메모에 하야세가 눈길을 주었다.

"도쿄도 네리마구. 도쿄 사람이 되는구나."

"내가 그래도 되나 싶어. 부모님한테 부담을 끼치면서까지 가서 내가 뭘 할 수 있을까. 도시의 실력 있는 애들 틈에서 뭘 이룰 수 있을까 하는 생각이 들어."

"뭘 할 수 있을지 모르니까 가는 거잖아."

갑자기 눈물이 굴러 떨어졌다. 고시로가 의아하게 보았다.

"미안해……, 어라? 왜 우는 거야?"

앞만 보고 똑바로 나아가는 하야세는 언제나 망설이는 내 등을 밀어준다.

"하야세. 나는 줄곧 콤플렉스를 안고 있었어. 내세울 점도 재능도 전혀 없거든. 그래서 공부라도 열심히 해봤지만, 역시 겁이 나. 정말로 평범하고 무난해서."

"그렇게 좋은 학교에 붙어놓고 평범하다고 하면 남들한테 혼난다? 하지만 이해해. 그런 문제가 아니니까."

고시로가 다가와 발밑에 바짝 붙었다. 유카는 그 앞에 앉아 등을 쓰다듬었다.

하야세가 빗에 엉긴 털을 종이로 빼냈다.

"나도 가끔 비슷한 생각을 해. 다른 사람들의 작품을 볼 때면."

"너도? 넌 절대 평범하지 않은걸."

"어딜 가든 뛰는 사람 위에는 나는 사람이 있어. 하지만 평범하든 아니든 내가 가진 걸 믿고 갈고닦아 나갈 수밖에 없잖아. 그리고……."

하야세가 벽 쪽의 선반 앞으로 가서 고시로의 빗을 바구니 안에 넣었다.

"네가 평범하다면, 그 평범함은 무척 좋은 걸 거야. 고시로도 그렇게 생각하지?"

고시로가 하야세에게 달려갔다. 몸을 숙인 하야세가 그 등을 쓸어주었다.

"'그렇다'고 하네."

미소 짓는 하야세의 옆에서 고시로가 기쁜 듯이 꼬리를 흔들었다.

"하야세, 고마워……, 고마워."

하야세가 옷에 묻은 털을 가볍게 털어냈다.

"고시로도 단정해졌으니까 미술실로 가자. 선생님이 기다리고 계셔."

가자, 하고 고시로에게 말하고 하야세가 문을 열었다.

그 등에 대고 말했다.

"하야세, 올해는 바쁘겠지만……."

바쁜 일이 다 끝나면 또 만나줄래?

그렇게 덧붙이고 싶은데 거절당할까 두려워 말이 나오지 않았다.

고시로가 신나게 짖으며 달려 나갔다. 유성처럼 달려가는 그 개를 하야세가 뒤쫓아갔다.

*

시오미라고 하는 다정한 그 사람은 인간 고시로 말에 따르면 유카라는 이름도 있나보다.

하치료 고교 옆으로 흐르는 주시강 강변에서 개 고시로는 벚 나무를 올려다보았다.

작은 용수로 같은 이 강의 양쪽 강가에는 일정한 간격으로 벚나무가 심겨 있다. 산책하러 나올 때마다 꽃향기가 짙어지는 게 즐거워서 지금은 고시로가 잠자는 곳 다음으로 좋아하는 곳 이다.

유카의 뜻은 이 꽃이라고 인간 고시로가 말했다.

그는 다른 학생들이 있을 때는 무뚝뚝하지만 혼자 있을 때는 잔뜩 놀아주고 유카 이야기만 한다.

꽃향기에 섞여 희미하게 빵 냄새가 났다.

'유카 냄새…….'

인간 고시로의 손가락도, 의자 주변도 같은 냄새로 감싸여 있 다. 그것이 참을 수 없이 좋았다.

두 사람은 조금 전까지 이가라시와 건물 안에 있었는데, 커피를 마신 뒤 이 벚나무 길로 왔다.

커피 냄새와 함께 이가라시의 목소리가 내려왔다.

"시오미. 학교에 오면 준비실에도 얼굴 내밀어. 또 커피 내려줄게."

"선생님 비장의 커피, 맛있었어요."

"내가 친히 내렸으니까 맛이 없을 리가 없지. 안 그래, 고시로?"

"선생님의 '친히'는 가끔 망할 때도 있어요."

"너한테는 이제 내려주나 봐라. ……그럼 가봐, 시오미. 건강하게 잘 지내고."

고시로, 하고 유카가 눈앞으로 몸을 숙였다.

햇살 아래에서 반짝이는 긴 머리카락에서 꽃향기가 났다.

"고시로, 잘 있어. 나 잊으면 안 된다?"

유카가 다정하게 머리를 쓰다듬어주고 일어났다. 조금 걸어가다 뒤돌아보고 인간 고시로에게 손을 흔들었다.

"하야세, 내년에 도쿄에서 보자!"

고시로가 손을 흔들었다. 벚꽃을 구경하는 사람들 사이로 유카의 모습이 섞여 들어갔다.

"말 안 했어?"

이가라시의 굵은 목소리가 들렸다.

"교육학부에 추가 합격해서 이곳의 대학에 간다고."

"말 안 했어요."

"왜?"

개가 있는 계절

"시오미는 앞으로 대학교에서 여러 사람들을 만날 테니까요."

몸이 둥실 떠오르자 고시로는 주변을 두리번거렸다. 인간 고시로에게 안겨 있었다.

이가라시가 호주머니에서 담배를 꺼내 불을 붙였다.

"너라면 1년만 더 노력하면 내년에 충분히 도쿄에 갈 수 있을 거 같은데. 그 학교는 재수, 삼수하는 사람이 흔한 곳이니까."

"괜찮아요."

고시로는 딱 잘라 말했다.

"처음부터 재수는 안 한다고 정했었거든요. 여기 남으면 엄마한테 생활비 부담을 안 끼쳐도 되니까요. 교직에 몸담으면 학자금 대출 상환도 면제되고요."

"미술 교사도 나쁘지는 않지만."

이가라시가 담배를 피웠다. 고시로가 벚나무 가지로 손을 뻗어 꽃을 보았다.

"저는 시오미에게 못되게 굴었어요. 개네 집에서 팔고 남은 빵을 사는데 다른 빵을 공짜로 주려고 했던 날이 있었어요. 기분 나쁘게 거절했어요. 적선 받는 것 같았거든요."

고시로가 입을 다물었다. 얼굴을 핥자 머리를 가볍게 만져주었다.

"먹고살기 힘든 건 아니야. 그런 식으로 말했어요. 하지만 사실은 힘들었어요. 그림 그리면서 식빵을 쓸 때는 되도록 아껴 쓰고 남은 건 엄마랑 먹었거든요. 그게…… 부끄러웠어요."

"나도 젊었을 때는 비슷했어."

"그래도 비참했어요. 그것만이 아니에요. 그 애 앞에 서면 초조해져요. 어떻게 해야 좋을지……, 만지면 부서질 것 같아서."

젊구나, 하고 이가라시가 웃었다.

"푸른 봄의 계절이야. 뭐, 어쨌든 종종 커피 마시러 와라. 언제든지 기다려줄 테니까."

이가라시는 가볍게 손을 흔들고 교사로 돌아갔다.

인간 고시로에게 안겨서 고시로는 벚나무를 올려다보았다.

고시로가 가지에 손을 뻗어 코끝에 꽃을 가까이 대주었다.

"자, 잊지 마, 고시로. 이게 유카의 꽃이야."

그녀의 앞에서는 '시오미'라고 무뚝뚝하게 부르면서 자기 앞에서는 '유카'라고 다정하게 말한다.

이걸로 됐어, 하고 고시로가 중얼거렸다.

"다만, 모든 부분에서……, 내가 좀 더 어른이었으면 좋았을 텐데."

고시로는 가만히 가지를 원래 자리로 돌려놓고 벚꽃을 올려다보았다.

"정말로, 정말로 좋아했어."

제2화
세나와 달린 날

—

헤이세이 3년도 졸업생

헤이세이 3년(1991) 4월~헤이세이 4년(1992) 3월

이 학교에서 살기 전에는 언제나 같은 사람이 밥을 주었던 기억이 있다.

지금은 얼굴도 모습도 기억나지 않지만 그때는 그 누군가가 '시로'라고 불렀다.

그 뒤로 이곳으로 와서 '고시로'라는 이름을 받았다. 여기서 늘 그림을 그리던 사람과 같은 이름이다. 그 사람의 손끝과, 언제나 다정한 '유카'에게서는 희미하게 같은 냄새가 났다. 향긋한 빵 냄새다.

하치료 고교 동아리동 한쪽에서 고시로는 아침밥을 먹었다.

여기서는 밥을 주는 사람이 매일 다르다. 그 사람들도 해마다 바뀐다. 올해는 학생 열 명이 매일 아침 교대로 나타나 밥을 주고 빗질 등을 해주며 돌보고 있다.

고시로는 사료를 다 먹고 눈앞에 있는 학생의 얼굴을 올려다
보았다.

오늘 담당은 홋타 사쓰키. 열 명의 학생들을 통솔하는 남학생
이다.

"고시로, 다 먹었어?"

다 먹었어, 하는 의미를 담아 사쓰키를 향해 꼬리를 흔들어
보였다.

"그럼 오늘도 가볼까?"

고시로는 대답 대신 다시 꼬리를 흔들고 하치료 고교 정문으
로 향했다.

사쓰키는 유카와 인간 고시로가 사라진 뒤 나타났다. 느긋한
말투와 넓은 이마, 굵고 처진 눈썹이 너글너글한 분위기를 풍기
는 학생이다.

사쓰키가 나타난 해의 여름, 유카가 뼈 모양의 껌을 들고 여
기로 와주었다.

기뻤지만 한동안 와주지 않았던 게 서운해서 순순히 어리광
을 부리지 못했다. 사쓰키의 뒤에 숨어 유카를 보고 있었더니
그녀는 "잊었나 보네" 하고 쓸쓸하게 말하고 돌아갔다.

그녀는 그 이듬해 여름에도 왔다. 이번에는 개 껌과 함께 천
으로 만든 장난감도 하나 가지고 왔다. 씹는 느낌이 너무나도
좋아서 무심코 장난감을 물고 안뜰의 철쭉 아래로 달려갔다. 거
기서 장난감을 실컷 물어뜯고 노는 사이에 유카는 모습을 감추

개가 있는 계절

었다.

세 번째 여름. 마침내 유카는 오지 않게 되었다. 그제야 간신히 깨달았다.

주시강 강가 벚나무에 꽃봉오리 냄새가 나면 이곳을 떠나가는 아이들이 있다. 그들은 이곳에 두 번 다시 나타나지 않았다. 여름이 올 때마다 만나러 와준 유카가 특별했던 것이다.

'유카, 보고 싶다.'

다음에 그 냄새를 맡으면 곧장 그녀에게로 달려가 온몸으로 기쁨을 표현하고 싶었다.

그래서 어디를 가더라도 유카의 냄새를 찾았다.

하치고 교문 옆에 앉자 학생들이 등교했다.

"안녕, 고시로?"

다양한 남녀 학생들의 목소리가 쏟아졌다. 고시로는 꼬리를 흔들어 대답하며 그리운 냄새를 찾았다.

귀를 간질이는 다정한 목소리와 머리를 쓰다듬어주는 작은 손. 거기서 흘러나오는 맛있는 냄새. 인간 고시로나 이가라시가 안아 올리면 어깨와 가슴팍이 딱딱하고 울퉁불퉁하지만 유카가 안아주면 어디든 부드럽다. 그리고 긴 머리카락에서는 언제나 달콤한 향기가 났다.

순간적으로 유카와 비슷한 냄새가 나는 사람은 학생들 중에도 몇 명 있다. 하지만 그녀와는 어딘가 달랐다.

큰 소리가 연속해서 났다.

종소리라고 하는 이 소리가 나면 관리실의 구라하시에게 갈 시간이다. 고시로는 현관 입구 근처에 있는 그의 방으로 가려다 멈췄다.

유카의 냄새가 났다.

참을 수 없이 식욕 돋는 그 냄새는 그녀의 가방에서 자주 났었다.

신발장으로 달려가자 바닥에 놓인 가방에서 냄새가 났다.

'유카?'

기대하며 올려다보자 안경을 쓴 남학생이 있었다.

'얘, 너 유카를 알아? 응? 알아?'

대답은 없고 눈앞에 슬리퍼가 떨어졌다. 유카와는 전혀 다른 냄새다. 그런데도 참을 수가 없어서 반사적으로 그 슬리퍼를 물었다.

천을 씹는 감촉이 기분 좋았다.

고시로는 짜릿한 쾌감에 몸을 맡기고 달려 나갔다.

*

홈룸 시작 10분 전을 알리는 예비종이 울렸다.

평소라면 관리실 앞에 고시로가 나타날 시간이다. 그런데 오늘은 나타나지 않았다.

무슨 일이 있는 걸까.

개가 있는 계절

홋타 사쓰키는 교사를 여기저기 둘러보며 현관으로 향했다.

고시로는 아침밥을 먹으면 교문 옆에 앉아 등교하는 학생들을 지켜본다. 예비종을 들으면 그때부터는 관리실의 구라하시에게로 가서 오후가 될 때까지 그곳에 있는 것이 일과다.

현관 입구에 도착하자 학생들이 신발을 슬리퍼로 갈아 신고 있었다.

하치료 고등학교의 실내화는 학생이 각자 준비하는 슬리퍼다. 이 학교는 구두나 교복 스커트 길이는 엄격하게 규정하면서 어째서인지 실내화만큼은 지정된 것이 없다.

덕분에 여름에는 시원하고 겨울에는 따뜻한 소재로 된 슬리퍼를 신을 수 있지만 저마다 좋아하는 색깔의 슬리퍼를 신고 걸어 다니는 모습은 마치 집에 있는 것 같아서 긴장감이 없었다.

사쓰키는 교문 주변을 보러 가봐야겠다 싶어 슬리퍼에서 구두로 갈아 신었다.

신발장 반대쪽에서 "요놈아!" 하는 남자의 목소리가 들렸다.

"거기 서, 고시로!"

파란 슬리퍼를 입에 문 흰 개가 달려갔다. 살짝 늘어진 귀와 뭉실뭉실한 하얀 털. 이 학교에서 사는 개, 고시로다.

은테 안경을 쓴 남학생이 양말만 신은 채 고시로를 뒤쫓았다. 같은 3학년 아이바 다카후미다.

사쓰키가 잠깐 기다려! 하고 부르고 아이바의 팔을 잡았다.

"저렇게 되면 고시로는 감당이 안 돼. 슬슬 시작종이 울릴 테니까 먼저 교실로 들어가. 슬리퍼는 나중에 우리가 책임지고 찾아줄게."

"삿짱 선배, 여기요."

고돌모 후배가 종이 슬리퍼를 내밀었다.

학교의 학생회가 대표를 겸임하는 '고시로를 돌보는 모임', 줄여서 '고돌모' 부원은 종이 슬리퍼를 자기 신발장에 상비하고 있다.

고시로가 누군가의 슬리퍼를 물고 달아났을 때는 먼저 피해를 입은 학생에게 종이 슬리퍼를 내주고, 홈룸이나 수업에 지장이 없는 시간에 부원들이 찾으러 가기 때문이다.

사쓰키는 아이바에게 종이 슬리퍼를 건네고 합장하듯이 가볍게 손을 모았다.

"아이바, 미안해. 일단 이거 신어."

또야, 하고 아이바가 언짢은 티를 내며 종이 슬리퍼를 받아 들었다.

고시로의 모습은 이미 보이지 않았다. 고시로는 평소에는 얌전하면서도 개의 본능인지 사냥감만 물면 놀라울 만큼 발이 빨라진다.

"미안해. 꼭 다시 찾아올게. 하지만 만에 하나 이미 너덜너덜해져 있으면 고돌모 부실로, 그래봐야 미술부실이지만……."

알아, 하고 아이바가 중간에 말을 끊었다.

"이번이 세 번째니까."

개가 있는 계절

"그랬지……, 그럼 또 나중에 거기서 슬리퍼 골라. 지난주에 졸업생이 새 슬리퍼를 잔뜩 기부해줘서 다양하게 있어."

아이바는 말없이 종이 슬리퍼를 신고 잔뜩 성이 난 발소리를 내며 걸어갔다.

점심시간에 고돌모 멤버가 찾아보니, 아이바의 슬리퍼는 안 뜰 철쭉나무 밑에서 발견되었다. 그렇게 많이 씹지는 않았지만 흙 때문에 더러워졌으므로 역시 방과 후에 새 슬리퍼를 고르게 하기로 했다.

사쓰키는 아이바를 기다리며 미술부실 한쪽에 있는 고돌모 부실에서 일지를 펼쳤다.

이 모임에서는 3학년 중 한 명이 이 '고시로 일지'를 담당하는 것이 관례였다.

5년 일기라는, 5년치를 묶어 한 권으로 만든 일기장을 펼치자 붓으로 적힌 글자가 먼저 눈에 들어왔다.

'책임이란 무엇인지, 생명을 돌보는 것이 어떤 의미인지, 각자 직접 겪으면서 고민해보도록. 쇼와 63년 하치료 고교 교장'

딱딱하고 투박한 글씨로 적힌 글은 고시로가 이 학교에서 살아도 된다고 허락해준 전임 교장이 써놓은 것이다. 교장이 고돌모의 초대 회장 후지와라 다카시에게 이 일기를 주며 대대로 기록하라고 했다고 한다.

첫해인 쇼와 63년부터 헤이세이 원년에 걸쳐서는 회장인 후지와라가 주로 일지를 기입했다.

일지의 마지막에 있는 18페이지 분량의 자유공간을 보면 '쇼와 63년도 졸업생 대표 후지와라 다카시'라고 적혀 있고, '올해에 가장 인상 깊은 일'로 '고시로가 하치고에 온 일'을 꼽았다.

그 옆에 강아지 그림이 그려져 있고, 밑에는 '미술부 하야세 고시로 그림'이라고 적혀 있었다.

'헤이세이 원년도 졸업생'이라고 쓴 사람은 사쓰키가 입학한 해에 3학년이 된 다카나시 료다. 미술부 부장도 겸임했던 그에 따르면, 강아지 그림을 그린 하야세 고시로는 강아지가 고시로라는 이름을 갖게 된 계기가 된 사람으로, 그림을 빼어나게 잘 그렸다고 한다.

다카나시는 일지 마지막에 '올해에 가장 인상 깊은 일'로 고시로의 빠른 성장을 들었고, 똘똘해 보이는 얼굴을 한 성견 고시로와 자신의 모습을 만화풍으로 그려 넣었다.

'헤이세이 2년도 졸업생'의 일지는 학생회 서기였던 여학생이 적었다.

취주악부였던 그녀는 마지막 페이지에 고시로의 사진을 찍고, '올해에 가장 인상 깊은 일'로, 고교 야구 지구예선 응원에서 프린세스 프린세스의 'Diamonds'를 연주했을 때 기분이 가장 짜릿했다고 적고, '프리프리 최고!'라고 끝맺었다.

헤이세이 3년, 1991년 10월. 반년 뒤에 '헤이세이 3년도 졸업생'이 되는 4대째 일지 담당자는 사쓰키다.

사쓰키는 10월 첫 페이지를 펼쳐 '오늘도 고시로가 슬리퍼를 물고 도망갔다. (3A 아이바 다카후미의 것)'이라고 적고 한숨을 쉬었다.

국립 문과반에 있는 아이바는 학년에서 가장 우수한 남학생이다. 말수가 적은 데다 이따금 하는 말마저 냉랭해서 매우 다가가기 힘들었다.

그는 이 학교에서뿐만 아니라 전국 수준에서도 성적이 우수해서 전국 통일 모의고사 성적 우수자를 게재하는 책자의 단골이다. 이름이 아 행*이라 같이 이름을 올린 우수한 동점자 중에서도 언제나 거의 필두의 위치에 이름을 올렸다.

같은 학년에서도 사립 이과반인 사쓰키와는 접점이 전혀 없고, 슬리퍼 사건이 없으면 학교에 다니는 동안 대화를 나눌 일도 없었을 상대다. 솔직히 불편해서 마음이 무거웠다.

고시로가 부실로 들어와 사쓰키의 발밑에 앉았다.

올려다보는 얼굴이 미안해하는 것처럼 보였으므로 귀 뒤를 긁듯이 쓰다듬어주었다.

"'실수했어'라는 얼굴이구나. 고시로, 넌 착한 아이니까. 그래도 가끔은 착한 아이를 그만두고 싶을 때도 있을 거야."

활짝 열려 있는 부실 문으로 이번에는 아이바가 들어왔다.

---

*　일본어 오십음도의 기본 정렬 순서는 아(あ) 행으로 시작해서 와(わ) 행으로 끝난다.

사쓰키는 곧바로 기부 받은 슬리퍼가 들어 있는 박스를 꺼내 아이바에게 권했다.

아이바는 흘러내린 안경을 손가락으로 올리고는 슬리퍼를 골랐다.

고시로가 아이바 옆으로 걸어가 그를 올려다보았다. 무언가 물어보고 싶은 모습이었다.

"고시로는 왜 아이바의 슬리퍼만 노릴까? 혹시 짐작 가는 거 없어?"

"없어."

"발에서 페로몬이라도 나오나?"

아이바는 대꾸 없이 슬리퍼를 골랐다. 시시한 이야기는 상대 하고 싶지 않다는 분위기다.

사쓰키는 고시로, 하고 부르고 무릎을 두 번 쳤다. 이리로 오 라는 제스처다. 고시로가 곧바로 돌아왔다.

"다음 사냥감을 노리는 거야? 슬리퍼 물어뜯지 말고 개 껌을 씹어. 자."

뼈 모양의 개 껌을 고시로에게 내밀자 기쁜 듯이 씹었다.

남색 슬리퍼를 손에 든 아이바가 돌아보았다.

"전부터 생각했는데 왜 풀어놓고 기르는 거야? 제대로 줄에 묶어놔야지."

"우리가 입학했을 때부터 이미 고시로는 교내 프리패스 상태 였어. 무슨 사정이 있었나? 자세한 건 모르지만. 그래도 슬리퍼

문제만 빼면 나쁜 짓은 하지 않아. 배변도 우리가 주의하고는 있지만 별로 실수하지도 않고."

"그런 문제가 아니잖아. 낮에는 어디에 있는데?"

"오전 중에는 관리인 구라하시 씨를 따라다녀. 오후에는 미술 준비실에 있는 이가라시 선생님한테 가고. 저녁에는 이리로 돌아오는데 안 오면 당번이 이가라시 선생님이 계시는 곳으로 데리러 가."

"결국 구라하시 씨와 이가라시 선생님의 호의에 기대고 있을 뿐이잖아."

"그렇게 말하면 찔리지만……, 그래도 어쨌든 학생회 임원 선거 때 고시로를 기르는 방법에 대해 신임 투표했었잖아. 이번에도 압도적 다수로 현 상태를 유지하기로 결정됐으니 지켜보게 해줘. 이 녀석이 태평하게 지내는 모습이 보기 좋다는 의견도 많아."

수긍할 수 없다는 표정으로 아이바가 손에 든 남색 슬리퍼를 내밀었다.

"이걸로 할게."

"가격표랑 상표 잘라줄게. 잠깐 기다려."

상표를 자르자 오늘 받은 모의고사 결과가 떠올랐다. 아이바는 이번에도 성적 우수자로 전국 수험생 중 최상위 그룹에 이름을 올렸다.

슬리퍼를 건네며 사쓰키는 아이바에게 웃어 보였다.

"아이바, 이번 모의고사도 이름이 나와 있더라. 대체 어떻게 공부하면 그렇게 잘할 수 있어?"

"자주들 물어보던데, 나도 몰라."

"무의식적으로 효율 높은 공부를 하는 걸까?"

그게 아니라, 하고 아이바가 다시 흘러내린 안경을 올렸다.

"질문의 의미를 모르겠다는 거야. 시험에 나오는 범위는 정해져 있고 교과서 내용밖에 안 나오잖아. 아니면 고작해야 응용문제고. 어떻게 틀릴 수가 있어? 이미 다 아는 내용인데."

"외운 줄 알았는데 잊어버리기도 하잖아."

"안 잊어버리면 되잖아. 고등학교 수준의 시험은 반드시 논리에 맞는 해답이 있어. 모든 문제를 다 맞히긴 어려워도 근접시키는 건 누구나 할 수 있다고."

"말은 그래도 쉽지 않아."

아이바가 새 슬리퍼를 신고 종이 슬리퍼를 들었다.

"이건 처분해도 돼?"

그럼, 하고 대답하는 목소리가 딱딱해졌다.

아이바는 꼬리를 흔드는 고시로를 무시하고 교실을 나갔다.

사쓰키는 고시로에게 먹이를 주고 잠자리를 정리해준 뒤 학교를 나왔다.

교문을 나와 바로 보이는 역에서 전철을 타면 15분 만에 시내의 터미널역인 긴테쓰 욧카이치역에 도착한다.

긴테쓰 백화점과 맥도날드 사이의 통로에서 교차로를 건너 여학생들이 모이는 패션 빌딩 스즈탄 앞을 지나 1번가 상점가로 향했다. 아케이드를 씌운 이 일대는 차 없는 거리라서 천천히 걸어서 쇼핑할 수 있는, 현 내에서도 손꼽히는 규모를 자랑하는 상점가다. 쇼핑객으로 북적거리는 자스코* 앞을 지나 더 안쪽으로 들어가면 이 거리에서 가장 큰 서점, 문화센터 하쿠요가 나타난다.

오늘은 모터스포츠 전문지 〈auto sport〉의 발행일이다.

두 형의 영향으로 중학교 때부터 레이스에 흥미가 있었지만 지금 푹 빠져 있는 것은 F1 그랑프리다.

4년 전인 1987년, 10년 만에 F1 그랑프리가 일본, 그것도 옆동네에 있는 스즈카 서킷**에서 열리기로 결정되었다.

게다가 일본인으로는 처음으로 나카지마 사토루가 풀타임 드라이버로 출전한다. 그 뒤로 〈auto sport〉와 〈Racing on〉을 매호 빠짐없이 열독하고 레이스가 있는 일요일에는 거실 텔레비전 단자에 이어폰을 꽂고 한밤중에 후지TV 중계를 보았다.

오늘은 포르투갈 그랑프리 속보도 나와 있을 터였다. 계단을 달려 올라가 서점으로 향하자 하치고 교복을 입은 남학생이 등

---

* 2011년까지 일본의 이온 그룹이 운영했던 슈퍼마켓 브랜드. 그 이후 이온으로 브랜드를 전환했다.
** 정식 명칭은 스즈카 국제 레이싱 코스로, 1962년에 세워진 모터스포츠 경기장이다.

을 구부정하게 웅크리고 서서 잡지를 읽고 있었다.

호리호리한 실루엣은 바로 몇 십 분 전에 본 모습이었다.

옆으로 가보자 역시 아이바였다. 맥라렌 혼다의 머신 사진을 뚫어지게 보고 있었다.

아이바 앞에 있는 잡지를 집고 싶어서 "저기" 하고 말을 걸자 옆으로 살짝 비켜섰다. 하지만 사려는 잡지는 여전히 아이바 앞에 있었다.

하는 수 없이 대뜸 손을 내밀었다.

아이바가 가볍게 머리를 숙이고 다시 옆으로 이동했다. 그 모습에 "미안" 하고 말하자 아이바가 고개를 들었다.

안경 너머의 눈빛이 살짝 흔들렸다.

"미안해. 놀랐어? 집기 힘들어서."

아이바가 잡지를 덮자 베네통 포드의 드라이버, 넬슨 피케의 클로즈업된 얼굴 사진이 눈에 들어왔다. 그랑프리 속보 〈GPX〉의 표지다.

좋아해? 하고 물으며 잡지를 가리키자 "어? 뭐, 그렇지" 하는 대답이 돌아왔다.

"뭔가 애매한 대답이네. 혹시 2륜을 더 좋아해?"

2륜? 하고 중얼거린 아이바가 이내 말을 이었다.

"아아, 아니, 4륜? 쪽이 더 좋아."

"와, 의외다. 아이바가 카레이싱을 보다니."

잡지를 매대에 돌려놓고 아이바가 재빨리 멀어졌다.

"어, 왜? 더 안 봐? 야, 이쪽 선반에도 속보 있어."

말을 걸었지만 아이바는 돌아보지 않았다. 어쩐지 신나게 즐기는 사람을 쫓아낸 느낌이 들었다.

아이바가 서서 보던 그랑프리 속보는 사진이 많았다. 그중에서도 아이바가 보고 있던 사진은 그 호에서 가장 박력이 있어서, 홀린 듯이 보던 마음이 십분 이해가 되었다.

며칠 뒤, 스즈카에서 열리는 일본 그랑프리에 출전하는 머신들이 속속 일본에 상륙했다.

해마다 10월에 접어들면 나고야 공항에 도착한 F1 머신을 현지 미디어가 화려하게 취재한다. 최근 몇 년간의 가을 풍경이다.

하지만 레이스 티켓은 해가 갈수록 인기가 높아져 왕복 엽서* 추첨에서 뽑힌 사람만 구입할 수 있다. 올해는 엽서를 50장이나 써서 보냈지만 역시 표를 구하지 못했다.

올해는 나카지마 사토루가 은퇴한다고 발표했기 때문에 스즈카에서의 레이스는 마지막이다. 게다가 작년에 이어 이번에도 일본 그랑프리에서 드라이버 연간 챔피언이 결정된다.

왕좌를 놓고 겨루는 사람은 맥라렌 혼다의 아일톤 세나와 윌리엄스 르노의 나이젤 만셀.

혼다는 창업자 혼다 소이치로가 두 달 전에 별세했다. 이런

---

* 발신용과 반신용을 한데 붙여 만든 엽서.

여러 요인이 겹치며 티켓 구입을 위한 추첨 경쟁률이 더욱 치솟았다. 내년에는 응모 엽서를 100장 보낼 예정이다.

일본 그랑프리 개최가 주말로 다가온 화요일 밤. 사쓰키는 《아일톤 세나—천재 드라이버의 맨 얼굴》이라는 책을 다시 꺼내 읽었다.

결승인 일요일에 전국 통일 모의고사가 열리지만 공부는 전혀 손에 잡히지 않았다.

F1 드라이버들이 속속들이 일본에 도착하고 있다. 지상 최고 속도를 겨루는 사나이들과, 그들을 중심으로 한 팀이 세계를 돌며 싸우다, 지금 여기 일본에서, 집에서 자동차로 한 시간도 안 걸리는 곳에서 숨을 쉬고 있다.

그것만으로도 흥분을 누르기 힘들어 티켓이 없어도 서킷 주변을 기웃거리고 싶은 심정이었다.

"야, 사쓰키."

둘째 형의 목소리가 들렸다. 자동차 부품 공장에서 일하는 형은 스물한 살이다. 다음 달에 바이크 투어링 동료와 결혼해서 이 집을 나간다.

"왜, 형?"

"가나한테서 전화가 왔는데, 너 F1 보러 갈래?"

너무나 가벼운 형의 말투에 순간 몸이 굳었다. 의미를 이해하자마자 사쓰키는 방에서 튀어 나갔다.

"어, F1? 갈래, 갈 거야! 당연히 가야지!"

개가 있는 계절

"가나가 친구한테서 티켓을 받았대. 시케인* 앞 지정석. 네가 간다고 하면 너 준다는데."

무선전화 수화기를 귀에 대고 텔레비전 앞에서 형이 담배를 피우고 있었다. 사쓰키는 그 앞으로 미끄러져 들어가듯 무릎을 꿇었다.

"뭐, 뭐, 뭐라고! 형, 진짜야? 정말로? 그런데 티켓 값을 낼 수 있을까? 형, 돈 좀 빌려줘."

선물이라며 형이 담배 연기를 내뿜었다.

"미래의 시동생한테 돈을 받을 수야 없다고, 가나가 그러네."

"괜찮아? 정말로 괜찮아? 가나 누나, 나 이제 그냥 형수님이라고 부를게. 형수님, 고마워!"

하여간 비비는 건 잘해, 하고 웃으며 형이 약혼자에게 사쓰키의 말을 전했다.

이튿날 일하고 돌아온 형이 가나가 줬다며 티켓 두 장이 든 봉투를 주었다. 동봉된 메모에는 '여자친구랑 다녀와♡'라고 적혀 있었다.

마음은 기쁘지만 같이 가자고 할 여자친구는 없었다.

목요일 점심시간, 사쓰키는 후딱 점심을 먹고 아이바네 반을 기웃거렸다.

---

* 주행로에 S자 모양의 커브가 연속해서 이어져 있는 부분.

아이바는 교실 구석에서 참고서를 보며 혼자 빵을 먹고 있었다. 발밑에는 고시로가 몸을 둥글게 말고 있었다.

황급히 교실로 들어가 아이바의 자리 앞에 섰다.

"미안해, 아이바. 고시로가 또 무슨 사고 쳤어?"

딱히, 하고 아이바가 고시로를 보았다.

"빵이 먹고 싶어서 이러나 싶었는데 그렇지도 않은가 봐."

"고시로, 가자."

고시로를 안아 올리자 언짢은 듯이 몸을 비틀었다. 힘으로 누르며 걸음을 옮겼다가 무심코 다시 멈췄다.

"아차, 고시로를 찾으러 온 게 아니었지. 아이바, 혹시 F1 보러 갈래?"

뭐? 하고 아이바가 얼빠진 목소리로 되묻고 빵을 책상 위에 내려놓았다.

"방금 뭐라고 했어?"

"일본 그랑프리."

"아니, 갈 수 있으면 가고 싶지만 표가 없어."

"그게, 있거든. 갈래? 간다면 줄게. 고시로에 대한 사과의 뜻으로."

내민 봉투 안을 아이바가 흘긋 보았다. 하지만 바로 봉투를 다시 돌려주고 책상에 내려놓은 빵을 입에 밀어 넣더니 일어났다.

"홋타, 잠깐 밖으로 가자, 밖으로."

아이바가 잡아당기자 사쓰키는 고시로와 함께 복도로 나왔다.

개가 있는 계절

비상계단 문을 열고 밖으로 나가자마자 아이바가 버럭하며 말했다.

"훗타, 사과하는 뜻으로 주겠다니! 야, 이런 플래티넘 티켓을, 이거, 돈이 있어도 구하기 힘든 거라고!"

"돈은 필요 없어. 나도 받은 거니까. 그런데 결승 날이 모의고사 보는 날이거든."

"알지, 알아. 나도 안다고!"

"그래서 좀 힘들까 싶어서."

"힘들지 않아!"

사쓰키의 표정을 살피듯 보며 아이바가 대답했다. 고시로가 아이바의 냄새를 맡고 있었지만 전혀 개의치 않았다. 몸을 앞으로 내민 채 아이바가 계속 말했다.

"그보다, 괜찮아. 이런 상황이면 모의고사는 버려야지."

"어, 괜찮아?"

"내 결승은 아직 한참 멀었으니까."

과연 대학 입시를 결승이라고 표현하면 공부에 대한 의욕이 올라갈 것 같다.

사쓰키는 고시로를 바닥에 내려놓고 호주머니에서 봉투를 꺼냈다.

"그럼 이거 다시 줄게."

티켓을 꺼낸 아이바가 "홀로그램이 찍혀 있어" 하고 중얼거렸다. 티켓에는 맥라렌 혼다의 머신 사진이 찍혀 있고, 그 밑에는 스즈카 서킷 코스 모양의 홀로그램이 무지갯빛을 뿌리고 있었다.

아이바가 티켓에서 고개를 용수철처럼 번쩍 치켜들었다.

"이거, 결승뿐만이 아니라 금요일 예선부터 볼 수 있는 거구나!"

"맞아. 3일간 다 볼 수 있는 티켓이야. 그래서 나는 내일 아침부터 갈 거야. 학교는 빼먹을 거지만 비밀로 해줘."

"나도 갈래."

어? 하고 교실에서 아이바가 그랬던 것과 똑같은 얼빠진 소리가 나왔다.

"네가 학교를 빼먹는다고?"

"하루 정도는 괜찮아. 바로 코앞에서 세나를 볼 수 있을지도 모르는데. 챔피언이 결정되는 순간도. 이런 기회는 좀처럼 안 와. 무슨 일이 있어도 갈 거야."

다행이다, 하고 사쓰키는 비상구 문손잡이를 잡았다.

"그럼 내일 경기장에서 만날 수 있을지도 모르겠네. 그때 보자. 가자, 고시로."

"잠깐 기다려."

아이바가 고시로를 안아 올렸다.

"아이바, 털! 흰 털이 들러붙어. 어서 내려놔."

"상관없어."

아이바는 검은 스탠드칼라 교복에 털이 붙어도 개의치 않고 고시로를 단단히 끌어안았다.

"그보다 넌 어떻게 갈 거야?"

"잔차."

"뭐? 자전거?"

아이바의 안경 너머에서 눈이 커졌다. 그 얼굴에 놀랐는지 어째서인지 고시로도 눈을 동그랗게 떴다.

"뭘 그렇게 놀라냐? 우리 집은 산 쪽이라 욧카이치역까지 버스를 타고 나가서 거기서 전철을 갈아타면 평범하게 가도 두 시간 반은 걸리거든. 이번 주말은 역도 버스도 복작복작할걸. 탈 엄두도 안 날 거야."

"하긴 헬기가 뜰 정도니까."

일본 그랑프리 시기에는 나고야 공항에서 서킷까지 헬리콥터를 운항한다. 유명인이나 부자들은 하늘에서 꽉 막힌 길을 내려다보며 서킷으로 들어가 곧장 VIP석으로 간다는 소문이다.

"그런데 그게 직선거리로는 집에서 고작 30킬로미터거든. 밀크로드를 자동차로 달리면 한 시간이 안 걸려. 그렇다면 내 경우엔 잔차로 가는 게 빨라. 두 시간 남짓이면 도착하니까. 넌 어디 살아?"

아이바가 사는 마을은 사쓰키가 스즈카로 갈 때 이용하는 밀크로드라고 불리는 농도와 접한 곳이었다. 아이바의 집에서 서킷까지는 20킬로미터 전후로, 아마도 한 시간 반이면 도착할 것이다.

그렇게 말하자 "한 시간 반이라" 하고 아이바가 생각에 잠겼다.

"충분해. 산악부 후배 중에 너랑 같은 중학교에서 온 애가 있는데, 걔가 옛날에 서킷 맞은편에 있는 '청소년의 숲'까지 자전거로 다녔다고 했거든. 여자가 자전거로 갈 정도니까."

"그렇구나, 밀크로드가 있구나."

고시로의 등을 쓰다듬으며 고민하던 아이바가 손을 멈췄다.

"저기…… 그러면 중간부터 나도 같이 데려가주면 안 될까?"

"좋아. 그런데 나는 내일부터 거기서 잘 건데 너 돌아오는 길 알아?"

"어디서 묵는데?"

"야영할 거야."

아이바가 다시 눈을 크게 떴고 고시로가 그 얼굴의 냄새를 맡았다.

"야영? 어디서?"

"서킷에 텐트 쳐도 되는 곳이 있어서 거기다 텐트 치려고. 잔차……, 자전거로는 장비도 옮길 수 있으니까."

그렇구나, 하고 아이바가 감탄하며 말했다.

"서킷에서 캠핑을 하는구나."

"거기는 호텔이랑 서킷이 가까우니까 거기서 자다보면 지나가는 세나랑 우연히 마주칠 수 있을지도 몰라. 다만, 목욕은 대중탕에 가거나 최악의 경우 텐트에서 몸을 닦기만 하든가 해야 해. '8내구' 때는 샤워장이 있었던 것 같은데. 하지만 여름도 아

개가 있는 계절

니니까 어떻게든 되겠지."

"홋타는 모터사이클 8시간 내구 레이스*도 보러 다니는구나."

"살짝만. 형들이 좋아하거든."

저기……, 하고 이번에는 조심스럽게 아이바가 말했다.

"거기에도 끼워주지 않을래? 그, 야영도. 뭐가 필요해? 알려주면 뭐든 협조할게."

그래, 좋아, 하고 말할 뻔하다 사쓰키는 고민했다.

아이바와 말해본 건 고시로와 관련된 일을 제외하면 지난번에 서점에서 만났을 때뿐이다. 서로 잘 모르는데 사흘이나 숙식을 함께해도 괜찮을까.

사쓰키는 표현을 고르며 신중하게 대답했다.

"아이바, 나랑 같이 있으면 짜증 나지 않겠어? 보다시피 나는 이런 털털한 성격이고, 너도 야영은 처음이잖아?"

"방해될까?"

"그런 뜻이 아니야. 마음은 이해해. 그보다 사흘 동안 날마다 집으로 자러 갈 순 없잖아!"

빠르게 끄덕이고 아이바가 흘러내린 안경을 올렸다. 그 동작에 마음이 들떠서 이어지는 목소리가 커졌다.

"축구 좋아하는 녀석들이 곧잘 그러잖아. 응원석의 자신들은 열두 번째 선수라고……. 웃기는 소리라고 생각했지만 이해해,

---

* 2시간 이상의 경기 시간이나 300킬로미터 이상의 거리를 두고 하는 자동차 경주.

지금이라면 완전히 이해해. 나도 팀 스태프의 기분을 맛보고 싶어. 텐트에서 자면서, 새로 들어온 피트 크루*인 나를 선배가 괴롭혀서 밖에서 자는 거라고 상상하는 거지."

"그 망상은 도저히 따라가기 힘들지만, 마음은 이해해."

고시로의 등을 쓰다듬으며 아이바가 힘차게 끄덕였다. 그걸 본 순간 자연스럽게 말이 나왔다.

"그럼 같이 갈까? 밀크로드에서 만나자."

금요일 오전부터 시작되는 프리 주행은 각 팀이 서킷에 가지고 온 머신을 실제로 코스에서 달려보고 각종 조정을 하는 시간이다.

서킷으로 들어가는 문이 열리는 것은 대략 9시 즈음이다. 평일인 이 날부터 와 있는 사람은 아직 많지 않지만 더 좋은 관전 장소를 확보하기 위해 7시 반에는 그곳에 도착하고 싶었다.

새벽 4시 반, 사쓰키는 아직 캄캄한 길을 자전거로 달렸다.

페달을 밟을 때마다 선뜩한 밤공기가 뒤로 흘러갔다.

둘째 형, 지이 형에게는 사실대로 말했지만 부모님에게는 입시에 대비한 특별 강화 합숙에 참가한다고 거짓말을 했다. 물론 부모님도 거짓말인 줄은 아는 듯했다. 하치고 체육복을 입고 그

---

* 감독, 매니저, 타임키퍼, 정비공 등의 피트 요원. 피트란 레이스 중에 경주차의 수리 등을 하는 장소.

개가 있는 계절

럴 듯하게 모양새를 꾸몄는데도 집을 나설 때 "위험한 행동은 하지 마라" 하고 어머니가 못을 박았다.

동트기 전의 밀크로드는 이따금 트럭이 지나갈 뿐, 사람도 자동차도 거의 보이지 않는다.

기후현과 경계를 맞대고 있는 이나베에서 고모노, 사쿠라로 향하는 이 길은 스즈카산 기슭의 남쪽을 향해 뻗어 있다. 옛날에는 이 주변에 목장이 많아 우유를 실은 트럭이 자주 다녔기 때문에 붙은 이름이다.

한 시간 가까이 자전거 라이트를 켜고 달리자 가로등 너머에 빨간 철교가 보였다.

긴테쓰 유노야마선 위를 통과해 사쿠라초로 뻗은 이 철교는 급경사의 언덕길이다.

일어서서 천천히 오르기 시작하자 등에 맨 배낭과 짐받이에 실은 장비의 무게가 페달에 묵직하게 전해졌다.

이 앞으로 한동안은 구릉이 이어진다. 철교를 다 올라가자 이번에는 내리막이 시작되었다. 그것을 몇 번 되풀이하면 아이바와 만나기로 한 곳에 도착한다.

밤하늘이 밝아지며 짙은 남색에서 하늘색으로 바뀌어갔다.

녹색 숲도 그 사이사이 있는 마을도 논의 벼 이삭도 옅은 하늘색으로 물들어갔다.

사쓰키는 긴 언덕 중간쯤 숨이 차 자전거에서 내렸다.

자전거를 밀며 언덕 중턱까지 왔을 때 꼭대기의 교차로에서 누군가가 보였다.

배낭을 짊어지고 자전거에 걸터타고 있는 호리호리한 남자였다. 짐받이에는 박스와 커다란 보스턴백이 실려 있었다.

시계를 보니 만나기로 한 시간까지는 아직 30분 정도 남아 있었다.

사쓰키는 꼭대기를 향해 손을 흔들었다.

"어이, 아이바? 좋은 아침."

하늘색 풍경 속에서 짙은 빨강색의 하치고 체육복을 입은 아이바가 손을 들었다.

"홋타, 벌써 왔어? 빨리 왔네."

"너야말로. 금방 갈게, 조금만 기다려. 이 언덕이 좀 힘드네."

언덕 꼭대기에 도착하자 "밥은 먹었어?" 하고 아이바가 물었다.

"출발하기 전에 가볍게. 너는?"

"우유만 마시고 나왔어. 아침밥 싸왔어."

아이바가 바지 뒷주머니에서 지도를 꺼냈다. 들여다보니 목욕탕이나 슈퍼 같은 곳이 표시되어 있었다. 아이바가 밀크로드 중간을 가리켰다.

"홋타, 이 지점에서 아침 먹으면 어떨까? 지금부터라면……그렇지, 계산대로면 6시가 좀 지날 거야. ……그건 그렇고, 짐이 왜 이렇게 커?

이거? 하고 사쓰키는 짐받이를 돌아보았다.

"장비 말고도 과자며 잡지며 이것저것 들어 있거든. 오늘 가

개가 있는 계절

족들한테 뭐라고 하고 나왔어?"

"모의고사에 대비해서 친구랑 강화 합숙을 한다고 했어."

"나도 비슷해. 그래도 완전히 거짓말은 아니야. 드라이버와 생생한 영어 공부를 하게 될지도 모르니까. 자, 가자."

'친구'라는 말에 쑥스러워서 사쓰키는 힘껏 페달을 밟았다.

길은 바로 내리막으로 바뀌었다. 가속하자 자전거의 기세에 마음도 두근거렸다.

무심코 큰 소리가 나왔다.

"오오, 내리막은 빠르네. 야, 스즈카 스페셜은 얼마나 빠를까?"

혼다는 이번 일본 그랑프리를 위해 '스즈카 스페셜'이라는 최고의 엔진을 투입한다고 했다. 그 이름만으로도 가슴이 설렌다.

두근두근한다며 옆에서 달리는 아이바에게 말했다.

"나는 F1 중계 때 HONDA 마크가 달린 셔츠를 입고 일하는 사람들을 보면 괜히 울컥하더라. 아이바는 F1의 어디가 좋아?"

"박력과 소리. 그리고……."

다시 오르막이 나타났다. 아이바가 서서 자전거 페달을 밟았다.

"모터스포츠는 2차 세계대전 이전부터 유럽 사람들이 즐겨 온……, 전통 있는 스포츠잖아. 그런 유럽 사람들 입장에서 보면, 지구 끄트머리에 있는……, 극동의 나라에서 만든 엔진을 실은……, 마찬가지로 지도 끄트머리인 브라질 사람 아일톤 세나가 이기고 올라가는 게 별로……, 달갑진 않을 거야."

아이바의 숨이 끊어질 때마다 말이 끊어졌다. 대화 속에 거친 숨이 섞였다.

"……그런, 험난한, 상황 속에서……, 지상 최고 속도를 목표로 오롯이 달리는 점이……, 눈물 나게 감동적이야."

"아이바는 그런 것도 생각하면서 보는구나."

"너무 나니와부시* 스타일인가?"

"나니와부시를 들어본 적이 없어서 잘은 모르지만 정말 감탄했어."

아이바가 자전거에서 내려 밀기 시작했다. 이어서 사쓰키도 자전거에서 내렸다.

급경사도 힘들지만 완만한 오르막도 체력이 꽤 소모된다.

아이바가 하늘을 올려다보았다. 엷은 하늘색이었던 하늘은 동쪽 방향만 희미하게 붉은 빛을 띠고 있었다.

한 가지 더 있어, 하고 아이바가 말했다.

"F1이 좋은 점. 세상이 얼마나 넓은지 알 수 있어. 최고 시속 300킬로미터의 세계를 볼 수 있는 F1 드라이버는 전체 인류 중에서 고작 삼사십 명밖에 안 돼. 그중 풀타임으로 출전하는 일본인은 나카지마 사토루와 스즈키 아구리뿐이야."

"하지만 나카지마는 은퇴한단 말이야."

언덕을 다 올라가자 동쪽 하늘에 해가 떠올랐다. 눈이 부실 만큼 붉게 물든 하늘 아래 곧고 긴 내리막이 이어져 있다. 자동

* 주로 의리나 인정을 노래하는 일본 고유의 창.

차도 사람도 없었다. 도로를 전세 낸 기분이었다.

새벽의 길 한가운데를 둘이서 단숨에 달려 내려갔다. 감격스러워서 사쓰키가 소리쳤다.

"나-카-지-마! 나카지마!"

"창피하니까 그만해."

아이바가 페달을 밟으며 앞질러갔다. 그 등에 대고 다시 소리쳤다.

"누가 듣는다고 그래. 앞으로 사흘 동안 나는 틀림없이 목이 터져라 외칠 거야. 쪽팔릴지도 모르지만 참아."

청량한 아침 공기가 뺨을 쓰다듬었다. 아이바의 자전거가 더욱 가속하며 완만한 커브를 돌았다.

아이바의 계산보다 조금 늦었지만 6시 반이 지났을 무렵 아침을 먹기로 한 장소에 도착했다.

식사 전에 둘 다 이름 자수가 들어간 체육복 윗도리만 벗고 맨투맨 티셔츠로 갈아입었다.

벗은 체육복을 허리에 두르고 아이바가 어젯밤에 사뒀다는 데리야키 치킨이 들어간 샌드위치를 먹었다.

집 근처의 빵 공방에서 샀다고 한다. 언덕을 내려오며 나카지마를 외쳐댄 게 어지간히 부끄러웠는지 아이바는 입을 꾹 다물고 있었다.

침묵을 견디지 못하고 "맛있다" 하고 말을 걸자 "화덕에서 굽거든" 하는 대답이 돌아왔다.

아이바가 손에 묻은 치킨 양념을 풀에 닦으며 그 빵 공방에 하치고 졸업생이 있다고 말했다. 무척 귀여운 사람이라고 한다.

"우리랑 딱 엇갈리듯이 졸업한 사람이야. 우리 엄마가 옛날에 거기서 파트타임으로 일했거든. 얼굴만이 아니라 성격도 귀엽대."

아이바가 여자 이야기를 하다니 모터스포츠를 좋아하는 것 이상으로 의외였다. 나름대로 마음을 써주는 것이라고 느끼고, 사쓰키는 평소보다 밝은 목소리로 말했다.

"얼굴도 성격도 귀엽다니 최강이잖아. 연상이라. 연예인 중에서는 누구랑 닮았어?"

"야마시타 타츠로*의 크리스마스이브 신칸센 광고 기억나? 얼마 전에 나온, 빨간 옷을 입은 여자가 역 구내를 달려가는…… 이름은 까먹었어."

"아이바도 까먹기도 하는구나."

연말이 되면 JR 도카이는 크리스마스 익스프레스라는 이름의 광고를 텔레비전에 내보낸다. 장거리 연애를 하는 연인들이 신칸센을 이용해 크리스마스이브에 만난다는 드라마 형식의 광고다.

얼마 전이라는 말에 사쓰키는 기억을 더듬었다.

"음, 마키세 리호?"

* 일본의 싱어송라이터, 작곡가, 음악 프로듀서.

개가 있는 계절

"맞아, 그 애!"

손에 든 샌드위치를 흔들며 아이바가 끄덕였다.

"웃는 느낌이 닮았어. 무표정할 때는 더 비슷해."

"그럼 엄청 귀여운 거잖아! 쥑이네!"

그렇다니까, 하고 아이바가 자랑스럽게 말했다.

"도쿄에 있는 대학교에 갔는데 얼마 전에 가게 보고 있더라. 너무 세련돼서 도무지 예전의 하치고 학생으로는 안 보이더라니까."

"도쿄의 여대생이라면 역시 줄리아나 도쿄* 같은 데에 다닐까? 단상이라고 하나? 뭔가 높은 곳에 서서 부채 흔드는 곳 말이야."

"그런 곳에 다니는 사람은 아닐 거야."

아이바가 어쩐지 짜증스럽게 말하고 물통의 물을 마셨다.

다시 주변이 조용해졌다.

부엉부엉 하고, 숲 안쪽에서 부엉이 울음소리가 울려 퍼졌다.

아이바가 가볍게 헛기침을 했다. 그 소리에 옆으로 돌아보자 겸연쩍은지 "있잖아" 하고 입을 열었다.

"어, 응, 뭔데?"

"얼마 전에……, 후배가 삿짱 선배라고 부르던데, 특이한 별명이네."

---

* 1991년부터 1994년 사이에 일본의 젊은 여성들 사이에서 큰 인기를 끌었던 클럽.

무슨 말을 하려나 싶어 긴장했는데 의외로 태평한 질문이라 사쓰키는 웃었다.

"초등학교 때 우리 집에 전화를 걸었던 친구가, 엄마가 나를 '삿짱'이라고 부르는 걸 듣고 난 뒤로 삿짱이 됐어. 절친이라고 할까, 마음이 맞는 친구들은 연못에 '풍덩' 하고 떨어질 때의 억양으로 불러. 아이바는 집에서 뭐라고 불러?"

"다카후미."

"다카짱이라고 안 불러?"

"안 불러."

"친구들은? 중학교 때는 뭐라고 불렀어? 닷짱? 다카얏?"

"아이바."

그렇구나, 하고 아이바가 언제나 혼자 있는 것을 떠올렸다. 올해야 진로 문제로 머리가 복잡해져서 친구 관계가 소원해지기 쉬운 학년이라지만 그 이전에도 아이바가 누군가와 친하게 지내는 모습은 본 적이 없다.

"아이바는 머리가 너무 좋아서 말이 통하는 사람이 별로 없을 거야. 고고한 천재……, 와, 어쩐지 세나 같다."

"천재는 아니야."

아이바가 불쾌한 듯이 말하고 일어섰다.

"칭찬한 거야. 화났어? 야, 아이바."

"먼저 간다."

아이바가 허리에 둘렀던 체육복을 배낭에 넣고 자전거에 올라탔다.

"기다려, 나도 갈 거야."

사쓰키도 엉덩이에 묻은 흙을 털고 황급히 자기 자전거에 올랐다.

아이바가 속도를 올려 언덕을 내려갔다. 제트코스터처럼 내려가는 자전거 뒤에 대고 사쓰키가 외쳤다.

"아이바! 다카양."

쪽팔린다고 맞받아칠 줄 알았는데 아이바는 아무 말도 하지 않았다. 언덕을 다 내려가자 이번에는 서서 힘차게 페달을 밟으며 올라갔다. 사쓰키는 그 뒤를 따라갔지만 언덕 중간에서 자전거를 멈췄다.

"안 되겠다. 눈앞이 어지러워."

어젯밤에는 일본 그랑프리 직전 특집호 잡지를 읽고 흥분한 나머지 잠을 이루지 못했다. 지금까지는 정신을 다잡고 있었지만 식후라 긴장이 느슨해진 듯했다.

아이바의 모습이 보이지 않게 되었다.

다시 큰 소리로 아이바를 불렀다. 하지만 또 이름을 연호하는 거라고 생각했는지 돌아오지 않았다.

"야, 아이바, 다카양, 돌아와, 나 큰일 났어."

도와줘, 하고 말하면 돌아와줄까. 목소리를 내기도 힘들어졌을 때 언덕 위에 아이바가 나타났다.

"왜 그래, 홋타?"

"미안, 나, 조금 쉬었다 갈게."

조금만 더 달리면 구릉을 벗어난다. 하지만 한 번 쉬었더니 지금까지의 페이스로 계속 달리기가 힘들어졌다. 이런 페이스로 쉬엄쉬엄 가면 오전 프리 주행 시간에 못 맞출지도 모른다.

아이바가 언덕을 내려오려고 했다. 경사가 심한 데다 긴 언덕이다.

사쓰키는 아이바를 말리고 싶어서 큰 소리로 외쳤다.

"아이바, 그대로 먼저 가. 나는 몸이 좀 안 좋으니까 천천히 뒤따라갈게. 달걀이라도 사면서."

"달걀이라니?"

"에그, 닭이 낳는 에그 말이야."

그걸 누가 모르냐, 하고 아이바가 발끈하며 외쳤다.

"내가 궁금한 건 그런 걸 왜 사느냐는 거야."

"앞으로 사흘 동안 밥을 못 먹더라도 호주머니에 삶은 달걀이 있으면 언제든지 영양 공급을 할 수 있잖아? 집에서 삶아올 생각이었는데 달걀이 다 떨어졌더라고. 하지만 다행인지 불행인지, 아니, 다행이지. 이 앞에 양계장이 있거든. 거기 달걀이 엄청 맛있어. 안 되겠다, 소리쳤더니 속이 울렁거려."

"무슨 말을 하고 싶은 건지 모르겠지만, 오전 파트는 볼 수 있겠어?"

"몰라. 아무튼 먼저 가. 나도 천천히 갈게."

"몸이 안 좋다니, 어떻게 안 좋아?"

"현기증이 나. 생각해보니 어제 제대로 잠을 못 잤어."

흘러내린 안경을 올리고 아이바가 팔짱을 꼈다. 언덕 위에서 그런 동작을 하자 한심한 놈이라고 깔보는 것 같았다.

알았어, 하고 아이바가 대답했다.

아이바의 모습이 사라지는 것을 보고 사쓰키는 길가에 주저앉았다. 벗은 체육복을 머리에 뒤집어쓰자 한숨이 푹 나왔다.

온몸에서 힘이 빠져나갔다. 피로와 졸음이 덮쳐왔다.

예선 타임어택은 오늘과 내일 오후, 오전의 프리 주행 뒤에 이루어진다. 걸어가도 오후 파트는 볼 수 있지만 이대로 잠들면 저녁까지 계속 잘 것 같았다.

까무룩 잠이 드는데 벌레 날갯짓 소리 같은 경쾌한 소리가 들려왔다. 그리고 점점 커졌다.

홋타, 하고 부르는 소리가 났다.

머리에 뒤집어쓴 체육복 밖으로 고개를 내밀자 아이바의 자전거가 눈앞에 있었다.

"우와, 아이바. 왜 돌아왔어? 기껏 올라간 언덕을."

어깨로 숨을 몰아쉬며 아이바가 자기 짐을 묶은 끈을 풀기 시작했다.

"짐은 다 길 옆에 놔두고 귀중품만 챙겨. 예선 다 보면……, 이리로 돌아와서 회수."

"뭐야? 왜? 어쩌려고?"

그러니까, 하고 아이바가 짐을 풀다 말고 고개를 들었다.

"처음부터 보자, 홋타."

"그야 보고 싶긴 하지만."

"그치? 상상해봐. 스즈카로 옮겨진 머신의 엔진에."

아이바가 짐을 끌어안은 채 다가와 말을 이었다.

"처음으로 불이 붙는 소리, 듣고 싶지 않아?"

"듣고 싶어!"

좋아, 하고 아이바가 자기 짐을 길가에 던졌다.

"네 짐이랑 자전거도 여기 숨겨둬."

"누가 가져가면 어떡해?"

"그건 그때 생각하고."

"그럼 침낭만 가지고 가자. 그러면 최악의 경우 어디서든 잘 수는 있으니까."

OK, 하고 대답하더니 아이바가 사쓰키의 자전거를 나무 뒤로 옮겼다.

"무거워……. 홋타, 짐이 이렇게 많았어?"

하긴 장비가 두 사람 분이니까, 하고 아이바가 중얼거리더니 배낭에서 노트를 꺼냈다. 저녁에 꼭 찾으러 올 거라고 메시지를 써서 짐 끈에 끼웠다.

"걸을 수 있겠어?"

몸의 힘은 다 빠졌지만 어지럼증은 가라앉았다.

사쓰키는 손으로 무릎을 짚으며 일어났다.

"천천히 걸으면 갈 수 있어. 자전거를 지팡이 삼을 수 있으니까."

교대로 자전거를 밀며 둘이서 긴 언덕을 걸었다. 다 올라가자 안장에 걸터앉은 아이바가 돌아보았다.

"타!"

이번에는 둘이서 타고 언덕을 달려 내려갔다.

스즈카강으로 향하는 언덕을 내려갔을 때 멀리서 폭음이 울려 퍼졌다.

"어? 아이바, 벌써 프리 주행이 시작됐나?"

등 너머로 아이바의 목소리가 울려왔다.

"아직 그럴 시간은 아니야."

하늘로 빠져나가듯이 다시 폭음이 울려 퍼졌다. 레이스 사양의 엔진 소리가 틀림없었다.

그 소리를 듣고 떠올랐다. 이번 레이스에 엔트리한 팀은 숫자가 많다. 그래서 예선에 참가하기 위한 예선, 예비 예선이 이루어질 예정이었다.

"예비 예선이야, 아이바."

"그렇다면 게이트는 열려 있겠구나."

"열려 있어! 우워!"

무심코 소리치자 "시끄럽긴" 하고 아이바가 중얼거리고 자전거 속도를 높였다.

8시 넘어 서킷에 도착하자 이미 게이트는 열려 있었다.

가나 누나가 준 티켓의 구역은 홈스트레이트* 바로 앞. 카시오 트라이앵글이라고 불리는 시케인 바로 앞이다.

곧장 그 자리로 가자 시케인 시작점부터 그랜드스탠드**까지 훤히 보이는 절호의 비탈이 펼쳐져 있었다. 너무 기뻐서 승리의 포즈가 절로 나왔다.

결승인 일요일의 좌석 구역은 정해져 있지만, 금요일과 토요일은 어느 구역에서나 마음대로 관전할 수 있다.

오늘의 프리 주행은 130R***이라고 하는, 왼쪽 코너가 펼쳐지는 곳에서 보기로 결정하고 둘이서 완만한 언덕을 올라갔다.

자전거로 계속 달려온 탓인지 다리가 무겁고 힘이 잘 들어가지 않았다.

한 걸음 한 걸음 단단히 디디듯 언덕을 올라가자 멀리서 폭음이 울려 퍼졌다.

그 소리에 기운을 얻으며 필사적으로 다리를 움직였다.

고개를 들자 갑자기 시야가 환해졌다. 눈앞에 있던 언덕은 사라지고 새파란 하늘이 펼쳐졌다.

몸이 떨리는 듯한 폭음이 고막을 흔들었다. 계속 나아가자 발밑에 입체교차****가 나타나고 강렬한 진홍색 머신이 달려 나갔다.

---

* 경기장의 정면 스탠드 앞의 결승선이 있는 직선 코스.
** 서킷에서 관객용 메인스탠드.
*** 반경이 130미터인 코너.
****도로나 선로 따위를 위아래로 분리해서 엇갈리게 하는 방식.

개가 있는 계절

그 소리와 모습에 몸이 짜릿했다.

옆에 있는 아이바에게 무심코 말을 걸었다.

"야, 소리가 전혀 달라, 완전히 달라. 페라리 멋지다. 텔레비전으로 봤을 때의 소리가 아니야. 그리고 울림도!"

"몸으로 들어와. 배 속이 웅웅거려."

흐느끼는 듯 귀를 찢는 소리가 하늘에서 울려 퍼지는 것과 동시에 빨간색과 흰색으로 칠해진 자동차가 나타나더니 폭음과 함께 코너를 돌았다.

숨이 멎을 것 같은 굉음의 충격에 사쓰키는 가슴을 눌렀다.

"혼다야, 맥라렌이라고. 마침내 봤어, 내 눈으로. 큰일 났다, 어쩐지 몸이 이상해. 가슴이 아픈 건지 두근두근하는 건지 모르겠어."

"순식간이구나."

저릿저릿한 고음이 허공을 찢고 이어서 중저음의 폭음이 몸을 뒤흔들었다.

다시, 빨간색과 흰색의 차체가 달려왔다. 카 넘버 '1'. 전년도 챔피언이 다는 그 번호는 아일톤 세나가 운전하는 맥라렌 혼다 MP4/6이다.

"아앗, 세나 세나, 아이바 세나!"

"진정해, 아이바 세나가 대체 누구야!"

폭음과 함께 순식간에 지나간 공간을 둘이서 바라보았다.

감격한 목소리로 아이바가 중얼거렸다.

"이게 혼다 뮤직이구나."

"키잉 하는 소리가 미칠 것 같아. 소리……, V형 12기통 소리, 진짜 멋있다. 아이바 아이바, 윌리엄스가 왔어, 5번이야, 5번, 만셀이라고, 만셀!"

"홋타, 눈 좋구나."

"나 시력만큼은 자신 있거든."

몸 오른쪽에서 왼쪽으로 폭음이 빠져나갔다.

소리와 스피드에 정신이 홀려 있는 사이에 프리 주행과 예선은 순식간에 지나갔다.

예선 종료 후, 흥분이 가라앉지 않는 마음으로 서킷을 뒤로 하고 이번에는 아이바와 둘이 교대로 자전거를 운전하며 밀크로드를 다시 달려갔다. 분명 피곤할 텐데 다리는 힘차게 움직였고, 생각했던 것보다 빨리 서킷으로 돌아올 수 있었다.

자전거를 캠핑 구역에 세워놓고 다시 서킷으로 돌아왔다.

사쓰키는 제1코너를 보러 간다는 아이바를 말리며 코스 바로 옆에 있는 관람차를 가리켰다.

"아이바, 그것도 괜찮지만 먼저 관람차 안 탈래? 올해 새로 생긴 거래. 번쩍번쩍하잖아."

흘러내린 안경을 올리며 아이바가 주피터라는 이름의 빨간 관람차를 올려다보았다.

"이런 건 애들 있는 가족이나 여자친구랑 타는 거잖아? 사내놈 둘이서 뭐가 좋다고 이걸 타냐?"

"하지만 위에서 코스가 보여."

"……하는 수 없지."

아이바는 심드렁한 대답치고는 서둘러, 빠른 걸음으로 관람차를 향했다.

한참을 줄 서 있다 빨간 곤돌라에 탔다. 둘은 코스가 내려다보이는 창문에 거의 달라붙듯이 해서 밖을 보았다.

감탄한 목소리가 들려왔다.

"이렇게 보니까 높이 차이가 상당하구나. 알고는 있었어. 그래, 알고는 있었지, 데이터로는. 하지만 실제로 보니 느낌이 정말 다르다."

관람차에서 보니 그랜드스탠드가 있는 메인스트레이트는 상당한 내리막이었다.

시케인을 빠져나오면 머신은 마지막 코너인 언덕으로 접어들어 수많은 관중이 기다리는 그랜드스탠드 앞으로 내려갔다. 굉음과 함께 사람들이 열광하는 소용돌이 속으로 빨려 들어가 체커 플래그의 축복을 받는다.

대단하다, 감탄이 무심코 새어나왔다. 제1코너 쪽을 보니 서킷 너머로 군청색 바다가 보였다.

"아이바, 바다! 이세만이 보여."

"여기, 진짜 좋다. 신의 시점이야……. 그래서 주피터. 신의 이름을 붙였구나."

사쓰키는 푹 빠져 있는 아이바의 옆을 떠나 맞은편 창문으로 유원지 방면을 보았다.

　수많은 사람이 외국인 남자를 에워싸고 있었다. 팬들에게 둘러싸인 록스타처럼 남자는 가볍게 손을 흔들며 시원시원하게 걸어갔다.

　"야, 아이바, 저기, F1 드라이버⋯⋯, 요즘엔 F1 파일럿이라고 한댔나? 어느 쪽이든 아무튼 저 사람 틀림없이 맞을 거야."

　아이바가 옆에 서서 유원지를 내려다보았다.

　"그래 보이네. 누구지? 여기서는 구분이 안 되는데. 그런데 팬이 진짜 많구나."

　"꽤 거물 아냐? 키가 커. 머리 하나가 불쑥 나와 있잖아. 앗! 저거."

　스쿠터에 탄 남자가 서킷 통로를 태평하게 달려갔다.

　"저 스쿠터에 탄 사람, 사람들이 다 손을 흔들고 있잖아? 드라이버에게 이동용 스쿠터를 빌려준다는 이야기를 들어본 적이 있어. 아마 혼다의 디오였을 거야. 헬멧을 써서 보이진 않지만 저 사람도 틀림없이 F1 관계자일 거야."

　"누구지? 헬멧을 쓰고 있으니 알아볼 수가 없네."

　"체구가 꽤 작아. 세나일지도 몰라."

　타타타타 하고, 리드미컬한 굉음이 하늘에서 쏟아졌다.

　도쿄, 나고야 방면에서 헬리콥터가 다가왔다.

　그 소리에 호응하듯 서킷 부지에서 헬리콥터 하나가 둥실 떠올랐다.

개가 있는 계절

헬기가 두 대나 있어, 하고 아이바가 중얼거리며 창문에 달라붙었다.

"VIP가 왔어. 다른 한 대는 돌아가는 건가? 도쿄에 밥이라도 먹으러 가나?"

"이것도 들은 얘긴데, 음, F1 드라이버? F1 파일럿? 아니면 F1 선수라고 하나?"

"그냥 드라이버라고 해, 드라이버면 충분해."

"전원이 공항에서 스즈카까지는 헬리콥터로 이동한대. 하긴 그렇겠지. 세나나 만셀이 긴테쓰 특급 옆자리에 앉아 있으면 얼마나 놀라겠어?"

"옆자리에는 매니저가 앉겠지."

냉정한 말투로 퉁을 주며 아이바가 자리를 살짝 비켰다. 헬리콥터가 잘 보이는 자리를 양보해준 걸 깨닫고, 사쓰키도 창문에 달라붙어 둘이서 나란히 밖을 보았다.

"하긴 그렇겠네. 그리고 다른 스태프들은 미에교통 버스를 대절해서 나고야 공항에서 이동한대. 우리가 사회과 견학할 때 탔던 미에교통 버스에 맥라렌이나 페라리 스태프가 탔다고 생각하면 친근감이 마구 샘솟지 않아?"

"그런 이야기는 대체 어디서 듣는 거야?"

"우리 집은 큰형이 농사를 물려받았지만 취미로 가끔 스즈카에 달리러 오거든. 작은형과 약혼자는 스즈카의 혼다 관련 공장에서 일해. 셋 다 2륜을 더 좋아하지만. 자기들도 가끔 타."

"여자도 바이크를 타는구나."

"타지. 〈바리바리 전설〉이라는 만화 알아? 거기 나오는 이치노세 미유키랑 닮았어. 군 여자친구 말고."

"잘은 모르지만 〈미유키〉라는 만화는 본 적 있어. 〈터치〉를 그린 사람 거."

"아아, 아다치 미츠루. 아이바도 만화책 보는구나."

"나도 만화 정도는 봐."

아이바가 짜증스럽게 말하고 고개를 돌렸다.

그 모습에 자기도 중학교 때 같은 말을 듣고 소외감을 느꼈던 경험이 떠올랐다.

"미안해, 표현이 안 좋았어. 얘기가 통한다고 말하고 싶었어."

아이바는 여전히 입을 다물고 있었다.

관람차에서 내리자 다시 팬들에게 둘러싸인 남자가 나타났다. 이번에는 여자 팬이 많았다.

"아이바, 아이바. 저 사람도 드라이버다. 가볼래? 사인, 플리즈. 아니지, 캐나이 해브 유어 오토그래프? 맞나?"

"진정 좀 해."

아이바가 쌀쌀맞게 말하고 손목시계를 보았다.

"미안하지만 네 페이스는 도저히 못 따라가겠다. 나는 혼자서 여기저기 둘러볼게."

사쓰키는 완전히 들떠 있던 자신을 깨닫고 "그래" 하고 짧게 대답했다.

하지만 대답한 순간 받아치는 말이 입에서 튀어나왔다.

"그래서 처음부터 말했잖아. 고시로랑 같이 있을 때. 나는 이런 성격이라 네가 짜증이 날 거라고."

"기억해. 그러니까 두 시간 뒤에 결승석에서 만나자. 간다."

호리호리한 실루엣의 아이바가 언덕을 올라갔다.

성가신 녀석이라는 마음과 함께 아주 조금의 쓸쓸함이 고개를 들었다.

모터스포츠를 좋아하는 또래를 만난 것은 아이바가 처음이었다.

사쓰키는 해가 떨어지기 전에 형이 알려준 캠핑 구역에 텐트를 쳤다. 토요일이 되면 엄청난 인파로 혼잡해질 이 구역도 금요일인 오늘은 아직 한산했다.

텐트 안을 편안하게 정리한 뒤 약속한 장소로 향했다.

아이바는 코스가 내려다보이는 비탈로 된 풀밭에 드러누워 있었다.

"아이바, 그러다 체온 떨어진다. 맨땅은 꽤 차가워."

"확실히 서늘하긴 해."

일어난 아이바가 서킷의 전체 지도를 내밀었다.

"여기저기 둘러보는데 피트 뒤쪽에 조립식 건물이 있고 직원들이 드나드는 게 보였어. 좀 이상할 만큼 그리로 관객들이 모여들던데 뭔가 있나?"

"뭘까? 그나저나 잘 곳을 확보해뒀어. 밥 먹을래?"

"나 오늘은 여기에 있을래. 코스를 보며 자고 싶어. 자든 안 자든 이곳의 공기를 마시고 싶거든."

"쭉 여기서 자려고?"

어스름 속에서 사쓰키는 주변을 둘러보았다. 하루 정도라면 견디겠지만 금요일, 토요일까지 이틀 연속해서 이곳에서 자는 것은 심한 고생이다.

"아이바, 마음은 이해하지만 밤이 되면 추워. 조금이라도 지붕이나 벽이 있는 게 낫다니까. 내일이랑 모레도 있잖아. 체력을 아껴놔야지."

"아니, 나는 여기 있을래. 이곳을 떠난다면 그 조립식 건물이 있는 곳으로 갈 거야. 너도 보러 갈래?"

"그럼 밥만 같이 먹을까? 먹고 나서 너 하고 싶은 대로 해. 나는 텐트에서 잘 거야. ……밥도, 싫으면 딱히 나랑 같이 안 먹어도 되고."

비탈을 천천히 올라가자 아이바가 뒤를 따라왔다.

둘이서 말없이 언덕을 내려가 관람차 앞을 지났다. 식당가 앞으로 향하자 세 사람 정도가 서 있었다.

"뭐지? 붐비나? 맛집인가?"

침묵이 어색해서 아이바에게 말을 걸었다.

땅만 보고 있던 아이바가 고개를 든 순간 헉 하고 작게 소리를 내며 숨을 마셨다.

"뭐야, 왜 그래?"

그 시선 끝을 따라가니 마찬가지로 숨이 절로 삼켜졌다.

눈앞에 방금 식사를 마친 것으로 보이는 사람들 무리가 있었다. 그 중심에 아일톤 세나와 닮은 남자가 있었다.

"우와, 세나? 세나 세나! 아이바, 세나! 앗."

작은 소리로 외친 순간 그들은 다른 곳으로 이동했다.

"와아……, 나 눈이 마주쳤어. 다음에 여기서 뭔가 먹자. 맛집 거리? 앗, 뭔가 잡지에서 읽은 적 있어. 캄파넬라라는 식당에서……."

"창피하니까 진정해!"

아이바는 매섭게 말하고 달려갔다.

"기다려, 아이바. 미안해. 나도 모르게 소리치고 말았어. ……실례였을까? 하지만 아마 안 들렸을 거야. 목소리가 그렇게 크지도 않았고……, 그보다 당연히 깜짝 놀라지 않아? 보통 동경하는 드라이버가 코앞에 있으면!"

창피한 녀석과 같이 있기 싫은지 아이바는 점점 속도를 올렸다. 잔달음으로 그 뒤를 따라갔다.

뒤쫓으며 이것이 아이바의 강점이라고 생각했다.

동경하는 사람 앞에서도 그다지 흥분하지 않고 냉정을 유지한다.

그런 남자 눈에 자신은 완전히 어린애처럼 보일 것이다.

그래도 쳐놓은 텐트를 보자 아이바도 솔직하게 놀랐다. 신기한 듯이 겉모양과 장비를 찬찬히 본 뒤 이번에는 안에 들어간 채 나오지 않았다.

사쓰키는 텐트 앞에서 물을 끓이며 안에 대고 말했다.

"나쁘지 않지? 생각보다 넓고."

대답은 돌아오지 않았지만 개의치 않고 계속 말했다.

"내일은 토요일이라 일본 전역에서 사람들이 스즈카로 몰려올 거야. 지금쯤 학교나 일이 끝난 사람들이 자동차를 타고 도메이 고속도로나 메이신 고속도로를 폭주하고 있겠지."

"신칸센도."

"그래, 신칸센도. 내일은 여기도 오토캠핑 하는 사람들로 가득찰 거야. 틀림없이 소란스러울 테니까 차라리 내일 저쪽에서 자면 돼. 야, 듣고 있어?"

대답은 돌아오지 않았다.

"됐다, 밥이나 먹자. 배가 고파서 짜증이 나는 거지? 치킨라멘 괜찮아? 혹시 컵누들파?"

"양쪽 다 별로 안 먹어."

"그래? 하긴 정크푸드니까. 나는 수시로 먹지만."

사쓰키는 배낭에서 치킨라멘 컵라면 두 개를 꺼내 뜯었다. 향긋한 스프 냄새가 나자 배가 꼬르륵거렸다.

사쓰키는 자기 배에서 나는 소리에 웃음이 나서 텐트 안을 향해 쾌활하게 말했다.

"나는 컵누들을 좋아하는데 치킨라멘돈부리, 치키돈, 치키돈,

개가 있는 계절

치키돈돈 하고 텔레비전에서 타무라 에리코가 광고하는 거 보다보면 무심코 사게 되더라. 그 의상, 좀 야하고 귀엽지 않아?"

"몰라."

사쓰키는 컵라면과 끓인 물을 들고 텐트 안으로 들어갔다.

아이바는 사쓰키가 가지고 온 일본 그랑프리 특집호를 보고 있었다.

"그거 재미있지?"

아이바는 말이 없었다.

사쓰키는 잡지를 빼앗아 정리했다.

"야, 딱히 내 페이스에 맞추진 않아도 되는데 말이야! 화해라고 할 것까진 없지만 이쪽에서 잘 지내보자고 노력하고 있으면 너도 조금쯤은 맞춰주라. 달걀 꺼내줘."

아이바가 밀크로드에서 사온 달걀 봉투를 말없이 내밀었다.

"고마워. 이것도 입에 안 맞으면 억지로 먹을 필요는 없어. 나는 후루룩후루룩 먹을 거고, 오늘은 여기서 잘 거지만……, 앗!"

아, 하고 아이바도 소리를 내며 컵라면 안을 보았다.

갈색 건면 위에 노른자 두 개가 올라가 있었다.

우와, 하고 놀라서 소리가 나왔다.

"처음 봤어. 노른자가 두 개나 들어 있잖아."

이런 경우도 있구나, 하고 말하며 아이바가 달걀에 둘러져 있던 종이를 보았다.

"쌍란이라고 적혀 있어."

"그럼 이거 전부 그런 건가?"

다른 컵라면에 달걀을 깨서 넣자 역시 노른자가 두 개 들어 있었다.

우와, 하고 둘이 동시에 감탄했다.

"대란이라고 적혀 있어서 샀는데. 뭔가 이득 본 기분이네. 물 붓는다."

사쓰키는 달걀흰자 위에 뜨거운 물을 붓고 컵라면 뚜껑을 덮었다.

작은 텐트 안에 치킨수프 향기가 천천히 퍼졌다.

3분이 지나 뚜껑을 열자 갈색 건면과 수프 위에 반숙 노른자 두 개가 나란히 보였다.

맛있겠다, 하고 아이바가 중얼거렸다.

"우리 집은 외가가 소면을 만들어서 면은 언제나 소면만 먹어. 1분 반이면 익으니까 라면보다 빠르다며."

"오야치 쪽 사람이구나. 거기 소면도 맛있지만 야외에서 먹는 컵라면은 각별하다고."

맛있어! 하고 아이바가 라면을 후루룩 먹었다.

"맛있다, 이렇게 맛있는 거구나."

"아, 맞다. 토핑이 하나 더 있었지. 컵 이쪽으로 내밀어봐."

사쓰키는 어육 소시지를 꺼내 아이바의 라면에 마치 연필을 깎듯이 나이프로 소시지를 얇게 썰어 흩어 넣었다.

"어육 소시지는 국물에 잘 담가놨다가 먹어. 진한 국물이 배

개가 있는 계절

서 잘 어울리거든."

컵 바닥에 어육 소시지를 가라앉힌 아이바가 국물에 푹 적신 조각을 먹었다.

"맛있어! 진짜 맛있다, 훗타!"

"그럼 다행이고."

사쓰키는 달걀노른자를 찔러 터트려 면에 비볐다. 갈색의 구불구불한 면에 달걀노른자가 엉기며 국물 맛이 부드러워졌다.

평소라면 어느 타이밍에 노른자를 먹을지 고민했겠지만, 두 개 있으니 여유를 부리며 느긋하게 먹을 수 있다.

달걀을 터트리려던 아이바가 손을 멈추었다.

"왜 그래? 혹시 반숙 싫어해?"

"아니, 좋아하는데. ……오늘 예선에서 베르거가 코스 레코드를 냈잖아."

맥라렌 혼다 소속 세나의 동료 게르하르트 베르거는 오늘 예선에서 이 서킷의 최고 기록을 냈다.

장내 안내 방송으로 그 소식이 울려 퍼지던 때를 떠올리고 사쓰키는 몇 번이나 끄덕였다.

"완전 흥분했었지. 내일 예선도 너무 기대돼."

"나는, 왠지는 모르겠지만, 이대로 베르거가 폴 포지션*을 딸 것 같은 예감이 들어. 그리고 세나가 두 번째고. 그대로 혼다끼

---

* 출발 그리드의 맨 앞자리. 폴 포지션을 땄다는 것은 예선 1위라는 뜻이다.

리 1위랑 2위."

아이바가 두 노른자를 젓가락으로 가리켰다.

"원투 피니시의 예감이 들어."

"여기 스즈카에서?"

아이바가 크게 끄덕였다.

"응, 혼다 소이치로 씨가 별세한 올해, 이 스즈카에서."

"드라마틱하네. 누가 1위야?"

"세나의 신봉자인 내게 그건 물을 필요도 들을 필요도 없지."

그렇지, 하고 대답하며 사쓰키는 조미료를 넣어둔 자루를 꺼
냈다.

"안 되겠다. 흰색이랑 빨간색으로 컬러링하고 싶어졌어. 아이
바, 케첩과 고춧가루가 있는데 노른자에 뿌릴래?"

"그럼 나는 고춧가루."

아이바가 노른자에 빨간 고춧가루를 듬뿍 뿌렸다.

흰자 위에 빨갛게 물든 노른자 두 개가 컵 안에 나란히 있었
다. 노른자를 깬 아이바가 큰 소리로 후루룩거리며 면을 먹었다.

"맛있어! 맵고 맛있어. 원투 피니시!"

"달걀 한 개씩 더 먹을래? 이번에는 삶은 달걀로 원투 피니시."

"먹을래!"

사쓰키는 내일 먹을 것도 같이 삶으려고 배낭에서 냄비를 꺼
냈다. 아이바가 가방에 든 커다란 종이가방을 가리켰다.

"그 커다란 가방에는 뭐가 들어 있어?"

"이거? 내 비장의 잡지 스크랩. 나중에 볼래? 내가 볼 때 작년의 베스트 사진은 이거야. 이 카메라맨 좋더라."

"멋지다……."

아이바가 집어삼킬 듯이 스크랩을 쳐다본 뒤 서둘러 라면을 먹었다. 고춧가루가 목에 걸렸는지 가볍게 콜록거렸다.

사쓰키는 물을 건네며 웃었다.

일을 마친 사람들이 속속 캠핑 구역으로 모여드는 듯했다. 텐트 밖이 시끌시끌했다.

아이바의 예감은 적중했다. 금요일과 토요일 예선 결과는 세나의 동료 게르하르트 베르거가 코스 레코드를 기록하며 폴 포지션을 따냈고, 두 번째 자리는 세나가 이었다.

사흘째 결승 아침. 기분은 최고조로 부풀어 올랐지만 몸은 무거웠다. 토요일 심야에 피트 뒤쪽에 있는 조립식 건물의 불빛을 아이바와 함께 한참 쳐다보거나, 새벽이 올 때까지 곳곳을 둘러보고 다녔기 때문이다.

돌아가는 길이 불안해진 사쓰키는 공중전화로 집에 전화를 걸어보았다. 집에서 쉬고 있는 큰형에게 사정을 설명하고 레이스가 끝나면 정체가 풀리는 곳까지 자전거로 갈 테니 데리러 와 줄 수 있느냐고 부탁했다.

걱정이 된 형이 그러겠다고 했으므로 아이바와 의논해 서킷에서 15킬로미터 떨어진 오야마다 기념 온천병원 옆 우체국에서 만나기로 했다.

결승 날, 서킷에 모인 관객은 약 15만 명이었다. 나카지마 사토루의 머신이 나타나자 관객 사이에서 파도가 일어나고 땅울림 같은 환호성이 들끓었다.

레이스에서는 세나와 연간 챔피언 자리를 놓고 경쟁하던 만셀이 중간에 기권했다. 그 시점에서 왕자는 2위로 달리던 아일톤 세나로 결정되었다.

선두를 달리던 게르하르트 베르거는 세나의 지정석이라고 하는 폴 포지션을 빼앗은 선수답게 박력 있는 주행을 보여주었다.

하지만 연간 챔피언이 결정된 뒤 세나가 그를 따라잡더니 수월하게 추월했다.

그 후로는 유유히 선두를 독주해 우승이 거의 확정되었다.

마지막 랩, 스탠드를 채운 많은 관중은 그의 주행에 성원을 보냈다.

영혼을 일깨우는 듯한 머신의 굉음. 15만 명의 함성.

흥분과 열광이 만들어내는 소리의 진동에 몸이 떨렸다. 사쓰키는 정신없이 세나의 이름을 외쳤다.

그 순간 눈앞에서 그의 머신이 감속했다.

"어, 뭐지? 왜 저래?"

"머신 트러블인가?"

뒤따라오던 베르거가 세나의 머신을 추월한 순간 다시 그의 머신이 부드럽게 달려 나갔다.

빨간색과 흰색으로 칠해진 두 대의 머신이 나란히 달렸다. 그대로 그랜드스탠드의 열광의 소용돌이에 빨려 들어갔다.

체커 플래그가 흔들리고 엄청난 환호성이 울려 퍼졌다.

가슴이 뻥 뚫리는 원투 피니시다. 오른손을 치켜든 아이바가 절규했다.

"달걀! 달걀! 홋탈걀!"

"어? 아이바, 방금 뭐라고 했어?"

"홋타아! 달걀, 달걀!"

원투 피니시를 말하는 것이라고 깨닫고 사쓰키도 양손을 들었다.

"진짜 달걀이야, 달걀, 아이바!"

둘이서 하이파이브를 하고 하늘을 향해 절규했다.

"다알, 갸알!"

하늘에 주먹을 내지르며 아이바가 외쳤다. 환희에 찬 외침은 영어처럼 멋지게 들렸다.

머리 위를 날아다니는 헬리콥터와 수많은 인파를 뒤로 하고 자전거는 달렸다.

서킷을 나와서도 흥분은 식지 않았다. 아이바와 둘이서 정신없이 페달을 밟아 오야마다에 있는 우체국을 향했다.

공휴일이라 닫힌 우체국에 도착하자 둘 다 주차장에 쓰러졌다.

"아이바, 살아 있어?"

"간신히. 하지만 졸려."

"나도."

자동차가 주차장으로 들어오는 소리가 들렸다. 문을 닫는 소리에 이어 형의 목소리가 들렸다.

"야, 삿짱, 살아 있냐?"

"너무 졸려, 형. 자면 죽을까?"

"죽진 않지. 어이, 삿짱 친구, 너도 괜찮니?"

"죽을 것 같아요……."

자동판매기에서 음료수를 사는 소리가 났다.

뺨에 따뜻한 것이 닿자 사쓰키는 실눈을 떴다. 캔 커피가 하나 놓여 있었다.

"자, 마셔. 사흘 동안 야영하면서 그렇게 와와 떠들어대면 누구나 기진맥진하지. 너네 바보냐?"

"형, 나는 몰라도 아이바는 하치고에서 가장 머리가 좋은 애라고."

"그래도 바보야. 됐으니까 너희는 잠이나 자고 있어."

형은 자전거를 가볍게 들어 올려 트럭 짐칸에 실었다.

땀 냄새 나니 뒤에 타라고 해서 사쓰키는 아이바와 함께 트럭 짐칸에 앉았다.

하늘은 어두워지고, 썰렁한 공기가 소매와 옷깃 사이로 들어왔다. 목을 쓸며 아이바에게 웃으며 말했다.

"나 목 다 쉬었어."

나도, 하고 갈라진 목소리로 아이바도 목을 눌렀다.

저녁 하늘을 올려다보며 "그거 어떻게 생각해?" 하고 아이바가 물었다.

"그게 뭔데?"

"세나……, 머신 트러블인 줄 알았는데 어쩌면 베르거를 기다렸던 걸까? 혹시……, 승리를 양보한 걸까?"

"글쎄? 하지만 나는 단순히 눈앞에서 혼다가 원투 피니시를 결정지었다는, 그것만으로 오늘은 이미 감격했어. 마지막에는 외치는 건지 우는 건지 잘 모르겠더라."

나도, 하고 말하자 아이바가 웃었다.

"확실히 그래."

사쓰키는 트럭 난간에 기댔다.

이틀 전에 달린 길은 땅거미에 감싸였고 경치는 순식간에 과거로 흘러갔다.

하늘을 올려다보며 아이바가 중얼거렸다.

"세나도 달렸지만 우리도 달렸어."

"질주했지……."

노을의 붉은색이 옅어지며 별들이 하나둘 반짝거렸다.

이아바의 슬리퍼에 질렸는지 고시로가 신발장 주변에서 치는 장난이 줄어들었다.

그래서인지 그 뒤로 아이바와 만나는 일은 거의 없었다.

2월에 접어들어 일찌감치 나고야의 사립대학에 입학을 결정한 사쓰키는 자동차학원에 등록했다. 부끄러워서 아무에게도 말하지 못하지만, 면허를 따면 후지TV의 F1 중계 테마곡 'TRUTH'를 크게 틀고 고속도로를 달릴 예정이다.

3월이 되어 곧바로 맞이한 졸업식에서는 아이바가 답사를 읽었다.

거기서 그는 '배움의 전당에서 함께 지낸 하얀 개'를 언급했다. 이 개를 받아준 학교에 감사를 표하자 장내에 따뜻한 박수가 쏟아졌다.

생각해보면 신입생 인사도 아이바였다.

입학시험 때부터 이 학년의 폴 포지션은 아이바의 지정석이었다. 도쿄대 합격 발표는 아직이지만 틀림없이 좋은 성적으로 입학할 것이다. 아이바 같은 사람이야말로 일본의 정치와 외교의 미래를 짊어질 동량일 것이다.

식이 끝나자 교문 옆에서 후배들과 나란히 고시로가 기다리고 있었다. 오늘은 목줄 대신 나비넥타이 같은 빨간 리본을 달았다.

"고시로, 귀엽게 차려입었구나."

고시로에게 말하며 몸을 숙이자 옆으로 누군가가 왔다.

아이바였다. 손을 내밀어 고시로의 턱 밑을 긁어주었다.

야, 하고 작은 소리가 들렸다.

응, 하고 대답하자 "즐거웠어" 하고 아이바가 고시로를 쓰다

개가 있는 계절

듬었다.

"그 사흘은 평생 잊지 못할 거야, 샷짱."

절친들이 부르는 억양으로 이름을 불러 놀랐다.

순식간에 벌어진 일에 대답도 못하는 사이에 아이바는 떠나갔다.

*

슬슬 유카의 꽃이 핀다.

고시로는 고돌모 부실 책상 앞에 앉아 있는 사쓰키에게 다가갔다.

체육관에 수많은 학생들과 그들과 무척 비슷한 냄새가 나는 어른들이 모이면 학교 옆 주시강 강가의 벚나무에 꽃이 핀다.

사쓰키가 등을 웅크리고 노트에 글을 쓰고 있었다.

졸업식이라고 하는 그 모임이 있은 뒤 이 노트에 글을 쓰는 학생은 언제나 다음날부터 오지 않는다.

쓸쓸해서 사쓰키의 다리에 몸을 비비자 안아주었다.

"이거 봐, 자동차 멋지지, 고시로?"

노트 위에는 납작한 자동차 사진이 들어간 길쭉한 종이가 놓여 있었다.

봄 햇살을 받으며 그 종이의 일부분이 반짝반짝 빛났다.

사쓰키가 샤프펜슬 끝으로 그 빛을 덧그렸다.

"제1, S자, 역뱅크. 데그너, 헤어핀, 스푼 커브. 서쪽 스트레이트와 130R, 그리고 카시오 트라이앵글……, 올해에 가장 인상 깊은 일."

사쓰키는 소중하게 노트에 길쭉한 종이를 붙이고 작은 빛을 만졌다.

"나도 즐거웠어, 다카양."

제3화
내일의 행방

—

헤이세이 6년도 졸업생

헤이세이 6년(1994) 4월~헤이세이 7년(1995) 3월

"오오, 고시로. 당신은 왜 고시로인가요?"

저녁밥을 먹고 있는데 이름을 부르자 고시로는 눈동자만 위로 들어 학생의 얼굴을 보았다.

브러시를 든 빡빡머리 남학생이 눈앞에 있었다.

볕에 그을린 얼굴은 사근사근하고, 몸집도 듬직하다. 야구부 다나카 아키히로다.

"갑자기 웬 줄리엣이야?"

다나카의 옆에 피부가 하얀 남학생이 섰다. 털 정리용 일자 빗을 든 그는 문예부 이토 다쿠미다. 두 사람 다 고돌모 2학년이다.

다나카가 볕에 그을린 얼굴로 활짝 웃었다.

"안 어울린다고? 정말로 그런 생각이 들었어. 왜 고시로라고 이름을 지었을까?"

닭 가슴살을 씹으며 고시로는 어렸을 때를 떠올렸다.

벚꽃에서 따온 이름을 가진 여학생과 스케치북 한구석에 그녀의 그림을 그렸다가 지우기를 반복하던 남학생.

유카와 고시로. 짖는 소리가 사람의 말로 나온다면 두 사람에 대해 이야기해주고 싶었다.

고시로는 밥을 다 먹고 혀로 물을 떠서 마셨다.

이 학교에서 살게 된 뒤로 오랜 시간이 흘렀다.

어릴 때는 세상을 잘 몰랐다. 하지만 교실 한쪽에서 날마다 수업을 듣는 사이에 점점 인간의 말과 이 세상의 구조가 어렴풋하게나마 이해되었다.

그 덕분일까. 주의 깊고 이해가 빠른 학생과는 서로 마음이 통할 때가 있다.

고시로는 다나카를 다시 올려다보고 꼬리를 흔들었다.

'일지를 봐봐.'

"왜? 이제 배불러? 고시로, 조금 이따 이빨 닦자."

'그게 아니라 일지! 검은 노트.'

"양치 싫어하면 안 돼. 이빨이 얼마나 중요한데."

글러브 같은 두툼한 손으로 얼굴이 쭈글쭈글해지도록 문지르자 고시로는 머리를 가로저었다.

'그게 아니라니까, 내 이름의 유래 말이야!'

고돌모 사람들은 3학년이 되면 대표가 일지를 쓴다. 먹이 양

개가 있는 계절

과 건강 상태 변화, 그 외에 알아챈 것을 뭐든지 적는 노트다. 그것을 보면 이름에 대한 이야기도 적혀 있을 게 틀림없다.

이토가 교실 한쪽에 있는 책장으로 걸어갔다.

"고시로라는 이름의 유래라면 이 앞 권의 일지에 적혀 있지 않을까?"

'이토는 알아챘구나……'

낡은 일지의 페이지를 넘기며 이토가 돌아왔다.

"고돌모 일지는 5년 일기를 사용하잖아? 마침 우리가 들어온 해에 두 권째로 넘어갔어."

"어디? 보여줘."

두 사람은 다나카가 가져온 둥근 의자에 앉았다.

"아마 유래는 학생회장의 이름이었던 것 같은데……. 하치고에 강아지가 나타났을 때 여기서 키우게 해달라고 서명운동을 한 사람이야……. 봐, 여기 있다. 쇼와 63년도 졸업생."

다나카가 일지를 받아들고 보았다.

"아하…… 미술부, 하야세 고시로. 이름 멋지다!"

"감탄하는 포인트가 그거야? 그림도 엄청나지 않아? 내가 들은 이야기로는 강아지 고시로는 슬리퍼를 물고 달아나는 걸 좋아해서 인간 고시로가 매일 아침마다 긴 머리를 휘날리며 쫓아다녔대."

"좀 이상한 사람이네."

이야기가 조금씩 달라졌다. 고시로는 학생회장이 아니었고,

쫓아온 건 다른 학생들이었고, 머리가 길었던 사람은 유카다.

아니야, 하고 말하고 싶은 기분을 억누르고, 고시로는 두 사람을 올려다보며 빗질이나 해달라고 재촉했다.

꼬리를 흔들어보았지만 다나카는 거들떠보지도 않고 일지 페이지를 넘겼다.

"이거 좋은데. 역대 졸업생들의 '올해에 가장 인상 깊은 일'. 헤이세이 2년도에는 프린세스 프린세스의 'Diamonds'를 고교 야구 지구예선에서 연주. ……이건 지금도 연주하더라. 올해도 들었어."

"첫 시합에서 패배했지만."

"그것도 해마다 그래. 헤이세이 3년도……, F1 일본 그랑프리 티켓만 붙어 있네. 멋지다! 헤이세이 4년도는 '오자키 유타카, 서거'."

다나카가 전혀 신경 쓰지 않자 고시로는 이토의 무릎에 코를 들이대며 빗질을 재촉했다.

'이토, 이토, 뭔가 잊은 거 없어?'

이토는 고시로의 머리를 건성으로 쓰다듬고 "그렇구나" 하고 끄덕였다.

"서거라고 하면, 작년에 세나가 사망했지."

"티켓 붙인 사람 충격 받았겠지. 혼다도 F1에서 철수했고."

다나카가 두 권째 일지로 손을 뻗었다.

"여기서부터 새로 시작되는구나. 헤이세이 5년도, 작년 졸업

개가 있는 계절

생은 뭘까? 짠! '일본 프로 축구 리그 개막. 애칭, J리그. 오레오 레오레오레!' 그 노래구나. 그 선배는 축구부였으니까."

'그보다 빗질해줘. 빗질!'

고시로는 이번에는 다나카의 다리에 코끝을 문질렀다. 야구로 단련해서인지 장딴지가 딴딴했다.

다나카가 콧노래를 흥얼거리며 빗질을 시작했다.

"야, 이토. 올해 졸업생은 뭐라고 적을 거 같아?"

앞다리 털을 일자 빗으로 정리하던 이토가 가볍게 고개를 갸웃했다.

"헤이세이 7년은 이제 막 시작했으니까. 어제 본 센터 시험 때문에 3학년은 그런 거 생각할 정신이 없을걸. ······적을 사람은 스즈키 선밴가? 일단 헤이세이 6년이라면."

"같은 스즈키니까 '오릭스의 이치로, 210안타 달성'이라든가 하는 거?"

"하지만 그 사람은 문예부잖아. '오에 겐자부로, 노벨문학상 수상'이라든가? 아니면 '매디슨 카운티의 다리, 올해도 대인기'라든가."

고시로는 코끝에 내려앉은 몽실몽실한 털을 콧김으로 가볍게 날려보냈다.

다나카가 빗에 엉킨 털을 떼고 있었다.

"내가 얼마 전에 아버지가 사온《매디슨 카운티의 다리》를 읽고 있었더니, 그 감정을 이해하려면 앞으로 20, 30년은 더 있어야 한다더라. 그게 그렇게까지 오래 걸릴 일이야? 20년 뒤면 서른일곱이라고. 헤이세이 27년인가……? 상상도 안 되지만 그때쯤이면 우리도 아저씨겠네."

어엿한 아저씨지, 하고 맞장구를 친 이토가 손을 멈췄다.

"……그때쯤이면 고시로는 없겠구나."

"개의 수명은 얼마나 되지?"

고시로는 까무룩 잠에 빠져들며 귀를 쫑긋 세웠다.

뭐라고 대답하는 걸까, 졸려서 들리지 않았다.

이튿날 아침, 고시로는 일찍 눈이 떠져 실내를 내달렸다. 오늘은 어째서인지 진정이 되지 않았다. 온몸이 술렁술렁했다.

달리다 지쳐 멈췄을 때 고돌모 부실 자물쇠가 열렸다.

"잘 잤니, 고시로? 오늘도 춥구나."

고시로는 꼬리를 흔들어 인사하고 구라하시의 뒤를 따라 밖으로 나왔다.

주변은 아직 어둡고 뿜어져 나오는 숨결은 하앴다.

관리인 구라하시는 매일 아침 5시 반이면 학교에 와서 교사의 문을 연다. 동아리동 다음으로 향하는 곳은 옆에 있는 도서관이다.

옥상에 천체관측 돔을 갖춘 도서관은 거대한 3층짜리 건물로, 언제 가도 조용하다. 부지 끝자락에 있어서인지 다니는 사람이 적었다. 고시로는 이 건물 옆에서 햇볕을 쬐며 주시강 강변의 나무들을 보는 것을 좋아하지만, 아직 아침 해가 떠오를 기미는 보이지 않았다.

고시로는 갑자기 땅을 따라 흐르는 소리를 느끼고 멈췄다.

공기가 드르르 진동했다.

몸이 멋대로 떨리고 꼬리가 가랑이 사이로 말려 들어갔다.

발바닥에서 야릇한 열기가 느껴졌다.

열과 공기와 소리와, 처음 느끼는 낯선 감각에 무심코 달려 나갔다. 도서관으로 들어가려는 구라하시의 앞을 가로막았다.

"왜 그러니, 고시로? 왜 컹컹 짖을까?"

구라하시가 멈춰 섰다. 고시로는 그의 몸을 필사적으로 밖으로 밀어냈다.

'달아나, 도망쳐, 무서워, 아저씨! 도망쳐!'

"왜 그렇게 짖어? 고시로, 진정하자, 고시로!"

그 순간 지면이 솟구칠 듯이 흔들렸다.

*

몸이 떠오르는 감각에 뒤이어 침대가 격렬하게 흔들렸다.

지진! 우에다 나쓰코는 바짝 얼어붙었다.

눈을 떴지만 실내는 온통 검은색이었다.

방 안의 모든 물건들이 덜컹덜컹 소리를 내고 있었다. 눈이 어둠에 익자 침대 헤드보드에 올려둔 알람시계와 미니 컴포넌트가 슬근슬근 움직이며 머리 위로 다가왔다.

떨어지면 얼굴에 직격이다.

알고는 있는데 도무지 움직일 수가 없었다. 마치 가위에 눌린 것처럼.

필사적으로 손을 뻗었을 때 지진이 멈췄다. 시계를 움켜쥐자 아침 6시도 되기 전이었다.

괜찮니? 하고 1층에서 어머니의 목소리가 들렸다.

나쓰코는 괜찮아, 하고 대답하고 문을 열었다. 옆방에서 고등 학교 1학년인 여동생 구미코가 고개를 내밀었다.

"엄마, 구미코도 무사해."

"언니, 나는 조금 더 잘래⋯⋯."

여동생이 눈을 비비며 태평하게 말하고는 문을 닫았다.

계단을 내려가자 1층은 석유스토브가 꺼진 냄새로 가득했다.

앞치마에 손을 닦으며 어머니가 부엌 벽과 천장을 둘러보고 있었다.

"마침 스토브를 켠 순간 흔들려서 깜짝 놀랐어."

"아빠는 괜찮으실까?"

"괜찮겠지. 아빠가 있는 곳은 지진 대책이 되어 있으니까."

아버지의 직장은 시내 연안부에 있는 석유화학 산업단지다. 파이프라인으로 연결된 대형 플랜트는 24시간 가동되어 휴일 이든 연말연시든 멈추지 않는다. 아버지의 근무도 3교대제로 오늘은 야근이다.

개가 있는 계절

텔레비전을 켜자 '도카이 지역에 강진'이라는 표시가 나와 있었다. 기후와 욧카이치시는 진도 4였다.

"엄마, 진도 4래."

"그렇게나 흔들렸는데 4라고? 무서워라."

마침 텔레비전을 끄려는데 '고베 진도 6'이라고 속보가 나왔다.

"엄마, 고베가 진도 6! 할머니 괜찮으실까?"

친할머니는 고베에서 혼자 산다. 올해는 입시 때문에 가지 않았지만 해마다 여름방학이면 할머니 댁에 놀러 가는 것이 큰 낙이었다.

전화기의 부속 무선전화기를 귀에 대고 어머니가 거실로 들어왔다.

몇 번이나 반복해서 전화를 걸었지만, 결국 고개를 옆으로 가로저었다.

"안 받네. 할머니 댁에 전혀 연결이 안 돼."

"여러 사람이 한꺼번에 걸어서 그럴지도 몰라."

두 사람은 텔레비전 앞에 멀뚱히 서서 화면을 보았다.

고베에 거주하는 기자로부터 전화 연결 음성이 흘러나왔다. 정전은 되었지만 선반이 쓰러지는 정도는 아니었나 보다.

어머니가 들고 있는 전화 수화기가 울렸다. 할머니인가 싶었는데 아버지가 안부 확인차 건 전화였다.

통화를 마친 어머니가 후 하고 한숨을 내쉬고 팔짱을 꼈다.

"아빠도 고베에 전화해봤는데 연결이 안 된대. 너는 오늘 학교 갈 거지?"

"자가 채점이 있거든. 끝나면 바로 올 거야."

어제는 월요일이었지만 성인의 날 대체 휴일로 쉬는 날이었다. 그 전 토요일은 센터 시험이었다.

신문에 발표된 해답으로 이미 답은 맞춰봤지만 오늘은 고등학교에서 이루어지는, 대형 입시학원에서 주최하는 자가 채점용 시트를 제출하는 날이다. 전국의 수험생이 제출한 이 시트를 집계해 지망 학교에서 자신의 위치를 알 수 있고, 그걸로 2차 시험 원서를 낼 곳을 정한다.

텔레비전을 계속 봤지만 새로운 정보는 아직 나오지 않았다.

밥이 다 되었다고 어머니가 부르자 나쓰코는 주방으로 돌아왔다. 다시 할머니에게 전화를 걸어보고 있었는지, 어머니가 어두운 얼굴로 수화기를 내려놓았다.

"안 되네. 아까랑 똑같아. 아무튼 얘, 일단 밥부터 먹자."

동생 구미코는 요즘 아침에 요구르트밖에 먹지 않는다. 텔레비전 속보가 신경 쓰이지만 어머니와 둘이서 식탁 앞에 앉았다.

어머니가 된장국을 한 모금 마시고 문득 생각났는지 물었다.

"엊그제 본 시험, 그럭저럭 잘 봤다고 했었는데 얼마나 잘 본 거니?"

"그럭저럭이 그럭저럭이지, 뭐. 고만고만하게 봤어. 예상한 대로."

"네가 하는 말은 잘 못 알아듣겠더라. 고만고만한 정도라면 도쿄까지 가지 않아도 근처 대학이면 충분하잖아?"

"가고 싶은 학과가 없는걸."

거짓말이야, 하고 나쓰코는 속으로 중얼거리고 달걀말이를
먹었다.

문과보다 이과 과목이 효율 좋게 점수를 딸 수 있기 때문에
이과를 선택했다. 하지만 생물에도 기계에도 전기에도 별로 관
심은 없었다. 법학이나 경제나 문학에는 더 관심이 없으니 맞는
지 아닌지로 따진다면 아마도 이과다.

지망 대학의 선택 기준은 자신이 노려볼 수 있는 곳 중에서
가장 표준 점수가 높고 지명도가 있는 곳이다. 그 편이 다른 일
을 하더라도 도움이 되고 효율도 좋다. 효율이 좋다는 것은 곧
아름답다는 뜻이다.

단, 의학부는 제외한다. 졸업까지 6년이 걸린다. 게다가 알아
보니, 국가시험에 합격해도 나중에 개업할 때 막대한 비용이 든
다. 부모님의 병원을 이어받거나 하지 않는 한 계속 돈 걱정을
하며 살아야 한다면 효율이 떨어진다.

아침을 다 먹자 6시 반이 지나 있었다. 나쓰코는 할머니가 걱
정되었지만 어머니에게 등 떠밀려 텔레비전 앞을 떠났다.

세면실로 가자 어느새 일어났는지 구미코가 머리를 감고 있
었다.

"구미, 고베에서 지진이 있었어. 진도 6. 근데 할머니랑 연락
이 안 돼."

"뭐! 진짜?"

구미코가 머리가 젖은 상태로 고개를 들었다.

"야, 물 떨어져. 머리카락에서 물 떨어지잖아."

구미코는 다시 바로 세면대로 고개를 돌렸다. 물소리와 함께 웅웅거리는 목소리가 들렸다.

"괜찮으실까?"

"몰라. 아직 들어온 소식도 없고. 야, 잠깐 옆으로 비켜봐. 텔레비전 보다가 벌써 시간이 이렇게 됐네."

구미코를 밀어내고 몸단장을 마친 뒤 나쓰코는 7시 5분에 출발하는 전철을 타기 위해 부랴부랴 자전거로 집을 나섰다.

소식을 알지 못한 채 불안한 마음으로 교문을 지나자 털이 하얗고 복슬복슬한 개가 눈에 들어왔다.

학교에서 키우는 개, 고시로다.

평소에는 교문 옆에 앉아 등교하는 학생들이 쓰다듬어주는 손질을 즐기는데 오늘은 영 진정이 되질 않는지 안뜰을 이리저리 달리고 있었다.

"기다려, 고시로, 야, 달아나지 마!"

철쭉나무 너머에서 한 남학생이 달려왔다. 같은 반 스즈키 겐토다.

고시로가 눈앞에 왔을 때 나쓰코는 개의 몸을 양손으로 누르며 안아 올렸다.

품 안에서 고시로가 작게 날뛰었다. 등을 쓸어주자 얌전해져서 나쓰코의 오른쪽 어깨에 턱을 툭 올렸다.

스즈키가 달려왔다.

"고마워, 우에다. 덕분에 살았어. 무겁지?"

"아니야."

고시로는 성견이지만 의외로 몸집이 작아 보기보다 가볍다. 북슬북슬한 털은 꼭 인형 같다. 지금까지 별로 신경 쓰지 않았는데 이렇게 안아보니 귀여웠다.

"고시로, 너도 여자 앞에서는 예의가 바르구나."

스즈키는 고시로의 머리를 쓰다듬은 후 목줄에 리드줄을 걸었다.

"별일이네. 줄에 매놓으려고?"

"오늘은 고시로가 유난히 흥분해서. 학교 밖으로 뛰쳐나갈 수도 있어서 혹시나 하는 마음에 묶어두기로 했어."

이 개는 언제나 교내를 자유롭게 돌아다니고 이따금 교실 뒤에서 잠을 잔다. 그 모습이 수업을 열심히 듣는 것처럼 보여 교사들도 딱히 뭐라고 하지는 않는다. 예술 선택 과목 중 미술은, 1학년 첫 과제가 고시로를 모델로 그림을 그리는 것이다.

고시로의 등을 한 번 쓰다듬어주자 꼬리가 좌우로 흔들렸다. 더 쓰다듬어주자 뺨 냄새를 맡았다.

"우에다, 익숙하구나."

중학교 때 할머니가 키우는 개가 길로 뛰쳐나가려고 했을 때 아까와 똑같이 잡았다. 그때는 개가 여동생이 터트린 폭죽 소리에 놀라 달아났었다.

"개가 어쩐지 겁에 질린 것 같아."

스즈키가 고시로의 머리를 다정하게 쓰다듬었다.

"지진 때문에 꽤 많이 흔들렸으니까. 후배의 누나가 고베에 사는데 조금 전까지도 여전히 연락이 안 되고 있대."

"우리 집도 할머니가 고베에 사시는데 전화가 안 돼."

등교하는 학생들의 흐름을 거스르며 피부가 하얀 남학생이 달려왔다. 보스턴백 손잡이를 배낭 어깨끈처럼 등에 메고 무척 동요한 얼굴이었다.

아아, 저 녀석, 하고 스즈키가 달려오는 학생에게 손을 들어 보였다.

"쟤가 그 후배야. 야, 이토, 왜 그래?"

"집에 가려고요."

이토라고 하는 남학생은 멈추더니 어깨로 숨을 몰아쉬었다.

"숨도 제대로 못 쉬잖아. 무슨 일 있어?"

이토가 양 무릎을 손으로 짚으며 등을 구부렸다. 그 어깨가 격렬하게 들썩였다.

"엄마가 일단 학교에 가라고 해서 오긴 왔는데 삐삐가 왔더라고요. 전화해보니까 고베……, 전철이 탈선하고 빌딩이 무너졌대요. 누나랑은 아직 연락이 안 되고요. 집에 지금 엄마 혼자 있어서 내가 가봐야 해요."

"뭐? 어디? 고베의 어디?"

몰라요, 하고 대답한 이토의 얼굴은 울 것 같았다.

"관리실 텔레비전으로 봤더니 곳곳이 불타고, 고속도로 고가가 무너져 있었어요……. 그냥 지진이 아니에요. 대지진이에요."

품 안에서 고시로가 날뛰었다. 나쓰코가 버티지 못하고 땅에 내려주었다. 스즈키가 손목시계를 보았다.

"너, 걸어서 통학하지? 내가 자전거 빌려줄게. 바로 가져올 테니까 여기서 숨 좀 고르고 있어. 그리고 우에다."

스즈키가 빨간 리드줄을 내밀며 말했다.

"미안하지만 네가 고시로 좀 구라하시 아저씨한테로 데려다 줄래?"

"관리실에?"

응, 하고 스즈키는 자전거 주차장을 향해 달려갔다.

"간 김에 텔레비전 보고 와. 할머니 걱정되잖아."

고시로가 달려 나갔다. 리드줄에 끌려가듯이 나쓰코도 안뜰을 달려갔다.

관리인실로 달려가자 다다미가 깔린 방에서 구라하시와 몇몇 교사들이 텔레비전을 보고 있었다.

그 영상에 나쓰코는 숨을 삼켰다.

고속도로가 무너져 있었다. 무너진 고가 끝에 버스 한 대가 떨어지기 직전의 상태로 멈춰 있었다.

헬리콥터에서 긴박한 목소리와 함께 영상이 전환되었다. 마을 곳곳에서 커다란 연기가 피어올랐다.

화재가 난 지역의 정보가 자막으로 차례차례 흘러나왔다. 그 지명을 보고 나쓰코는 그대로 굳었다.

불에 타고 있는 곳은 할머니가 사는 마을이었다.

구라하시에게 고시로를 맡기고 이번에는 구를 듯이 매점에 있는 공중전화로 달렸다.

어머니에게 전화를 걸자 아버지는 야근을 마치고 집으로 오는 중이고 준비되는 대로 자동차로 할머니에게 갈 거라고 했다.

자가 채점을 마치고 서둘러 집으로 돌아오자 이미 아버지는 출발한 뒤였다. 몇 시간 간격으로 공중전화로 연락해 할머니의 상태를 물어봤지만 여전히 고베는 전화가 불통이었다.

저녁이 되자 할머니에게서 일단은 무사하다고 전화가 왔다. 그리고 아무튼 물이 부족하니 올 거면 물을 사오면 좋겠다고 힘없는 목소리로 부탁했다.

이틀 뒤의 밤, 완전히 녹초가 된 얼굴로 아버지가 할머니를 모시고 돌아왔다.

아버지는 고베 부근까지 갔지만 도로가 꽉 막혀 도저히 앞으로 나아갈 수 없었다고 한다. 그래서 플라스틱 통에 담은 물을 짊어지고 선로를 따라 걸어서 할머니가 있는 대피소로 갔다고 했다.

반쯤 무너진 할머니의 집은 불이 나서 가지고 나온 물건은 거의 없었다.

"에미야, 애비야. 난 신경 쓰지 말고 편하게 텔레비전 봐라."

밤 9시 반, 나쓰코가 커피 생각이 나 1층 주방으로 내려오자 할머니의 목소리가 들렸다.

거실을 들여다보니 장지문 한 장을 사이에 둔 부모님 방을 향해 할머니가 말하고 있었다. 검은 스웨터에 바지. 할머니가 가지고 나온 몇 안 되는 옷가지 중 하나다.

조금 간격을 두고 아버지의 목소리가 들렸다.

"어머니, 괜찮으니까 보고 싶은 프로 보세요."

"나는 자면서 이어폰으로 라디오 들으면 돼. 신경 쓰지 말고 너희가 보고 싶은 거 봐."

"괜찮으니까 주무세요."

"그러니? …… 여러모로 미안하구나."

부모님 방 장지문 앞에서 할머니가 고개를 떨구고 있었다. 등을 작게 웅크린 모습에 나쓰코는 말을 걸었다.

"할머니, 커피 줄까?"

할머니가 나쓰코를 보고 힘없이 웃었다.

"잠 못 자니까 할미는 됐다."

할머니는 거실 구석에 깔린 이불 속으로 들어갔다.

"할머니, 벌써 자게? 불은……."

"끄지 마라."

"알았어. 켜놓을게."

1월 17일 새벽에 발생한 한신·아와지 대지진은 고베를 중심으로 1월 말 시점에서 5천 명 이상의 사망자가 나왔고, 부상자는 4만 명이 넘었다.

지진이 일어나고 이틀 뒤에 할머니는 이 집에 몸을 의탁했고, 그 뒤로 2주일이 지났다. 하지만 지진이 발생한 날에 일어난 일을 일절 이야기하지 않았다. 다만, 밤에는 잠옷을 입지 않고 언제든지 밖으로 나갈 수 있는 옷을 입고 잔다. 그리고 불을 끄지 말라고 한다.

장지문이 열리고 부모님이 방에서 나왔다.

어머니가 할머니의 이불을 향해 말했다.

"어머님, 좀 지나갈게요."

"편하게 다니라."

두 사람이 거실을 가로질러 주방으로 들어왔다. 표정이 어두웠다.

낫짱, 하고 어머니가 커피포트를 보았다.

"커피는 나중에 마시고. 위에서 잠깐 얘기 좀 하자."

나쓰코는 종이 필터를 접던 손을 멈추고 부모님을 보았다.

"대학 문제야? 그거라면 여기서 얘기해."

"구미코한테도 같이 할 얘기가 있거든."

아버지가 어두운 목소리로 말하고 계단을 올라갔다.

"진학 문제?"

그래, 하고 어머니가 짧게 대답하고 아버지를 따라 2층으로 향했다.

나쓰코가 2층으로 올라가자 아버지가 구미코의 방을 노크하고 있었다.

"구미코, 들어가도 되니? 엄마도 같이 왔어."

뭔데? 하고 구미코의 불만스러운 목소리가 들렸다.

"갑자기 왜?"

"언니랑 구미코한테 할 얘기가 있어."

"그럼 밑에서 하지, 왜."

"밑에서는 얘기하기 힘들어서."

"내 방은 어질러져 있어서 아빠가 들어오면 곤란한데."

구미코의 방에는 화장품과 화려한 색상의 옷이 걸려 있다. 어머니는 반쯤 포기하고 묵인하고 있지만 아버지는 고등학생답지 않다고 화낼 것 같았다.

나쓰코는 자기 방문을 열고 아버지에게 손짓했다.

"아빠, 그럼 내 방에서 얘기하자. 그보다 왜 밑에서 얘기하면 안 되는데?"

"진학 문제가 아니거든."

방에 들어온 어머니가 작은 소리로 말했다.

그 말투에서 할머니 이야기인가보다 하고 짐작하고 나쓰코는 책상 의자에 앉았다.

할머니는 1층 거실에서 생활한다. 가족 중 누가 나가자고 해도 절대 외출하지 않고 온종일 거실에서 라디오를 듣거나 텔레비전만 본다.

이 집은 작고 손님방이 없다. 2층에 있는 방 두 개는 나쓰코와 구미코의 방이고, 1층에는 부모님 침실과 거실, 그리고 주방같은 물을 쓰는 곳이 전부다.

가끔 친척이 올 때는 할머니처럼 거실에 이불을 깔고 자게 한다. 며칠 묵는 정도라면 그것으로도 충분했다. 하지만 쭉 함께 생활하다 보면 문제가 생기기 시작한다.

일단 난감한 점은 텔레비전 문제다. 한 대뿐인 텔레비전이 거실에 있으므로 부모님도 여동생도 예전처럼 좋아하는 프로를 제대로 보지 못한다.

들어간다, 하고 아버지가 나쓰코의 방으로 들어왔다. 그 뒤로 삐죽거리는 얼굴로 구미코가 들어왔다.

부모님이 나쓰코의 침대에 앉고 구미코는 바닥에 앉아 다리를 쭉 뻗었다.

"어허, 구미코. 똑바로 앉아야지."

"그보다 아빠 너무 갑자기 불렀잖아. 무슨 얘긴데?"

할머니 말인데, 하고 어머니가 머뭇거리며 말을 꺼냈다.

"계속 거실에서 주무시면 서로 사생활을 지킬 수가 없잖아? 그래서 아빠랑 얘기해봤는데. 구미짱 방을 할머니한테 내드리면 어떨까? 그리고 당분간 언니 방을 둘이 같이 쓰는 거야."

뭐어, 하는 소리가 자매의 입에서 똑같이 나왔다.

소리가 크다고 하고 싶은지 어머니가 집게손가락을 입 앞에 댔다.

아버지가 여전히 어두운 얼굴로 "아마 안 들릴 거야" 하고 고개를 가로저었다.

"귀에 라디오 이어폰을 끼고 있거든. 그런 식으로 우리를 배려해주는 거야. 사실은 텔레비전 소리를 듣고 싶은데 텔레비전은 다른 가족에게 양보하려고……."

"나도 많이 양보하고 있어."

어머니가 가시 돋친 말투로 말했다.

"밤에 화장실 갈 때도, 아침에 주방으로 갈 때도 어머님 머리맡을 지나가야 하니까 그때마다 사과해. 당신이랑 대화할 때도 목소리를 낮추면서 조심하고. 주방에도 어머님의 탕약 냄새가 배서 빠지질 않지만 아무 말도 않고 참고 있잖아."

아버지가 팔짱을 끼고 눈을 감았다.

저요, 하고 구미코가 손을 들었다.

"아침에 세면실 때문에 곤란해. 아침에 머리 감고 싶은데 할머니가 틀니 손질하는 시간이 너무 길어서."

"구미짱, 그 문제는 엄마도 한마디 하자. 밤에 머리를 감고 자는데 왜 아침에 또 그렇게 꼼꼼하게 감니? 요즘 수도랑 가스비도 늘었어."

"요즘에만 그런 게 아니잖아. 그게 나 때문이야?"

"그 이야기는 지금은 하지 말고."

아버지가 중간에 끼어들더니 구미코를 보았다.

"아무튼 그렇게 됐다. 그러니 구미코, 방을 비우고 언니 방으로 옮겨라."

"뭐? 하지만."

구미코가 일어나 책상을 가리켰다.

"언니는 밤늦게까지 공부하잖아. 눈부셔서 잘 수가 없어. 그리고 언니 수험 공부에도 방해되고."

"나도 곤란해. 구미의 옷이라든가 복작복작한 것들은 이 방에다 들어오지도 않아. 그리고 이렇게 좁은 방에 둘이 있으면 집중이 안 돼. 공부를 할 수가 없어."

"할머니랑 같이 살 줄 알았더라면 여러모로 준비라도 해뒀을 텐데……."

어머니가 한숨을 내쉬자 아버지가 꾹 누른 목소리로 말했다.

"그럼 어째야 했다는 거야? 그대로 대피소에 어머니를 방치했어야 했다는 거야?"

"누가 그렇대? 하지만 너무 갑작스럽잖아."

"그건 어머니도 똑같아! 어머니가 가장 그러실 거야!"

"그걸 아니까 우리도 이렇게……."

문 너머에서 달그락 하고 작은 소리가 났다.

어머니는 입을 손으로 막고 아버지는 복도 쪽을 보았다.

나쓰코는 의자에서 일어나 문을 열었다.

복도에 네 명분의 커피가 놓인 쟁반이 놓여 있었다. 계단을 보니 할머니가 천천히 내려가고 있었다.

구미코도 방에서 나왔다.

"어떡해, 할머니 다 들었을까? 언니, 어떻게 생각해?"

"글쎄……, 들었을지도……."

쟁반을 든 어머니가 고개를 떨구고 아버지는 머리를 벅벅 긁었다.

아 몰라, 하고 나쓰코는 넌더리를 내며 방으로 돌아왔다.

"알았어. 그럼 내가 할머니랑 같이 이 방을 쓸게. 그럼 됐지? 입시만 무사히 끝내면 앞으로 두 달이면 집을 나갈 테니까. 그 뒤에 할머니 혼자 이 방을 쓰면 돼."

"공부는 어떡하고?"

커피 쟁반을 든 채 어머니가 물었다.

"고등학교 도서관에서 할게. 원래 그럴 생각이었어. 밤에는 부엌 식탁에서 공부하고, 옷 갈아입거나 잘 때만 방을 쓸 거야. 그러면 할머니도 편하게 지내실 거야."

하지만……, 하고 아버지가 표정이 흐려졌다. 그 얼굴에 단호한 말투로 "됐어" 하고 나쓰코는 말했다.

"이제 귀찮아. 이러쿵저러쿵 얘기해봐야 다들 양보할 마음이 없으니까 끝이 안 나잖아. 할머니랑 내가 같은 방. 이게 가장 효율적이야."

도쿄에 있는 공과 대학에 합격해 3월 중순에는 상경한다. 그러면 두 달 후 할머니에게 이 방을 넘겨줄 수 있다.

얼마나 효율적인가. 수학적으로 말하면 바로 이것이 아름다운 해법이다.

효율적인 것은 곧 아름다움이다.

"미안하구나, 낫짱, 참말로 미안타."

2월 중순의 새벽 3시. 나쓰코가 2층 방으로 올라오자 자고 있던 할머니가 일어났다.

나쓰코는 할머니의 이불을 밟지 않도록 조심하며 자기 침대로 올라갔다.

"할머니, 매일 밤마다 그러는데 정말로 사과하지 않아도 돼."

"하지만 할미 때문에 네가 힘들잖아."

"괜찮으니까 이불 속에 들어가."

백열등 불빛에 할머니의 백발이 엷은 오렌지색으로 물들었다. 원래도 아담한 사람이었지만 요즘 들어 할머니가 더 작아진 느낌이다.

할머니가 머뭇머뭇 이불 속으로 들어가 누웠다. 나쓰코는 그 모습을 확인하고 침대로 들어가 안대를 썼다.

할머니는 거실에서 생활했을 때는 매일 아침 이불을 반듯하게 개고 거기에 기대어 온종일 텔레비전을 보았다. 하지만 2층에서 자기 시작한 뒤로는 이불을 개지 않고 계속 누워서 라디오를 듣는다.

미안타, 하고 다시 사과하는 할머니의 목소리가 살짝 떨렸다.

"지금이 얼마나 중요한 시기인데……."

이 말도 밤마다 똑같다. 아무리 조심해서 2층으로 올라와도 할머니는 금방 잠에서 깨어 일어난다. 그리고 그럴 때마다 사과를 늘어놓는다.

"할머니⋯⋯."

반쯤 짜증을 섞어 부르자 생각지도 못했던 독한 말이 튀어나왔다.

"사과하지 않아도 된다고 몇 번이나 말했잖아. 혹시 나 괴롭히려고 일부러 그래? 자고 있을 때 내가 들어오는 게 싫어? 짜증나?"

아이다, 하고 할머니의 목소리가 강해졌다.

"낫짱은 오늘도 열심히 공부한다고 얼마나 기특하게 생각하는데."

"내가 대학교에만 가면 이 방도 빌 거야. 조금만 더 참으면 되잖아."

"그런 말 하지 말그라⋯⋯."

"그럼 사과만 하지 말고 다른 말도 좀 해봐."

콧물을 훌쩍이는 소리가 들려 나쓰코는 안대를 벗었다.

"그런 말 하지 마라. 낫짱이 떠나면 내 외로워서 우째 산다고⋯⋯."

백열등 불빛 밑에서 할머니가 흐느껴 울었다.

우는 소리를 듣기가 괴로워 나쓰코는 헤드보드에 있는 미니 컴포넌트로 손을 뻗었다. 헤드폰을 귀에 대려고 하는데 할머니가 말했다.

"낫짱은……, 음악 좋아하나?"

"좋아한다기보다……."

"만날……, 뭐 듣노?"

"말해도 할머니는 모를 텐데."

그렇겠지, 하고 할머니가 다시 코를 훌쩍였다.

쓸쓸한 말투에 양심이 찔려 나쓰코는 헤드폰을 원래 자리에
다시 놓았다.

고베로 놀러 갔을 때 할머니는 더 심하게 간사이 사투리를
썼다. 이 집에 온 뒤로는 사투리를 조심스럽게 줄이고 있다.

이 지역의 사투리에는 간사이와 나고야 사투리가 섞여 있다.
평소보다 간사이 억양을 더 살려서 할머니에게 말했다.

"미스터 칠드런이라는 밴드의 노래를 들어. 'innocent world'
나 'Tomorrow Never Knows'라는 제목의 노래야."

뭔지 모르겠다, 하고 할머니가 깊이 한숨을 내쉬었다.

"투마로 뭐시기라니……, 무슨 뜻이고?"

"내일은 아무도 모른다."

할머니는 그 뒤로 아무 말도 하지 않았다.

잠들었나 싶어 나쓰코는 슬쩍 곁눈으로 보았다.

할머니의 이불이 가늘게 떨렸다. 그 모습에 놀라 황급히 일어
났다.

할머니는 베개에 얼굴을 묻고 소리 죽여 울고 있었다.

"내일은……, 정말로……, 모르는 기다."

봐서는 안 될 것 같아 나쓰코는 침대에 누워 천장을 보았다.

치로야, 하고 할머니가 중얼거렸다. 할머니가 키우던 개의 이름이다.

할머니, 하고 나쓰코는 머뭇머뭇하며 불렀다.

"치로는 어떻게 지내? 누구한테 맡기고 왔어? 만약 그렇다면 슬슬 데리러 가도 되지 않을까?"

치로가 있으면 할머니도 기분이 나아질 것이다. 같이 산책하면 외출도 즐길 수 있을지 모른다. 동물을 싫어하는 아버지가 틀림없이 치로를 데려오기를 거부했을 것이다.

치로야, 하고 할머니가 다시 중얼거렸다.

"치로는 죽었다……."

"언제? 설마 지진으로?"

"그날 아침에 치로가 개집에서 멍멍 짖는 기라. 왜 자꾸 짖어대냐고 혼내러 나갔더니 땅이 흔들리고……. 할미는 살았지만 치로한테 잔해가……."

치로뿐만이 아니다, 하고 할머니가 웅얼거리는 목소리로 말했다.

"맞은편 집 얼라……. 그 어린 아도……. 기를 쓰고 다 같이 지붕 밑에서 파냈는데……, 순식간에 몸이 차가워져서……."

할머니의 등이 격렬하게 흔들리며 이불 밖으로 어깨가 드러났다.

"아무것도 해줄 수가 없는 기라. 그냥 우리는 열심히 어루만져주는 수밖에 없어서……."

나쓰코는 침대에서 내려가 할머니의 이불 옆에 무릎을 대고 앉았다.

할머니가 베개 끝을 손가락으로 움켜쥐었다. 그 손도 떨리고 있었다.

"폭발할지도 모르니까 대피하라고 했지만……, 바로 도망칠 수가 없더라. ……잔해 속에는 아직 그 애의 형이……. 그런데 불……, 불이……."

할머니의 입에서 오열이 새어나왔다. 떨리는 등에 손을 대니 뜨거웠다. 나쓰코는 그 감촉에 놀라 손을 뗐다. 한겨울인데 앙상한 할머니의 등은 땀으로 흠뻑 젖어 있었다.

"미안타, 미안타, 애야."

"괜찮아. 나는 전혀……, 사과하지 마. 할머니는 아무 잘못도 없어."

할머니를 위로하고 싶었지만 어떻게 해야 좋을지 몰랐다. 나쓰코는 주뼛주뼛 할머니의 어깨에 손을 올렸다.

그 손에 자신의 손을 올리고 할머니가 통곡했다.

"왜 나 같은 늙은이가 살고……, 그렇게 어린 애들이……. 애 비랑 에미한테도 짐만 되고."

"할머니……, 무, 물, 가져올게."

나쓰코는 할머니의 손에서 자기 손을 빼고 계단을 달려 내려 갔다.

개가 있는 계절

세면실 수건을 움켜쥐고 컵에 물을 따라 방으로 달려 돌아오자 할머니가 티슈를 얼굴에 대고 눈물을 닦고 있었다.

백열등의 엷은 오렌지색 불빛에 물든 광경이 마치 영화의 회상 신 속에 있는 것 같았다. 잡은 할머니의 손이 젖어 있어서 현실이라는 걸 알았다.

"할머니, 물 마셔. 괜찮아. 아무도 짐이라고는 절대 생각 안 해. 정말, 정말이야."

물을 다 마신 할머니가 누웠다. 나쓰코는 할머니에게 이불을 덮어주었다.

할머니는 숨을 크게 내쉬고 눈을 감았다.

"낫짱은⋯⋯, 공학부에 가나?"

"어⋯⋯? 응, 맞아."

"앞으로 무슨 일이 있어도 절대로 무너지지 않는 튼튼한 집을 만들어주면 좋겠구나."

"건축학과는 아니지만⋯⋯."

"낫짱은 착하니까 무슨 공부를 해도 틀림없이 세상에 도움이 될 기다."

그럴까?

자신은 하고 싶은 일도 찾지 못하고 표준 점수와 효율성만을 기준으로 학교를 결정하는 인간이다. 혼자 있는 것이 편해서 친한 친구도 없다.

나쓰코는 할머니의 머리맡에 정좌하고 앉아 할머니의 얼굴을 보았다.

"할머니……, 외로워?"

"외로운 건 다 똑같지. 다만……."

치로야, 하고 할머니가 중얼거렸다.

새하얀 털을 가진 치로를 떠올리자 고시로의 모습과 겹쳤다.

나쓰코는 할머니의 마음을 조금이라도 풀어주려고 필사적으로 대화를 이어갔다.

"우리 학교……, 고등학교에 개가 있어. 희고 복슬복슬한 털을 가진 개야."

할머니는 말없이 눈을 감았다.

"고등학교는 하치고라고 하는데, 개 이름은 하치공이 아니라 고시로야. 얼마나 자유로운지 몰라. 교실에서 잠도 자고, 야구부 공을 쫓아다니기도 하고."

할머니는 아무 말도 하지 않았다. 당연했다. 본 적도 없는 개의 이야기를 들어봐야 아무런 위로도 되지 않는다.

꿇어앉은 다리가 저려왔다. 다리를 살짝 풀었을 때 할머니가 물었다.

"선생님들이……, 뭐라고 안 하나?"

"고시로? 안 해. 옛날부터 있었거든. 선생님들보다 오래됐을지도 몰라."

선배구나, 하고 중얼거리는 할머니에게 "그러게" 하고 나쓰코는 말했다.

개가 있는 계절

"고시로 선배네."

내려다본 할머니의 얼굴이 살짝 풀어졌다. 그 얼굴에 나쓰코가 속삭였다.

"졸업식 때 와, 할머니. 그러면 고시로를 볼 수 있으니까."

"하얗고, 복슬복슬한, 강아지……."

할머니가 희미하게 미소 지었고 이윽고 잠든 숨소리가 들려왔다.

할머니는 이 마을에 와서 처음으로 외출해서 옷을 사고, 어머니와 함께 졸업식에 참석해주었다.

제1지망 대학에 합격해 상경하는 날 아침, 나쓰코는 그때 찍은 사진을 할머니에게 건넸다. 고시로를 사이에 끼고 할머니와 둘이서 나란히 있는 사진이다.

할머니가 웃으며 사진을 바라보았다.

"아이고, 귀엽네. 귀여워. 꼭 치로가 낫짱이랑 같이 있는 것 같다."

할머니가 사진 속의 고시로를 쓰다듬었다. 소중한 물건처럼 그 사진을 호주머니에 넣고 대신 하얀 봉투를 꺼냈다.

"아가, 이거 받아라. 신칸센 안에서 뭐라도 사무라."

"괜찮아. 도쿄까지 순식간인걸. 뭐 먹을 시간도 없어."

할머니에게 봉투를 돌려주자 예상 밖의 강한 힘으로 다시 내밀었다.

"그라지 말고. 먹을 시간이 없으면 레코드라도 사그라."

"레코드는 이제 안 팔아. CD 시대거든."

"씨디? 씨디라는 건 이걸로 살 수 있나? 더 비싸나?"

"살 수 있지만⋯⋯. 하지만 괜찮아, 할머니. 그보다 텔레비전부터 사. 그러면 2층에서 편하게 볼 수 있잖아."

그것이 닷새 전의 일이다.

그 돈은, 받았어야 했다.

거실에 차려진 제단 앞에서 불침번을 서며 나쓰코는 멍하니 생각했다.

그저께 아침, 할머니는 이불 속에서 차갑게 식은 채로 발견되었다. 자는 사이에 타계한 것이다.

도쿄 자취방에서 본가로 돌아오자 할머니는 거실에 눕혀져 있었다.

온화한 표정의 얼굴을 만져보니 차가웠다. 그 감촉에, 지난 겨울밤에 만졌던 할머니 등의 열기와 땀이 떠올랐다.

그때, 할머니는 온몸으로 울었다. 사랑하는 가족과 어린아이에게 아무것도 해주지 못했던 자신을 책망하며 울었다.

그렇다면 그 돈은 받았어야 했다.

맛있는 걸 사 먹거나 CD를 사거나 해서 할머니에게 고맙다고 인사를 했더라면 좋았다.

상복을 입은 아버지가 거실로 들어왔다. 옆에 앉아 책상다리를 했다.

"미안하다, 나쓰코. 도쿄에 갔다가 바로 돌아와서 피곤하지? 그런데도 불침번까지 서게 하고."

나쓰코는 아버지의 말에 정신을 차리고 되도록 냉정한 얼굴로 촛불에 불을 붙였다.

"나는 밤에 강하잖아. 엄마랑 구미가 더 힘들지. 아침 일찍 일어나야 하는데."

어머니와 구미코는 조문객을 대접한 뒷정리를 하고 겨우 눈을 붙였다. 새벽 4시에 불침번을 교대할 예정이었다.

아버지가 상복 안주머니에서 사진을 꺼냈다.

"이거, 나쓰코랑 의논 좀 하려고. 네가 싫다고 하면 안 넣겠지만, 할머니 관에 이 사진을 넣어도 되겠니?"

졸업식 때 찍은 사진이었다. 고시로를 사이에 두고 자세히 보면 얼굴이 닮은 할머니와 자신이 웃고 있었다.

이렇게 보니 자매가 똑같이 통통한 입술은 어디로 보나 할머니의 유전이었다.

아버지가 사진을 가만히 보았다.

"이 사진, '낫짱이 줬다'며 할머니가 무척 아끼셨어…… 돌아가실 때도 머리맡에 놓여 있더라. 너만 싫지 않으면 같이 가져가게 해드리고 싶구나."

"괜찮아. 필름 있으니까 사진은 언제든지 새로 뽑을 수 있어."

그러니, 하고 말하고 아버지가 사진을 다시 상복 호주머니에

내일의 행방

넣었다. 대신 담배를 꺼내 성냥으로 불을 붙였다.

"아빠, 담배 끊은 거 아니었어?"

"이럴 때 정도는 피워도 되잖아."

아버지가 천천히 담배를 빨고 깊게 숨을 내뱉었다.

"할머니가 돌아가신 밤에는 구미코가 아르바이트비로 할머니한테 딸기를 사가지고 와서……. 기쁘게 먹고 주말에 다 같이 카트를 사러 가자는 얘기를 했어. 네 졸업식 뒤로 할머니가 조금씩 밖으로 나갈 수 있게 됐거든. 넘어지지 않도록 엄마가 쇼핑 카트를 선물하자고 해서……."

행복한 저녁이었지, 하고 아버지가 중얼거리고 내뿜은 연기의 행방을 올려다보았다.

"하지만 후회가 되는구나. 이 집에 와서 할머니는 과연 행복했을까?"

"그랬을 거야……."

그렇게 여기지 않으면 금방이라도 울음이 터질 것 같았다.

아버지가 어깨를 축 늘어뜨리고 등을 웅크렸다.

"친구도 아는 사람도 없는데. ……할머니가 살던 집은 전쟁이 끝나고 대만에서 송환되어 온 후에 죽기 살기로 일해서 간신히 마련한 집이야. 판잣집이라도 좋으니 그곳을 떠나고 싶지 않다고 하셨지. 그런데도 아빠가 억지로 이리로 데리고 와서……."

아버지는 필터를 씹을 듯이 담배를 피웠다. 연기를 내뿜을 때 혼잣말 같은 중얼거림이 새어나왔다.

"분하구나. 만약 아무 일도 없었더라면 아직 살아 계셨을 것 같아서."

아버지가 우는 것 같아서 나쓰코는 얼굴을 옆으로 돌렸다.

이럴 때는 어떻게 해야 좋을까. 정말로 모르겠다.

갑작스런 일이라 할머니의 고베 지인들에게는 좀처럼 연락이 되지 않았다. 유일하게 연락이 닿은 사람도 장례식에는 올수 없어서 결국 가족끼리 보내드렸다.

장례를 치르고 사흘 뒤의 아침, 나쓰코는 다시 도쿄로 향했다.

신칸센 안에서 계속 자다 도쿄역에 도착하자 상공에 헬리콥터 몇 대가 날고 있었다.

그리고 모든 지하철이 멈춰 있었다. 가방 안에 넣어둔 삐삐를 보자 가족에게서 몇 건이나 호출이 들어와 있었다.

전화를 걸고 싶었지만 공중전화마다 긴 줄이 늘어서 있었다. 간신히 순서가 돌아와서 전화를 걸었더니 어머니가 "무사하니? 넌 무사한 거지?" 하고 몇 번이나 되물었다.

누군가 도쿄의 여러 지하철에 독극물 같은 것을 뿌려 수많은 승객이 병원으로 실려 갔다고 한다.

운행하는 노선을 환승해가며 간신히 집으로 돌아온 게 두 시간 뒤였다. 서둘러 텔레비전을 켜자 헬리콥터에서 찍은 영상이 화면에 비쳤다.

지하철역 출구에 많은 사람이 쓰러져 있었다. 목과 입을 막고 괴로워하며 길 위에 뒹구는 모습을 상공에서 똑똑히 확인할 수 있었다.

두 달 전의 지진 영상이 떠올랐다.

그때 텔레비전에서 본 연기 아래에는 할머니가 있었다. 붕괴된 마을에서 필사적으로 도움을 요청하며 울고 있었는데.

언제나, 그저 보고만 있을 뿐이다. 아무것도 하지 못하고.

말로 표현할 수 없는 소리가 새어나왔다. 저절로 나온 그 소리가 커서 놀랐다. 자기도 모르는 사이에 주먹을 쥐고 있었다.

아무것도 못 했던 자신이 분하다.

움켜쥔 주먹을 천천히 풀었다.

할머니의 등과 손의 감촉이 선명하게 되살아났다.

4월 초순의 오전 10시, 나쓰코는 강아지용 쿠키와 장난감을 들고 하치료 고교를 찾았다.

고시로는 언제나 아침에는 관리인 구라하시와 함께 있다. 그런데 오늘은 관리실에 없었다. 구라하시 말로는 요 며칠은 도서관 근처에 있을 때가 많다고 한다.

알려준 곳으로 걸음을 옮기자 도서관 옆에 고시로가 앉아 있었다.

철망 너머로 주시강 벚나무를 보고 있었다.

꽃이 피는 시기에는 출입이 많았던 강변길도 지금은 조용했다. 가지에는 푸른 잎이 돋아나 시원시원한 녹색 나무들이 스즈카의 산들을 향해 뻗어 있었다.

나쓰코는 고시로 하고 부르고 옆에 몸을 숙였다.

"나 기억나니? 졸업식 날 할머니랑 같이 사진 찍었는데."

나무를 보고 있던 고시로가 다정한 눈으로 나쓰코를 보았다. 이어서 뺨 냄새를 맡았다.

"기억한다고? 너 정말 똑똑하구나."

사랑스러워서 양손으로 귀뿌리 뒷부분을 쓰다듬었다. 동그란 갈색 눈이 말끄러미 쳐다보았다.

"할머니는 돌아가셨어. 하지만 우리한테 맛있는 거 사 먹으라며 돈을 남겨주셨거든. 그래서 너한테 줄 간식을 사왔어. 나중에 먹어."

뺨 냄새를 맡던 고시로가 나쓰코의 손을 핥았다.

"있잖아, 나……."

모처럼 합격한 대학은 입학식에도 가지 않고 자퇴했다. 도쿄의 방도 뺐다.

부모님은 강하게 반대했지만 의학부 입시를 다시 치르기로 결심했다. 입학금과 1학기 수업료, 상경하느라 쓴 비용 모두 허공에 날리고 말았지만 할머니가 남겨준 것이 등을 밀어주었다.

할머니는 자신의 장례비를 빼고 남은 것은 모두 손녀의 학자금으로 써달라며, 우체국 통장이 든 자루에 메모를 남겨두었다. 그 외에도 성인식 예복을 선물하고 싶다며 나쓰코와 구미코의 이름으로 들어놓은 적금 통장도 있었다.

그래도 앞으로 1년의 재수 생활, 무사히 의학부에 들어가도 그 뒤로 6년. 7년 가까이 부모님 신세를 지게 된다. 그러므로 지망 대학은 지방 국립대학 의학부로 한정했다.

상경한 날, 할머니가 주려고 했던 그 돈 봉투도 유품 속에 있었다. 내용물의 절반은 고시로에게 줄 선물을 사고, 남은 절반은 언젠가 의사가 되었을 때 맛있는 것을 사 먹거나 CD를 살 생각이다.

개에게 이야기한들 이해하지 못한다. 그래도 정신없이 쏟아 놓았다.

"괜찮을까? 나, 정말 괜찮을까? 왜 이제 와서 의학부를 가겠다고. 삼수하게 될지도 모르는데. 부모님한테도 엄청나게 부담을 주게 되는데……. 정말 효율 나쁜 짓을 하고 있어. 너무 꼴사나워."

고시로가 나쓰코의 어깨에 머리를 기댔다. 그 몸을 끌어안자 따뜻해졌다.

"고시로, 넌 따뜻하구나."

뺨을 핥자 나쓰코가 웃었다. 격려해주는 것 같았다.

새하얀 개의 등을 쓰다듬고 나쓰코는 그 손을 아침 해에 비춰보았다.

내일이 어떻게 될지는 아무도 모른다. 그러므로 필사적으로 공부해 앞으로 이 손을 바꿔나갈 것이다.

생명의 온기를 지키는 손으로.

내일의 행방은 이 손으로 붙잡을 것이다.

*

치켜든 손에 머리를 비비자 다정하게 쓰다듬어주었다.

낫짱, 하고 졸업식 때 이 아이의 할머니는 불렀다.

낫짱의 뺨은 철쭉 꿀 냄새가 난다.

그 냄새에 조금 전까지는 안 좋은 냄새가 섞여 있었다.

시큼한 그 냄새는 잘 알고 있다. 무서울 때의 냄새다. 무언가
를 두려워할 때 나는 냄새다. 두려움을 핥아서 없애려고 뺨을
핥자 기분 나쁜 냄새가 옅어져갔다. 지금은 달콤한 꿀 향기가
기분 좋게 감돌았다.

안심하고 꼬리를 흔들자 낫짱이 웃었다.

"고마워, 고시로. 널 만날 수 있어서 다행이었어. 난 슬슬 가
볼게."

낫짱이 일어나 다시 머리를 쓰다듬어주었다.

"잘 지내, 고시로."

'헤어지는 거구나……'

잘 지내, 라는 말을 들으면 긴 이별이 온다. 얼마 전에도 많은
졸업생이 쓰다듬어주며 이 말을 했다.

낫짱이 등을 돌리고 천천히 걸어갔다.

그 모습이 멀어졌을 때 구라하시의 발소리가 가까워졌다.

"다행이다, 역시 여기 있었구나, 고시로. 누나가 많이 예뻐해 줬니?"

구라하시가 안아 올리자 고시로는 꼬리를 흔들었다.

"그 애는 착한 애야. 고시로뿐만 아니라 나한테도 과자를 가지고 왔어."

작게 한 번 짖자 낫짱이 돌아보았다. 구라하시가 앞발을 잡고 사람 손 흔들 듯 다리를 흔들어주었다.

"손 흔들자, 고시로. 저 애가 행복하기를 기원하면서. 선생님들은 언젠가 동창회에서 만날 수도 있지만 우리는 아마도 두 번 다시 못 만날 테니까."

낫짱은 힘찬 걸음으로 앞으로 나아갔다. 그녀의 모습을 아침 햇살이 감싸주었다.

제4화
스칼렛 여름

헤이세이 9년도 졸업생

헤이세이 9년(1997) 4월~헤이세이 10년(1998) 3월

장마가 소강상태에 접어든 7월의 오후, 고시로는 운동장의 백네트 뒤에 태평하게 엎드렸다.

긴테쓰 도미다야마역 앞에 인접한 하치료 고등학교는 운동장 너머가 바로 선로다. 백네트 뒤에서는 역 플랫폼이 보여 요즘 곧잘 이곳으로 온다.

나고야행 전철이 들어온다는 안내 방송이 들렸다.

사람들이 일어나 플랫폼에 줄을 섰다.

전철을 타고 이 학교에 오는 사람은 반드시 이 역에서 내린다. 그리고 다시 이 역에서 떠나간다. 자신은 인간보다 코와 귀가 좋다. 조금 떨어져 있지만 여기 있으면 보고 싶은 사람이 역에 나타났을 때 냄새와 소리로 틀림없이 알 수 있다.

플랫폼에 전철이 들어왔다. 고시로는 멀리서 들리는 소리 속에서 그리운 발소리를 찾았다.

4개월 전 봄방학 고돌모 부실에 유카가 왔다. 강아지용 쿠키를 들고 부실에서 기다려줬다고 한다. 돌아가는 길에는 교사를 한 바퀴 둘러보며 찾아다녔던 모양이었다.

그런데 자신은 그때 도서관 뒤에 있는 박스 안에서 낮잠을 자고 있었다. 주시강의 벚꽃 꽃잎이 상자 바닥에 쌓여 달콤한 향기가 났기 때문이다. 부실로 돌아오자 유카는 방금 나간 참이었다.

그녀가 앉아 있던 자리에 남아 있는 향기가 미칠 듯이 슬퍼서 실내를 마구 뛰어다녔다. 그러자 와시오 마사시라는 학생이 백네트 뒤의 이곳으로 데리고 와주었다.

처음에는 왜 교문이 아니라 운동장으로 가는지 몰라 거부했다. 그러자 와시오가 훌쩍 안아 올렸다.

그대로 안겨 가자 바람을 타고 그리운 향기가 났다. 그 뒤로는 제정신이 아니었다. 와시오의 품에서 뛰어내려 백네트 뒤로 달려가 선로의 철망으로 달려들었다.

뒤따라온 와시오가 역을 향해 "시오미 선배!" 하고 불렀다. 그러자 그리운 향기가 점점 짙어지며 "고시로!" 하고 불렀다.

눈앞의 플랫폼 끝으로 날씬한 여자가 달려왔다. 옛날에는 길었던 머리카락이 어깨 길이에서 잘려 있고 동그스름하던 뺨은 갸름해졌다.

그녀는 예전에 봤을 때보다 훨씬 예뻐진 얼굴로 웃고 있었다.

"고시로, 보고 싶었어! 대체 어디 있었던 거야?"

'유카야말로!'

"그래도 봤으니까 됐어. 만나서 기뻐. 고마워."

전철이 플랫폼으로 들어왔다. 그 소리에 뒤섞였지만 다정한 그 사람의 목소리는 고시로의 귀에 똑똑히 들어왔다.

"또 올게, 고시로!"

유카가 말했다. 그 뒤로 이곳에서 기다리고 있다.

'유카, 유카.'

고시로는 노래하듯 유카의 이름을 불렀다.

'그게 언제야, 유카? 언제 다시 와줄 거야?'

말을 해도 그 말은 짖는 소리로밖에 나오지 않는다. 그래서 요즘은 거의 짖지 않는다. 그래도 알아주는 학생에게는 마음이 전해지는 것이 신기하다.

6교시 종료를 알리는 종이 울렸다.

천천히 일어나 고돌모가 있는 미술부 부실로 향했다.

오늘은 빗질을 하는 날이다.

현관 앞을 지나가자 3학년 신발장 앞에서 고돌모인 와시오가 신발을 갈아 신는 중이었다.

고시로는 꼬리를 흔들며 와시오에게로 향했다.

와시오는 빗질을 하면서 몸을 마사지 해주는데 매번 그대로 잠이 들 정도로 실력이 좋았다.

"아, 고시로. 마침 잘 왔다. 뭐야? 날 데리러 와준 거야?"

와시오가 몸을 살짝 숙여 양손으로 목 주변과 턱, 등을 쓰다듬어주었다.

"귀여운 녀석. 하지만 미안해. 오늘 빗질은 다른 녀석이 해줄 거야."

쿠키 같은 달콤한 향기를 풍기며, 와시오의 옆에 시원스런 눈망울의 여학생이 섰다. 아오야마 시노다. 머리카락이 긴 그녀는 이 학교에서 가장 예쁜 학생이다.

시노가 손을 뻗어 신발장 상단에서 구두를 꺼냈다. 와시오의 냄새가 조금 짙어졌다.

'와시오, 이 애를 좋아하는구나?'

학생들 냄새를 몇 년째 계속 맡으면서 깨달았다. 인간의 냄새 변화는 감정의 움직임을 분명히 나타낸다. 하지만 대부분의 사람은 그 변화를 얼굴에 드러내지 않는다. 지금도 와시오의 표정은 변함이 없었다.

이 냄새의 변화를 사람은 모른다. 와시오의 냄새는 점점 짙어져 시노에게 맹렬하게 끌린다고 표현하고 있지만 그녀는 전혀 알아채지 못했다.

고시로는 시노의 발밑에 몸을 숙여 냄새를 맡았다.

유카가 다니던 무렵 여학생들은 긴 치마에 양말을 세 번 접어서 신었다. 그 뒤로 스커트가 해마다 짧아져 작년에는 마침내 무릎이 보이게 되었다.

스커트가 짧아지는 한편, 양말은 자꾸자꾸 위로 올라갔다. 너무 길어져 올해 봄부터는 여학생들 대부분이 길고 헐렁한 양말을 늘어뜨려 신었다.

그중에서도 시노의 양말은 길이가 아주 넉넉해서, 종아리부터 물결치며 뒤꿈치 언저리까지 늘어져 있었다.

루즈삭스라고 하는 이 양말이 유행한 무렵부터 여학생들의 냄새를 강하게 느끼게 되었다. 그 전에는 긴 스커트에 숨겨져 있던 다리가 드러나면서 살결 냄새가 코에 직접 닿기 때문이다.

와시오가 쭈그리고 앉아 신발장 하단에 있는 자신의 구두를 꺼냈다. 그 참에 시노의 다리를 흘긋 보고 이내 시선을 앞으로 돌렸다.

'와시오는 이 애가 그렇게 좋아?'

말을 걸면 좋을 텐데 와시오는 모르는 척했다. 시노에게 향하는 심란한 냄새가 지금은 숨이 막힐 정도로 주변에 자욱했다.

시노가 슬리퍼를 벗었다. 고시로는 그것을 물고 달려 나갔다.

앗, 하는 귀여운 소리 뒤에 와시오의 우렁찬 목소리가 뒤쫓아 왔다.

"야, 고시로, 거기 서!"

쉽게 잡혀주자 와시오가 슬리퍼를 들고 곧장 시노에게로 달려갔다.

"아오야마, 이거."

와시오가 무뚝뚝한 말투로 시노에게 슬리퍼를 내밀었다.

"많이 더러워지진 않았지만 만약 기분 나쁘면 고돌모에 새 슬리퍼가 있어."

"괜찮아. 고마워."

시노는 쌀쌀맞게 거절하고 현관을 나섰다. 와시오를 올려다보니 한심한 표정을 짓고 있었다.

'와시오, 더 상냥하게 말을 걸어야지.'

"그런 얼굴 하지 마, 고시로. 자, 슬리퍼가 좋으면 내 거 물어도 돼."

'아니야, 하지 마, 하지 마.'

와시오가 슬리퍼를 코앞에 들이밀자 고시로는 고개를 팩 돌렸다. 온종일 슬리퍼 안에서 찌든 남자의 발 냄새는 코를 푹 찌른다.

"아아, 오랜만에 사고 쳤구나, 고시로."

고돌모 여학생 둘이 나타났다. 한 명은 쇼트커트고, 다른 한 명은 땋은 머리를 어깨에 늘어뜨리고 있었다.

머리를 땋은 아이가 머리를 쓰다듬어주었다.

"옛날에는 수시로 슬리퍼를 물고 달아났다고 하던데. 대단해요, 와시오 선배. 순식간에 잡다니."

"고시로도 이래 보여도 꽤 나이를 먹었으니까. 금방 잡을 수 있어."

'잡혀준 거야. 그애와 이야기를 나눌 계기를 만들어주려고.'

항의하는 뜻을 담아 와시오를 올려다봤지만 전해지지 않았다. 와시오가 두 후배에게 손을 흔들었다.

개가 있는 계절

"나는 오늘 집안일을 도와야 해서 돌아가니까 고시로 좀 잘 부탁해."

"그날이군요?"

쇼트커트 여학생이 알았다며 끄덕였다. 땋은 머리 학생이 주먹을 쥐고 격려하듯 가볍게 흔들었다.

"힘내세요! 그래도 우리도 잊지 말고요."

"연습 제대로 해."

두 사람은 와시오를 보내고 고돌모가 있는 동아리동을 향해 걸음을 옮겼다.

쇼트커트 여학생이 현관을 돌아보았다.

"아까 그 슬리퍼. 아오야마 선배 거였지?"

"고시로도 수컷이라고. 역시 미인의 슬리퍼를 좋아하는구나."

땋은 머리 여학생이 주변을 둘러보고 목소리를 낮췄다.

"하지만 너무 미인인 것도 힘들겠더라. 그 선배, 중학교 때 원조교제 한다는 소문도 돌았잖아."

"그건 좀 너무했다. 아오야마 선배가 얼마나 성실한데. 전철 안에서나 어디서나 항상 단어장 넘기고 있어. 남자한테는 별로 관심 없어 보이더라."

살랑, 그리운 향기가 났다. 무심코 멈추고 지면의 냄새를 맡았다.

"고시로, 빨리 와."

땋은 머리 여학생이 다시 목소리를 낮췄다.

"야, 소문이라니 말인데, 그 학생회장이 와 있다며? 왜, 고시로의 이름을 따온 그 사람."

"장발 학생회장?"

"그래, 슬리퍼 물고 달아나는 고시로를 뒤쫓아 맨발로 달리던 유쾌한 고시로."

"잘됐다, 고시로, 보고 싶지?"

'그게 대체 누구야……?'

땋은 머리 여학생이 고시로의 머리를 가볍게 만졌다.

"그런데 이 학교에서 장발 남자라니 드물지 않아? 어떤 사람일까? 기무라 타쿠야나 에구치 요스케나 〈이누야샤〉의 셋쇼마루 같은 사람일까?"

"은근슬쩍 끼워 넣는데, 마지막 인물은 만화잖아. 인간 중에서 찾아보자. 타케다 테츠야일 가능성도 있어."

"테츠야라……."

땋은 머리가 심드렁하자 쇼트커트가 진지한 얼굴로 말했다.

"타케다 테츠야 멋있다니까. 〈형사 이야기〉의 옷걸이 쌍절곤 알아? 잘 발달된 상완이두근이 진짜 죽여줘."

"어떻게 죽이는지 모르겠지만 그렇게 멋진 사람이 우리 학교 졸업생 중에 있을 리가 없잖아."

그리운 냄새가 짙어지자 고시로는 달려 나갔다.

'고시로? 혹시 그 고시로?'

고돌모가 곁방살이 하는 미술부 문이 열렸다. 고시로는 오랜

만에 맡는 냄새에 가슴 설레며 부실로 뛰어 들어갔다.

키가 큰 남자가 돌아보았다. 등 뒤에서 여학생들이 술렁거렸다.

"뭐야, 끝내주잖아, 고시로."

"장발은 아니지만 괜찮다!"

"저는 학생회장이 아니었고 장발이었던 적도 한 번도 없었다고요."

"뭐, 일종의 말 전하기 게임 같은 거야."

이가라시가 웃으며 고시로의 컵에 커피를 더 따라주었다.

고돌모였던 인간 고시로는 모임에 물품을 기부하기 위해 온 참이었다. 그 뒤에 미술교사 이가라시가 있는 미술 준비실로 자리를 옮겨 커피를 마신 지 조금 되었다.

커피를 한 모금 마시고 이가라시가 웃었다.

"그러니까 그런 거야. 그 모임에서 10년 가까이 걸려 귓속말 전달하기 게임을 해온 거지. 그러니 내용이 조금은 달라질 수밖에. 나쁘게 변한 것도 아닌데 뭐 어때."

"하지만 아까 이야기를 들어보니 '고시로 미남 전설'이라든가 '유쾌한 학생회장설'이라든가 다양하게 있었던 모양이더라고요. 이런 평범한 사람이라 오히려 미안하던데요."

'평범하지 않아.'

고시로는 인간 고시로의 다리에 머리를 기댔다.

고돌모 학생들은 전설의 졸업생 방문에 기뻐했다. 그 가운데

한 명이 삐삐라고 하는 작은 기기에 메시지를 보내 시간이 되는 부원을 모두 불러 모아 기념 촬영을 했을 정도였다.

부원 중에서도 여자들이 특히 강하게 반응했다. 들려오는 목소리에 따르면, '고시로 선배'는 '진짜 멋진' 사람으로, '저런 사람이 미술 선생님이라니 반칙'이고 '지금 당장 전학 가고 싶다'고 한다.

무언가 떠오른 듯이 이가라시가 웃었다.

"사진부 학생을 데려와 기념 촬영까지 했대서 얼마나 웃었다고. 요즘 애들은 빈틈이 없어."

"삐삐로 순식간에 연락을 돌렸더라고요. 우리 시대에는 삐삐나 PHS* 같은 건 상상도 못 해봤고, 이렇게 보급될 줄도 몰랐잖아요."

"옛날에는 여자친구 집에 전화 걸면 대체로 가족이 받아서 긴장했었지. 아버지가 받은 날에는……."

"선생님도 그런 경험 있으세요?"

"있지. 만날 약속을 잡기도 얼마나 힘들었는데. 상대가 올지 어떨지 두근두근하며 기다렸지."

그랬죠, 하고 대답하고 고시로가 머리를 쓰다듬어주었다.

"옛날 생각나네요. 그만큼 만났을 때는 기뻤어요. 너무 기뻐서 일부러 무뚝뚝하게 굴고. ……동갑이면 여자가 더 어른스러

---

* 일본에서 시작한 이동통신 서비스.

개가 있는 계절

우니까 꼴에 코롱까지 뿌리고 나갔는데 대번에 멋 부린 걸 들키곤 했죠."

"뭐야, 너무 구체적인데?"

"모교에 오면 추억이 되살아나요. 같은 학교라도 직장과는 확실히 다르네요. 하지만 교사 생활은 이제 끝이에요. 다시 학생으로 돌아갈 수 있어서 기뻐요."

"이탈리아로는 언제 출발해?"

이가라시는 고시로가 가지고 온 사진과 서류를 보았다.

"이달 말에요. 미술 관련 학교는 9월부터 시작하는데요. 먼저 어학이랑 생활에 익숙해지고 싶어서요."

"과감하게 결단을 내렸구나."

커피를 마시던 고시로가 컵을 테이블에 내려놓고 진지한 표정으로 말했다.

"저는 취업난 시기에 채용이 됐으니까 모처럼 얻은 직장을 그만둬도 정말 괜찮을지 고민했어요. 그래도 늘, 마음속에 뭔가 잊은 듯이 걸리는 게 있었어요. 그게 뭘까 하고 생각해보면 열여덟 살 때의 선택으로 거슬러 올라가요. 현재에 불만이 있는 것도 아니고 마음도 편해요. 그래서 이대로도 괜찮다고 생각하는데 그 반면, 지금 움직이지 않으면 두 번 다시 그 잊고 온 것을 가지러 갈 수가 없을 것 같은 거예요. 그런 기분이 들어요."

너무 유치하죠, 하고 고시로가 멋쩍게 웃었다.

그럼 어때, 하고 이가라시가 고시로의 등을 두드렸다.

"너는 어딘가 달관한 듯한 면이 있었거든. 좀 풋내 나는 정도가 딱 좋아. 그쪽에는 몇 년 있을 예정이야?"

"일단은 3년요. 하지만 어떻게든 그 뒤에도 계속 있을 생각이에요."

고시로가 운동장으로 눈길을 돌렸다.

활짝 열린 창문으로부터 취주악부의 클라리넷 소리가 흘러 들어왔다. 지난달부터 연습하고 있는 이 곡은 'CAN YOU CELEBRATE?'라는 노래다.

이제 곧 스물여덟이 된다고, 고시로가 중얼거렸다.

"고등학교를 졸업하고 거의 10년. 일하기 시작하고 5년. 순식간이었어요. 서른을 앞둔 이 시기가 인생의 전환점이라는 생각이 들어요."

"그럴지도 모르지. 봄에는 시오미도 왔었어."

이 부실에 왔을 때부터 제법 감돌던 고시로의 냄새가 단숨에 진해졌다.

"잘 지낸대요?"

"결혼한다더라."

고시로의 냄새가 대번에 변하며 더욱 강해졌다. 그런데도 와시오와 마찬가지로 그도 표정은 바뀌지 않았다.

"슬슬 가볼게요."

고시로가 일어나 이가라시와 악수했다.

"가봐, 고시로. 잊고 온 걸 가지러 다녀와."

작별 인사를 하고 고시로가 떠나갔다. 이가라시에게 안겨 창문으로 배웅했다.

고시로의 냄새가 왔을 때와 완전히 달라졌다. 미치도록 애달픈 냄새에 길게 짖자 그가 돌아보았다.

취주악부의 연주 멜로디에 섞여 전철 소리가 울려 퍼졌다.

*

수업이 끝나면 학교 사물함에 넣어둔 옷을 들고 긴테쓰 도미다야마역으로 향한다. 거기서 나고야역으로 가 화장실에서 화장을 고치고 흰 셔츠에 빨간 리본, 남색 플리츠 미니스커트로 갈아입고 남자와 만난다. 하치료 고교의 교복은 스커트 길이를 짧게 올려도 촌스럽다. 게다가 어느 학교 학생인지 들켜도 곤란하다. 그러므로 남자와 만날 때는 언제나 사물함에 숨겨둔 교복 풍 옷으로 갈아입는다.

노래방에서 남자가 요청하는 대로 아무로 나미에 메들리를 불렀다. 'SWEET 19 BLUES'에 이어, 2월에 나온 'CAN YOU CELEBRATE?'를 불렀다. 두 곡 다 일반인이 부르면 분위기를 살리기가 쉽지 않지만 미니스커트와 맨다리와 루즈삭스를 좋아하는 30대 남자에게 어리광부리듯이 부르면 의도한 대로 흥분해준다.

그런 뒤에 호텔에서 휴식한다. 일이 끝난 뒤에는 샤워로 몸을 꼼꼼히 씻는다. 남자의 흔적을 깨끗하게 씻어내고 샤넬 알뤼르를 바닥을 향해 한 번 펌핑한다. 향기의 안개를 발등으로 걸어 올린다.

방과 후 아오야마 시노의 모습은 동급생도, 당연히 선생님도 모른다. 알면 곤란하다. 당장 퇴학이다. 그렇게 되면 앞으로의 예정이 크게 뒤틀린다. 그러므로 끝까지 숨겨야 한다. 교실에 있는 동안에는 눈에 띄지 않도록 스커트 길이도 길게 내린다.

목욕 타월로 몸을 감싸고 욕실에서 나오자, 남자가 침대에서 담배를 피우며 달걀 모양의 휴대용 게임기를 만지고 있었다.

'다마고치'라는 이름의, 열쇠고리가 달린 그 게임기는 올해 들어 여고생을 중심으로 크게 유행했다. 요즘에는 물량이 달려 좀처럼 구하기도 힘들다.

시노는 미네랄워터를 마시며 남자의 손 쪽을 들여다보았다.

"그거 재미있어?"

"이야기 소재로 쓰려고 시작해봤는데 뭐, 재미는 있어."

나고야 시내에서 음식점을 경영하는 이 남자는 자산가의 아들이다. 중학생 때 가정교사였던 대학생의 소개로 작년부터 이 남자와 경제적인 원조를 받는 식의 교제를 하고 있다.

남자가 다마고치를 침대에 내려놓고 양손으로 뺨을 잡았다.

"그보다 시노, 오늘은 무리했지? 뭐 갖고 싶은 거 있어? 뭐든 지 사줄게."

"갖고 싶은 거?"

개가 있는 계절

예산은 얼마 정도일까? 먼저 그것부터 알려주면 좋겠다.

생색내지 말고 오늘 밤 용돈에 그 금액을 얹어주면 될 텐데. 그러면 가장 가치 있게 돈을 쓸 수 있다.

"시노, 갖고 싶은 거 생각해둬."

남자는 담뱃불을 끄고 욕실로 들어갔다. 시노는 다마고치를 잠시 바라본 뒤 베개에 던졌다.

갖고 싶은 것. 밝은 미래, 안정된 생활, 행복한 가정, 대가 없는 사랑.

보상을 요구하지 않는 사랑을 원한다. 돈이 개입하지 않아도 이어지는 사랑을. 모순이지만.

우정은 필요 없다. 연인이나 남편이 생기면 친구보다 남자를 우선한다. 자신이 그러니 주변 사람들도 분명히 똑같을 것이다. 자신도 못 하는 것을 남에게 요구하지는 않는다.

다만, 이따금 생각한다. 만약 대가 없는 사랑을 누군가에게 주면 상대도 똑같이 되돌려주지 않을까.

하지만 그것은 아마도 어려울 거다. 따로 사는 아버지는 양육비는 보내줘도 딸을 만나거나 연락하고 싶다고 요구하지 않는다. 아무런 보상도 요구하지 않기 때문에 아버지의 사랑은 대가가 없다. 하지만 이쪽에서 아버지에게 돌려줄 사랑도 없다.

대가 없는 사랑. 이 말을 생각했을 때 아무도 시키지 않는데도 개를 돌보는 사람들이 떠올랐다. 하치료 고교의 고돌모 멤버들이다.

시노는 영어 구문을 적은 60장짜리 단어 카드를 꺼내 카드를 차례차례 넘겼다. 수수한 방법이지만 이 공부법이 좋다. 언제 어디서나 지식을 확인할 수 있다.

자신에게 단어 카드는 미래를 위한 비장의 카드다. 단어를 하나 외울 때마다 세계가 하나씩 넓어진다. 그리고 새로운 곳으로 나아갈 수 있다.

그런데 오늘은 집중력이 자꾸 끊어졌다. 잠깐 방심하면 슬리퍼를 문 하얀 개가 머릿속을 이리저리 달렸다.

이번에는 또 다른, 관용구를 정리한 단어 카드를 재빨리 넘기며, 시노는 학교 현관에서 옆에 있던 와시오 마사시를 생각했다.

고돌모로 활동하는 와시오는 옆 중학교 출신의 앞머리가 덥수룩한 남자애다.

수수하고 성실하지만 동아리 활동은 하지 않고 언제나 수업이 끝나면 사물함에 교과서를 넣고, 개를 돌보지 않는 날은 곧바로 돌아간다. 남자를 만나지 않는 날은 시노도 곧장 집으로 돌아가기 때문에 같은 노선을 타는 그와는 전철에서 마주치는 경우가 많다.

게다가 남자 출석표의 마지막인 와 행 학생과 여자 출석표의 처음인 아 행 학생의 사물함은 언제나 붙어 있다. 신발장 위치도 가까운 데다 하교 타이밍도 비슷해 같은 반이 된 올해는 수시로 얼굴이 마주쳤다.

오늘도 신발장에서 와시오와 조우했고 그 뒤 고시로에게 슬리퍼를 빼앗겼다.

'그 애는 아직 '경험'이 없겠지…….'

와시오의 이마를 덮고 있는 텁수룩한 머리카락을 떠올리며 시노는 단어 카드를 넘겼다.

와시오의 앞머리는 무겁게 덮여 있지만 목덜미는 언제나 깔끔하게 정리되어 청결해 보인다.

'앞머리, 올리면 좋을 텐데…….'

그저께인 수요일, 와시오가 앞머리를 올린 모습을 보았다. 체육 수업이 끝난 뒤 수돗가에서 수도꼭지 밑으로 머리를 들이밀고 거칠게 땀과 먼지를 씻어낼 때였다. 얼굴을 들고 젖은 앞머리를 쓸어 올리자 완전히 올백이 되어 무척 어른스러워 보였다. 평소에는 숨겨져 있던 이마가 나타나자 잘생긴 눈썹에 눈동자가 돋보여 무척 늠름해 보였다.

머리카락을 올리면 틀림없이 멋있을 것이다. 그런데도 자신의 외모에 무심한 것은 아직 누구와도 교제해본 적이 없기 때문이다. 만약 누군가와 사귀었다면 여자친구도 평소에 이마를 드러내라고 했을 것이다.

남자가 샤워실에서 나왔다.

"우와, 그게 뭐야? 단어장이 꼬질꼬질하네. 그런 걸 보면 시노도 수험생이라는 실감이 든다니까."

"진짜 여고생 느낌 팍 나지?"

팍팍 나, 하고 웃은 뒤 남자가 나직하게 말했다.

"하지만 슬슬 졸업이구나."

불길한 울림을 느끼고 남자에게 눈길을 주자, 기분을 맞춰주듯 웃으며 오늘 저녁에는 밥을 먹고 집 근처까지 데려다주겠다고 했다. 다만, 그 전에 들를 데가 있다고 했다. 업무차 만날 사람이 있다고 한다.

시노는 가늘게 정리한 눈썹 밑에 하이라이트를 살짝 바르고 입술에 립글로스를 발랐다. 보스턴백에서 이번에는 사복인 검은 홀터넥과 유행하는 체크 미니스커트, 더워서 싫지만 통굽 부츠를 꺼내 신었다. 남자가 희미하게 미소를 지으며 눈이 가늘어졌다.

"보기 좋다, 시노. 아무로 나미에 같아. 갖고 싶은 건 정했어?"

정말로 갖고 싶은 것은 돈으로는 살 수 없다. 그래서 내치듯이 말했다.

"아무것도 필요 없어."

그런 다음 최고로 귀엽게 보이는 각도에서 달달하게 덧붙였다.

"계속 곁에 있어줘."

남자가 힘껏 끌어안자 그 냄새에 숨이 막힐 것 같았다. 담배를 피우는 남자의 몸은 왜 이렇게 구린 걸까?

남자가 들른 곳은 러브호텔 지하에 있는 라이브하우스였다. 도쿄에서도 오사카에서도 어째서인지 라이브하우스는 그런 호텔 밑에 있는 경우가 많다고 한다.

1층 안쪽에 있는 사무소에서 남자가 사장과 이야기했다.

"오오, 저 친구 아직 학생이구나, 욧카이치 쪽의. 탤런트나 아이돌 준비생인 줄 알았지."

머리에 반다나를 두른 중년의 사장이 흥미진진한 눈길을 보냈다.

"그 동네의 밴드가 괜찮아, 특히 펑크는. 오늘도 '세인트 엘모스'라는 밴드가 와 있어."

세인트 엘모스, 하고 남자가 코웃음을 쳤다.

"감성적인 이름이네. 세인트 엘모스 파이어에서 따왔나?"

"어디서 따왔는지는 모르지만 공장가의 펑크 밴드는 기세가 좋아. 합동 라이브에 욧카이치 쪽 밴드가 들어오면 나고야 출신들도 기합이 바짝 들어가거든."

남자가 한심하다는 듯이 웃었다.

"애당초 펑크가 뭐야? 섹스 피스톨즈 같은 거야? 노 퓨처! 라고 외치는 그런 부류들? 롤링 스톤스는 뭐야? 그건 록인가?"

"당신, 음악에는 별로 관심 없나봐? 그보다 그 정도는 일반 상식이잖아."

둘 사이에 험악한 분위기가 흐르기 시작했다. 남자가 밖에 세워둔 차에서 기다리라고 명령해서 시노는 방을 나갔다.

화장을 고치려고 화장실이 있는 지하로 계단을 내려가자 커다란 문에서 드럼 소리가 울려 나왔다. 라이브 공연을 하고 있을 텐데 생각했던 만큼 소리가 크지는 않았다.

문 앞에 있는 칠판을 보니 지금 연주하고 있는 사람들이 바로 남자가 비웃은 밴드였다.

세인트 엘모스 파이어는, 폭풍우 속을 헤치고 나아가는 배에 나타난다는 불꽃을 말한다. 선원들의 수호성인 성 엘모의 불이 돛대 끝에 켜지면 아무리 사나운 폭풍우 속에서도 그 배는 무사히 빠져나갈 수 있다고 한다.

감성적이라고 비웃었지만 남자는 같은 이름의 영화 사운드 트랙을 자동차에서 곧잘 듣는다.

라이브하우스 문을 살그머니 열어보았다. 몸을 뒤흔드는 소리의 홍수가 밀려왔다. 그 앞에 문이 하나 더 있었다.

연 순간 이번에는 몸이 절로 움츠러들어 무심코 귀를 막았다. 귀를 찢는 고함 소리와 굉음이 귀를 덮은 손가락 사이를 뚫고 들어왔다.

고개를 들어 보자 수많은 남자들이 머리를 위아래로 흔들고 있었다.

무대에서는 꽉 끼는 가죽 바지를 입은 금발의 보컬이 열창하고 있었다. 맨살에 검은 셔츠를 걸치고 검은 단상 같은 데에 올라가 끊임없이 관객을 부추겼다. 풀어헤친 셔츠 사이로 보이는 가슴팍과 복근은 단단했고, 슬림한 몸매와 대비되어 섹시했다.

Fucc you! 라고, 금발의 보컬이 외쳤다. 거꾸로 세운 머리카락 밑에 펼쳐진 이마와 잘생긴 눈썹에 무심코 넋을 잃었다.

'혹시…….'

개가 있는 계절

보컬이 이쪽을 보았다. 그 순간 남자는 눈이 커지더니 등을 돌렸다.

깔끔하게 정리된 목덜미는 바로 몇 시간 전에 신발장에서 봤던 모습이었다.

'와시오?'

보컬이 등을 돌리고 물을 마셨다.

더 소리 질러! 이번에는 기타를 치는 남자가 부추겼다. 관객들이 더욱 격렬하게 머리를 흔들어댔다.

망설이면서도 더 앞에서 보고 싶어진 시노는 한 걸음 앞으로 내디뎠다. 미친 듯이 춤추던 남자들이 어째서인지 길을 열어주었다.

그리고 또 한 걸음 내딛자 돌아본 남자들이 놀란 얼굴로 길을 열었다. 걸음을 옮길 때마다 시야가 점점 트였다. 시노는 망설이며 발을 멈춘 순간 맨 앞줄로 밀려나 주변을 둘러보았다.

"어, 뭐야, 왜 그래? 등 밀지 마."

"Fucc you!"

다시 내리꽂듯이 와시오가 외치자 큰 함성이 호응했다. 그러면서 춤추는 듯한 손짓으로 그가 눈에 띄지 않도록 작게 몇 번이나 시노를 불렀다.

"어, 뭐야?"

그 자리에 우두커니 서 있자 와시오가 검은 단상에서 힘차게 뛰어내려와 시노의 앞으로 달려왔다.

바닥에 떨어져 있는 가죽점퍼를 움켜쥐고 재빨리 시노의 허리에 둘렀다. 그대로 쌀자루 옮기듯이 어깨에 둘러메더니 무대 옆 공간인 윙으로 달려갔다.

"뭐야, 왜 그래! 내려줘! 내려달라니까!"

생각보다 부드럽게 바닥에 내려주자 시노는 영문을 몰라 그대로 주저앉았다.

무대로 돌아간 와시오가 다시 관객들을 부추겼다. 환호성이 울려 퍼질 때 누가 팔을 잡았다.

"시노! 차에 가 있으라고 했잖아."

남자 옆에서 사장이 서서 무대를 보고 웃었다.

"이야, 기운이 넘치네. 세인트 엘모스."

"무슨 태평한 소리야? 다치면 어떡하려고."

"아니, 그 정도 사리 분별은 해. 어쭙잖은 놈들이면 조명이랑 전원을 다 꺼버렸겠지만 이 녀석들은 잘해. 끝까지 해냈다고."

"이만 가자. 난 이런 곳은 불편해. 빨리!"

남자가 재촉하자 시노는 라이브하우스를 나왔다.

남자의 차에 타려고 했을 때 차례가 끝났는지 와시오가 지하에서 달려 나왔다. 시노는 모르는 척하며 조수석 문을 닫았다.

창문 너머로 와시오와 눈이 마주쳤다. 그의 의상을 여전히 허리에 두르고 있다는 것을 깨달았지만 자동차는 바로 달려 나갔다.

월요일에 학교 사물함 앞에서 와시오와 마주쳤다. 덥수룩한 검은 머리에 셔츠 단추를 끝까지 채우고 있었다. 어디로 보나 성실하고 얌전해 보였다. 종이가방에 넣은 가죽점퍼를 건네자, "고마워"라고만 말하고 자기 사물함에 밀어 넣었다.

6교시 수업이 끝나자 시노는 재빨리 돌아갈 준비를 마치고 현관으로 향했다. 누구보다도 빨리 돌아가는 전철에 올라 혼자 있고 싶었다. 그리고 공부를 하고 싶었다.

욧카이치역에서 우쓰베선으로 갈아타고 사람이 드문드문한 좌석에 앉았다. 이 다음 열차를 타면 하교하는 학생들이 몰리지만 이 시간은 사람이 적다.

단어 카드를 가방에서 꺼냈을 때 발차 벨소리와 함께 하치고 교복을 입은 남학생이 뛰어 들어왔다.

와시오다. 전력 질주를 했는지 어깨로 숨을 몰아쉬고 있었다.

와시오가 통로를 걸어왔다. 숨을 헐떡이며 맞은편 자리를 가리켰다.

"앉아도 돼?"

말없이 끄덕이자 와시오가 쓰러지듯 털썩 앉았다.

긴테쓰 우쓰베선은 협궤철도라고 하는, 선로 폭이 극단적으로 좁은 노선이다. 차량도 버스보다 작아서 마주앉으면 발끝이 닿을 것 같다.

"다행이다. 안 늦어서. 아오야마, 걸음 빠르구나."

숨을 가다듬으며 "미안해" 하고 와시오가 말을 이었다.

"교실에서는 얘기하기 좀 어려워서. 금요일날 그, 다치진 않았어?"

괜찮아, 하고 짧게 대답하자 "다행이다" 하고 와시오가 한숨을 내쉬었다.

"웬일로 그런 곳에 예쁜 애가 있다 싶었더니 다들 두 번씩 보고는 점점 길을 비켜주잖아. 당황했어. 자꾸 스커트 속을 들여다보려는 놈들도 있고."

"그래서 윙으로 데려가준 거구나."

"무사히 넘어가서 다행이었어. 나중에 사장님이랑 다른 사람들한테도 혼났지만."

장마가 거의 끝나가는지 오늘 아침부터 내리던 비가 멎었다. 차내에 여름 햇살이 비쳐 들기 시작했다.

"가죽점퍼……, 늘 사물함에 넣어둬?"

"그것뿐만 아니라 갈아입을 옷은 곧잘 넣어둬. 너도?"

끄덕이자 와시오가 웃었다.

"사물함의 비밀이구나. 교복 입은 모습밖에 본 적이 없어서 지난번에는 깜짝 놀랐어."

전철이 커브로 접어들자 와시오에게 햇살이 닿았다. 교복의 하얀 셔츠에 빛이 반사되었다.

성적도 태도도 교실에서는 눈에 띄지 않는데 이 셔츠 밑에는 그날 밤 관객을 흥분시킨 몸이 숨겨져 있다.

와시오가 거북한지 "왜?" 하고 물었다.

"머리, 금발이었잖아."

"그건 컬러 스프레이야. 넌 왜 거기 있었어?"

설명하기 힘들어서 말없이 다리를 꼬았다. 루즈삭스 너머로 알뤼르의 향기가 포롱 피어올랐다. 저녁이 되면 이 향수는 바닐라처럼 달콤해진다.

스커트 안이 보였는지 와시오가 눈을 돌렸다.

"Fucc you라고 몇 번이나 말하더라."

"그건 분위기 돋우려고 그런 거고."

"Fucc과 Fuck은 뭐가 달라?"

저기, 하고 와시오가 목소리를 낮췄다.

"이런 데서 큰 소리로 말하지 마."

"무슨 차이가 있나 싶어서."

뭐 그냥, 하고 말한 뒤 와시오가 다시 목소리를 낮췄다.

"남들에게 말 못 할 짓, 많이 해."

"나쁜 짓이야?"

"나쁘진 않지만."

"그 덕분에 우리가 태어난 거잖아."

와시오가 거북한 듯이 눈을 내리깔았다.

전철이 두 정거장 전 역에 다 와가자 와시오가 일어났다.

"나는 놀림당하는 건 좋아하지 않아. 이만 내릴게."

"여기서?"

와시오의 집과 가까운 역은 조금 더 가야 한다.

"연습해야 하거든. 기타 같은 거. 이 역 근처에서 다른 멤버한
테 배우고 있어."

"스튜디오 같은 곳?"

"관심 있으면 보러 오든가. Fuck 당할지도 모르지만."

그래? 하고 대꾸하고 와시오를 따라 전철을 내렸다.

플랫폼에 내려선 와시오가 놀랐다.

"어, 뭐야, 정말로 오려고?"

"오라고 했잖아."

"그렇긴 하지만 별거 없어. 그보다 정말로 오려고? 왜?"

본인도 모른다. 어째선지 충동적으로 이 아이를 따라가고 싶
었다.

와시오네 밴드가 연습하는 곳은 역에서 10분 정도 걸어가면
나오는 커다란 차고였다. 와시오의 집은 자동차 정비 공장을 운
영하는데, 옛날에는 이곳에서도 수리를 했었다고 한다.

차고에는 멤버 중 두 명이 이미 와 있었다. 검은 탱크톱을 입
은 남자가 기타리스트, 선글라스를 쓴 다른 남자가 베이시스트
라고 하는데, 바로 와시오의 둘째 형이었다. 와시오를 제외한
다른 멤버는 모두 시내 산업단지에서 일한다고 했다. 여기 있는
두 명은 3교대 근무의 야근이 오늘 아침에 끝났다고 했다.

와시오의 둘째 형이 선글라스를 벗고 감탄한 얼굴로 말했다.

"엄청난 미인이네. 지난번엔 깜짝 놀랐어. 여신 강림 같은 느

낌으로 인파가 좌악 갈라졌잖아."

무슨 일인가 싶었다고 기타리스트도 웃었다.

"그런데 정말로 마사시의 동급생이었구나."

"아오야마는 우리 학교에서 가장 미인……, 정도가 아니라 이 근방에서 모르는 녀석이 아무도 없어."

기타리스트가 팔짱을 끼고 "그래" 하고 끄덕였다.

"소문 들은 적 있어. 혹시 그 가게 딸?"

간선도롯가에 있는, 어머니가 운영하는 작은 술집 이름을 기타리스트가 언급했다. 틀림없이 변변치 않은 소문을 들었을 것이다.

형들이 담배를 피우러 밖으로 나갔다.

와시오가 가방을 놓고 오겠다며 차고 안쪽으로 들어갔다.

심심해서 여러 개 놓여 있는 기타를 보고 있을 때 와시오가 돌아왔다. 검은 티셔츠와 바지로 갈아입고 앞머리를 올리고 있었다.

온통 검은색의 타이트한 복장은 교복보다도 훨씬 잘 어울렸다. 완전히 달라진 인상에 눈을 빼앗긴 것이 자존심 상해 퉁명스럽게 물었다.

"어느 기타가 네 거야? 이거?"

"그건 베이스. 나도 베이스를 쳐, 가끔이지만."

"베이스가 뭔데?"

"어? 리듬? 리듬을 만들면서 이렇게, 둥둥둥둥, 딩딩딩딩……."

"마사시, 그걸 설명이라고 하냐?"

담배를 피우러 갔던 기타리스트가 돌아왔다. 그 뒤에서 둘째 형이 쓴웃음을 지었다.

"너 정말 하치고 학생 맞아?"

"그렇지만, 갑자기 물어보면 설명이 잘 안 나온단 말이야."

둘째 형이 시노를 향해 편의점 봉투를 가볍게 흔들었다.

"음료수랑 달콤한 거 좀 사왔어. 마사시는 막내라서 성격이 태평하고 눈치가 없어. 미안하다. 야, 마사시, 잘 좀 해."

"뭘 잘하라는 거야, 형?"

둘째 형이 편의점 봉투를 마사시에게 건넸다.

"협의한 결과, 우리는 잠시 여행을 떠나기로 했다."

"뭐? 여행이라니, 어디 가는데?"

볼일이 좀 있어서, 하고 기타리스트가 말하고 가볍게 손을 들었다.

"그럼, 마사시. 세이프, 섹스!"

"지금 그런 말 하지 마!"

둘째 형이 웃으며 와시오의 어깨를 두드렸다.

"그거 할 때는 잊지 말고."

"형, 여자 앞에서 그런 말 하지 말라고!"

"무슨 소리야? 열쇠 말이야. 문단속. 나갈 거면 꼭 하라고."

둘째 형이 와시오에게 열쇠를 던졌다.

두 사람이 나가자 차고는 조용해졌다.

미안해, 하고 와시오가 중얼거리고 편의점 봉투를 열었다.

"무식한 놈들뿐이라. 앉아. 주스 마실래? 사과랑 오렌지, 뭐가 좋아?"

"오렌지."

와시오가 페트병 뚜껑을 열고 내밀었다.

"뭐라도 노래 좀 해봐."

"무반주로는 어려워."

와시오가 일어나 차고 안쪽으로 갔다. 바로 돌아왔고, 손에는 전단지가 있었다.

"노래라면 다음에 여기서 라이브를 하거든."

전단지에는 '세인트 엘모스 창GO! 라이브'라고 적혀 있었다. 당일 오는 사람에게 드링크 무료라고도 적혀 있었다.

"창GO! 라이브?"

"장소가 창고거든. 그래서 창GO! 라이브."

"촌스러워……."

"이렇게 쓰니까 잘 모르겠지? 원래는 녹차 공장이었어. 드럼 멤버의 할아버지네야. 조금 멀지만 괜찮으면 와."

"지난번 같은 라이브야?"

"그건 굳이 따지자면 큰형의 취미야. 이쪽에서는 편안하게 해. 이 밴드는 처음에는 큰형이 만들었는데 은퇴해서 대신 내가 들어왔어. 그래서 이름도 지금 이름으로 바꿨고."

"전에는 무슨 이름이었는데?"

"플레어 스택. 가끔, 산업단지 굴뚝에서 엄청나게 큰 불길이 솟는 거 본 적 없어?"

와시오가 편의점 봉투에서 초콜릿과 쿠키를 꺼내 차례차례 상자를 열었다.

"좀처럼 보기 힘들지만, 밤에 보면 예뻐. 태양처럼 둥글고 새빨간 불덩이가 굴뚝 위에서 쿵쾅쿵쾅 점멸하거든. 호흡하는 것처럼……, 꼭 살아 있는 것 같아."

"본 적 없어."

"딱히 의식하면서 보진 않으니까. 처음에는 '굴뚝지대'라고 이름 지으려고 했었나 봐. '안전지대'의 카피 밴드로 시작했거든."

와시오는 악기가 놓인 곳을 보았다.

"형들, 저래 보여도 사실은 여자들한테 인기 얻으려고 시작한 거야. 하지만 외모적으로 힘들단 걸 깨닫고 좋아하는 음악을 하기로 하고, 이름도 '플레어 스택', 즉, 굴뚝의 불꽃이 되었어."

"지금 이름은 굴뚝의 불을 돛대의 불에 빗댄 거구나?"

"맞아. 굴뚝도 돛대도 비슷하니까……, 그런데 세인트 엘모스 파이어를 아는구나?"

말없이 끄덕이자 와시오가 기쁜 듯이 웃었다.

"아오야마는 똑똑하니까. 길어서 중간에 끊었지만, 그러니까 우리는 '폭풍우 속을 뚫고 나아가는 이에게 용기를 주고 지켜주며 인도하는 불꽃'이야."

"촌스러워……."

"그치. 말로 하면 이게 상당히 부끄러워."

와시오가 고개를 숙이며 "안 되겠다, 잊어줘" 하고 얼굴을 손으로 감쌌다.

간선도로의 소음에 섞여 전철 소리가 울려왔다. 멀리서 들리는 그 소리가 실내의 고요함을 더욱 강조했다.

와시오가 얼굴에서 손을 떼고 "차로 바꿔줄까?" 하고 물었다.

"넌 단 음료는 안 마시는구나. 차가운 차가 있으니까 가져올게. 물이 좋으면 자판기에서 사오고."

"차로 줘."

와시오가 차고 안쪽에서 냉차 포트와 잔을 두 개 들고 왔다.

"냉장고가 있구나."

"샤워실도 있고 쪽잠을 자는 침대도 있어."

"이른바 '하는 방', 이라는 거네?"

차가운 차를 건네주며 와시오는 얼굴을 찡그렸다.

"무슨 소리를 하는 거야? 나는 그런 식으로 써본 적 없어. 무엇보다 남자친구 있는 사람한테 이상한 짓은 안 해."

컵에 입술을 대자 상쾌한 향기가 났다.

"그 사람은 남자친구 아니야. 아빠야."

차를 마시려던 와시오가 손을 멈추고 망설이듯 말했다.

"많이 젊어 보이던데."

"내 소문을 들었으면 알잖아? 그런 쪽의 아빠. 진짜 아빠는 태어날 때부터 없었어. 양육비는 주지만 만나러 오진 않아. 본처와 그쪽 아이들과의 가정이 있거든."

시노는 잔을 내려놓고 일어났다. 갈증이 가시니 마음이 풀어져 쓸데없는 말을 하고 말았다.

"갈게. 방해해서 미안해. 고마워."

"넌 대체 뭐 하러 온 거야?"

"흥미가 생겼을 뿐이야. 와도 된다고 해서."

역까지 바래다줄게, 하고 와시오가 일어났다.

"괜찮아, 길은 알아."

아, 그래? 하고 대답하고 와시오는 악기가 놓여 있는 곳으로 걸어갔다.

"그럼 배웅은 안 할게. ……길을 모르겠으면 다시 돌아와. 이건 길 잃었을 때의 철칙이야."

"그럴 일은 없어."

"그럼 다행이고."

내뱉듯이 말하고 와시오가 어깨에 베이스 스트랩을 걸었다.

라이브하우스에서 같이 있던 남자에 대해 입막음을 하려고 시노는 그 모습을 지켜보았다. 하지만 이내 생각을 바꾸고 차고를 뒤로 했다.

나란히 있는 사물함에 서로 비밀을 감추고 있다.

어째서인지 와시오는 그 비밀을 지켜줄 것 같았다.

차고에 간 다음 주부터 고등학교는 여름방학에 접어들어 사물함이나 등하교 전철에서 와시오와 마주치는 일은 사라졌다. 대신 남자에게 불려 나가는 횟수가 늘었다.

8월 마지막 토요일 오후, 시노는 남자와 만나 호텔로 향했다. 2시간 휴식한 뒤 남자가 당분간 만나지 말자고 했다.

당분간이 언제까진데? 하고 묻자 모르겠다고 했다. 그리고 "시노는 귀엽지만 벌써 열여덟 살이야. 곧 졸업하잖아" 하고 엷은 미소를 지었다.

그 말을 듣고 여고생으로서의 유통기한이 슬슬 끝나간다는 걸 깨달았다.

소녀를 좋아하는 이 남자는 어딘가에서 신선한 상대를 또 찾아낸 것이다.

그렇지, 하고 평소처럼 최고로 예뻐 보이는 각도에서 웃어 보였다.

"나도 슬슬 한계였어. 아저씨는 진짜 구린내가 나거든."

남자는 조금 상처받은 얼굴을 했다. 그것을 보고 화가 살짝 풀렸지만 그런 남자에게 몸 곳곳을 만지게 한 자신이 더러워 보여서 참을 수 없었다.

나고야에서 전철을 타고 집에서 가장 가까운 역으로 돌아오자 7시가 지나 있었다.

큰 간선도로에 걸린 육교를 건너자 바다 방향으로 산업단지 공장들의 불빛이 보였다. 눈에 힘을 주고 응시했지만 굴뚝의 불길은 보이지 않았다.

한동안 간선도로를 따라 걷자 2층으로 된 가게가 딸린 공동
주택이 보였다. 라멘집과 선술집 사이 스낵바의 2층이 시노네
집이다.

방 침대에 눕자 1층 스낵바에서 어머니가 올라왔다.

"시노, 왔으면 가게에 얼굴 좀 내밀어."

"그럴 기분 아니야."

"그러지 말고. 이번 달은 생활이 빠듯해. 너도 좀 도와."

1층에서 "시노야" 하고 부르는 소리가 났다. 그 목소리가 점
점 커지더니 흥이 오른 단골들이 나무젓가락으로 컵이나 접시
를 두드리는 소리가 울려 퍼졌다.

"엄마 일 좀 도우면 어떠니? 닳는 것도 아닌데. 얼른 내려와."

보라색 드레스를 입은 어머니가 1층으로 내려갔다.

중학교에 올라갔을 무렵부터 단골들을 잡아두기 위해 어머
니는 딸에게 가게 일을 거들게 했다.

미성년자가 일하는 것은 문제가 있으므로 처음에는 비밀을
지킬 수 있는 단골이 있을 때만 도왔다. 그런데 어느 날, 손님이
요청해서 이시카와 사유리의 '아마기 고개'를 부른 뒤부터 이상
해졌다.

야하다고 좋아하면서 손님이 천 엔을 팁으로 주었는데, 그때
부터 어머니와 다른 손님들이 고약한 장난을 시작했다. 팁이 5천
엔이면 옷의 가슴 쪽에 넣게 해주고, 1만 엔이면 손님의 무릎에

앉는다는 규칙을 멋대로 만든 것이다.

처음에는 단순히 농담이었다. 그래서 팁도 고액으로 설정했다. 그런데 가게에서 가장 돈을 많이 쓰는 단골이 그것을 진짜로 하고 싶다는 말을 꺼냈고, 한 번 하게 해줬더니 자꾸 졸라대기 시작했다.

그 뒤로 이 가게의 은밀한 주력 상품은 현역 여중생이 무릎에 앉아주는 '아마기 고개 타임'이 되었다. 받은 팁은 어머니와 반씩 나눴다. 그것은 고등학생이 되어서도 이어졌다.

사실은 하고 싶지 않았다. 하지만 이 집에서 나가려면 자금이 필요했다.

시노는 검은 캐미솔에 미니스커트, 손님이 좋아하는 통굽 부츠를 신고 1층 가게로 내려갔다.

단골들에게서 박수가 쏟아지고 "시노" 하고 걸걸한 목소리가 터져 나왔다.

곧바로 가라오케 전주가 나왔다. 마이크를 들고 적당히 섹시하게 '아마기 고개'를 불렀다.

"시노, 이리 와, 앉아, 아저씨 무릎에."

단골이 1만 엔 지폐를 흔들며 자기 무릎을 가리켰다. 팁을 받고 남자의 무릎에 가볍게 앉자 남자가 천박하게 웃었다.

"시노, 아저씨 무릎에도 와."

"가슴에도 팁 넣어주고 싶어!"

"한 번 더 노래해봐! 앙코르."

귀찮았지만 세 번 노래해 팁을 걷어내자 어머니가 언짢은 얼굴로 담배를 피우고 있었다.

수입을 올리고 싶은 어머니는 목적을 위해 딸을 이용하는 데에 아무런 망설임이 없다. 그런데도 딸에게만 관심이 쏠리면 기분이 상한다. 기분파에다, 자신의 욕망에 충실한 사람이다.

시노는 담배 연기를 손으로 흩으며 팁 총액의 절반을 전용 통에 넣고 2층으로 올라갔다.

땀에 젖은 캐미솔을 벗어 세탁기에 던져 넣었다. 검은 홀터넥 상의로 갈아입고 있는데 어머니가 2층으로 올라왔다.

"시노, 너 팁을 더 가져가지 않았니? 보이던 것보다 적은 것 같은데."

"안 가져갔어. 딱 맞게 절반 나눴어."

스커트 호주머니에서 지폐를 꺼내 어머니에게 내밀었다.

정말이네, 하고 어머니는 중얼거리며 5천 엔짜리 지폐 두 장을 빼고 돈을 돌려주었다.

"8월은 빠듯하니까, 응? 괜찮지?"

말없이 받아들고 다시 스커트 호주머니에 찔러 넣었다.

"요즘 팁 주는 손님도 많이 줄었어. 너도 조금 더 웃고 애교도 부리면서 영업하려고 노력해봐. 왜 그렇게 늘 부루퉁하니? 여자는 좀 웃어야 살기 편해."

지긋지긋해서 자신과 꼭 닮은 어머니의 얼굴을 내려다보았다.

이대로 아무것도 하지 않으면 자신의 20년 후의 모습은 이

개가 있는 계절

사람이다.

"그 눈은 뭐야? 너는 언제나 그런 눈으로 날 깔보는데, 네 그 똑똑한 머리는 다 내 덕이란 걸 알아야지!"

"응, 고마워."

반박할 기력이 없어 작게 인사를 하자 어머니는 말문이 막힌 듯했다. 그대로 말없이 등을 돌리고 발소리를 높이며 가게로 돌아갔다.

자식에게 똑똑한 머리를 물려주고 싶어서 아버지가 될 남자를 고르고 골랐다고 어머니는 말했다. 아마도 무의식적으로, 뒤틀리고 서투른 자신의 삶을 자식이 똑같이 살지 않기를 바랐기 때문이다.

그렇게 생각하면 도저히 어머니를 미워할 수가 없다.

세탁기를 돌리고 자기 방으로 들어가 빈 쿠키 통에 팁을 넣었다. 그리고 영어사전 상자에 숨겨둔 저금통장을 꺼냈다.

남자에게 받은 돈은 모두 미래의 자금으로 쓰기 위해 우체국 계좌에 넣어둔다. 대학교를 졸업할 때까지 학자금은 아버지가 대주지만 그것만으로는 부족하기 때문이다.

시노는 통장을 펼쳐 침대에 드러누웠다.

성적은 나쁘지 않다. 선생님도 진로 지도 때 지망 학교보다 더 상위 랭크의 대학을 권했다. 하지만 제1지망은 반드시 도쿄의 명문 여자대학이다.

진학을 계기로 상경하면 지금과는 완전히 다른 자신이 되고 싶다.

교양 있는 유복한 남자와 결혼해 평온하고 안정적이고 애정이 넘치는 가정을 꾸리고 싶다. 일은 가정에 지장이 없는 정도로 하고, 아이가 어느 정도 크고 나서 취미의 연장선에서 할 수 있으면 가장 좋다.

그러기 위해서는 여자로서의 부가가치를 최대한 올려두어야 한다.

유복한 남자가 반려자로 검토하는 대상은 주로 명문 아가씨 학교 졸업생이라고 들었다. 지금의 자신은 그런 아가씨와는 완전히 동떨어진 환경에 있지만 도쿄에 가면 아무도 모른다.

대학교에서는 지방 출신의 좋은 집 아가씨인 척할 것이다. 지금 같은 대우를 받고 싶지는 않다. 그렇게 꾸미기 위해서는 자금이 필요하다.

아래층 가게에서 어머니의 노랫소리가 들렸다. 십팔번인 '이제 와서 지로'다.

어머니의 간드러진 노랫소리를 듣는 것은 괴로운 일이다. 정신을 차리고보니 쿠키 통에서 꺼낸 지폐 몇 장을 호주머니에 찔러 넣은 채 집을 뛰쳐나와 있었다.

정처 없이 걷는 사이에 간선도로에 걸린 커다란 육교로 접어들었다.

시노는 계단을 올라가 다리 중앙에서 길을 내려다보았다.

4차선의 이 도로는 나고야로 이어진다. 계속 길을 따라가면 도쿄나 아오모리에도 갈 수 있고, 공항을 이용하면 세상 끝까지도 갈 수 있다. 밤이 되어도 대형 트럭이나 탱크로리가 끊임없이 오가는 간선도로는 지구에 뻗어 있는 혈관 같다.

하지만 지금 이 상태로는 어디로도 갈 수 없다.

자동차 불빛을 보고 있자 배기가스의 악취가 섞인 갯바람에 머리카락이 날렸다.

나부끼는 머리카락을 누르며 시노는 고개를 숙였다.

간선도롯가를 달려온 스쿠터가 육교 밑에서 멈췄다.

야, 하고 우렁찬 목소리가 아래에서 울려왔다.

"그런 데서 뭐하는 거야?"

스쿠터를 탄 남자가 헬멧을 벗자 와시오의 얼굴이 나타났다.

여름방학 전에 봤을 때보다 머리카락이 자랐고, 아무렇게나 기른 모습이 야성적이었다.

대답을 할 기력이 없어 말없이 와시오를 내려다보았다.

"야, 아오야마, 괜찮아? 너 좀……, 거기 가만히 있어. 움직이지 말고."

와시오가 쿵쾅거리며 계단을 한달음에 올라와 긴 육교를 달려왔다. 날도 더운데 카키색 밀리터리 재킷을 입고 있었다.

"왜 그래?"

"아무것도 아니야."

"너, 당장이라도 몸을 던지려는 사람처럼 보여. 자동차 운전하던 사람들도 분명 놀랐을걸. 나도 얼마나 놀랐다고. 그리고……."

와시오가 재킷을 벗어 억지로 허리에 두르더니 배 앞에서 소
매를 묶었다.

"뭐 해? 멋대로 옷 두르지 마."

"팬티 보여. 전에도 생각했지만 네 사복 스커트는 너무 짧아."

"마이크로 미니거든."

"그렇게까지 미니를 추구하지 않아도 괜찮아."

"평소에는 이 정도로 짧진 않아."

시노는 영업용이라고 말하려다 그 단어의 느낌이 너무 생생
해서 입을 다물었다.

허리에 둘러진 와시오의 재킷이 따뜻했다.

허벅지에 닿는 그 온기에 상반신은 땀이 배어 있지만 하반신
이 차게 식어 있음을 깨달았다.

"무슨 일 있었어?"

와시오의 목소리가 살짝 부드러워졌다.

"별로. 아무 일도 없어."

"아, 그래?"

와시오가 등을 돌리더니 손을 파닥파닥 흔들었다. 벗은 재킷
밑에는 망사로 된 긴소매 티셔츠를 입고 있었다.

"그럼 다행이고. 난 이만 가볼게."

육교 계단을 내려가려던 와시오가 멈췄다.

"나는 이제부터 놀러 갈 건데. 같이 가자고 하면 갈 거야?"

"어디 가는데?"

"스이자와 쪽. 후배들 밴드에서 도와달라고 해서. 녀석들이 이번에 콘테스트에 나가거든. 지금부터 연습할 거야."

"하는 방에서?"

"아니야. 우리 집 차고에 이상한 이름 붙이지 마."

왔을 때와는 달리, 와시오는 조용히 육교를 내려갔다.

와시오가 도롯가에 세워놓은 스쿠터 옆에서 헬멧을 쓰고 있다. 벨트를 단단히 채우고 시트 밑의 수납공간에서 헬멧을 하나 더 꺼냈다. 헬멧을 옆구리에 끼고 와시오가 위를 올려다보았다.

"안 가나?"

가자고 하면 가고 싶지 않다. 하지만 안 가냐고 사투리로 물으니 가고 싶어졌다.

"가도 돼?"

"네가 그렇게 경우 따지는 타입이었어? 저녁 바람이나 쐬자. 그러니까 바이크 면허 있다는 건 비밀로 해줘."

성량 좋은 목소리에 이끌려, 시노는 계단을 내려갔다.

아스팔트에서 올라오는 바람이 낮에 축적해둔 태양의 열기를 머금고 있었다. 그 열에 그날 밤, 와시오가 일으켰던 라이브 하우스의 열광이 떠올랐다.

와시오의 스쿠터는 시가지를 뒤로 하고 스즈카산맥을 향해 달렸다.

이 스쿠터의 시트는 뒷좌석이 조금 높게 올라가 있다. 그래서 인지 와시오의 몸에 팔을 두르면 상반신이 등에 착 달라붙었다. 처음에는 부끄러워서 몸을 뗐지만 달리기 시작하자 무서워서 그만 꽉 매달리고 말았다.

해발 0미터의 시가지에서 40분 정도 서쪽으로 달리자 산기슭에 펼쳐진 고지대가 나왔다.

여기에는 갯바람 대신 엷은 안개가 끼어 있었다. 청량한 안개 너머로는 고요한 바다와 같은 차밭이 펼쳐져 있었다.

와시오는 익숙한 모습으로 스쿠터를 몰았다.

몇 번인가 길을 꺾자 차밭 한가운데에 공장 같은 건물과 창고가 보였다.

저곳이 목적지라고 와시오가 말했다.

"창고?"

"그래, 창GO! 라이브를 여는 곳. 평소에는 드럼 멤버의 연습장이야. 드럼을 아무리 두드려 대도 뭐라고 할 사람이 없으니까 딱이거든."

부지 한쪽에 있는 주차장에 스쿠터를 세우자 창고 문이 열렸다.

"와시오 선배, 왜 이렇게 늦었어요. 지각이에요."

"먼저 와 있었어요."

땋은 머리와 쇼트커트 여자가 나왔다.

이 두 사람은 본 적이 있다. 고돌모 2학년이다.

헬멧을 벗으며 미안, 하고 와시오가 사과했다.

"관객을 데려왔어."

와시오가 손을 내밀었다. 헬멧을 내놓으라고 하는 듯했다. 시노는 천천히 헬멧을 벗었다.

가볍게 머리를 흔들어 흐트러진 머릿결을 가다듬자 두 여학생이 야단스러운 동작으로 뒷걸음질 쳤다.

"우와아! 관객이, 아오야마 선배?"

놀래라, 하고 쇼트커트 여자애가 팔짱을 꼈다.

"미녀와 야수잖아. 어떻게 와시오 선배가!"

"너희도 아오야마를 알아?"

"알다마다요. 고시로가 지난번에 슬리퍼를 물고 달아났었잖아요."

"하치고에서 아오야마 선배를 모르면 간첩이죠."

밴드 연습이라고 해서 틀림없이 남자친구들의 밴드라고 생각했다.

동성 사이에 있으면 거북했다.

시노는 이야기를 하는 것도 귀찮아서 스쿠터 시트에 놓여 있는 헬멧으로 손을 뻗었다.

"돌아가도 될까?"

두 여자애가 헬멧으로 뻗은 손을 잡았다.

"아니 아니, 가지 마요! 가지 마세요. 기껏 왔잖아요."

"우리 음악 들어주세요. 열심히 할게요."

"아오야마가 돌아가겠다면 바래다줄게. 너희는 너희끼리 연습하고 있고. 그래도 한 곡 정도는 들어줘. 후배잖아."

시노는 헬멧으로 뻗은 손을 호주머니에 찔러 넣었다.

손가락 끝에 지폐가 닿았다. 이만큼 있으면 택시로도 집에 돌아갈 수 있다.

"혼자 갈 수 있으니까 괜찮아. 택시만 불러줘."

개가 길게 짖는 소리가 나더니 새하얀 개가 화살처럼 달려왔다. 목줄에 달린 긴 리드줄이 질질 끌려왔다.

"기다려, 고시로. 기다려!"

크고 길쭉한 짐을 짊어진 여자애가 다가왔다. 빨간 테 안경을 쓴 통통한 여자애였다.

착하지, 하고 흥분한 고시로를 달래며 와시오가 리드줄을 잡았다.

"앗, 와시오 선배! 지각해서 죄송해요."

안경을 쓴 여자애가 공손하게 머리를 숙였다. 하늘색 셔츠 원피스를 입은 청초한 분위기의 여자애였다.

"선배, 저기, 옆에 계신 분은 혹시……."

"같은 반인 아오야마야. 관객이 있으면 텐션이 올라가잖아. ……아오야마, 얘가 키보드 담당 마코. 얘는 1학년이야. 여름방학 동안 계속 고시로를 맡아주고 있어."

멤버는 이게 다라고, 와시오가 웃었다.

"베이스가 빠져서, '틴스 뮤직 페스티벌'까지는 내가 대타인 청일점이야."

"무슨 페스티벌?"

야마하에서 주최하는 콘테스트가 있다고 와시오가 설명했다. 음악을 즐기는 10대라면 노래방이든 커버 곡이든 오리지널 곡이든 상관없이 참가할 수 있는 콘테스트라고 한다.

"형들 세대에는 팝콘이라고 부르던 '야마하 파퓰러송 콘테스트'라는 게 있었거든. 그건 오리지널 곡이 있어야 했어. 하지만 지금은 커버 곡이라도 OK야."

"그래도 데뷔하는 사람은 오리지널 곡이 많긴 하지. 우리도 그렇지만."

쇼트커트 여자애의 말에 모두가 끄덕였다.

"데뷔하는 사람도 있구나."

"많아요. 재작년에 그랑프리를 딴 aiko도 벌써 라디오에 나오고 있고요."

정말 멋져, 하고 땋은 머리 여자애가 몇 번이나 끄덕였다.

"지난주에 오사카에 갔을 때 라디오를 들었어. 아직 데뷔하진 않았지만 나는 aiko가 진짜 좋더라."

"프로가 목표야?"

취미예요, 하고 쇼트커트 여자애가 웃었다.

"하지만 즐거워요. 아오야마 선배, 꼭 들어주세요. 기뻐라. 첫 번째 관객이에요."

기뻐요, 하고 마코도 들뜬 목소리로 말했다.

"의상이랑 과자 같은 것도 가지고 왔으면 좋았을걸."

"나는……."

돌아가겠다고 할 생각이었다. 하지만 그들의 웃는 얼굴에서 눈을 뗄 수 없었다.

무척 순수하고, 아름답고, 행복해 보였다.

허리에 두른 와시오의 재킷 냄새를 맡고 있던 고시로가 옷을 물고 잡아당겼다.

"야, 고시로. 내 옷 잡아당기지 마."

개에게로 몸을 숙인 와시오가 고시로를 쓰다듬었다.

"고시로도 놀다 가라고 하잖아. 수험생도 가끔은 숨 돌리는 시간이 필요하대."

"멋대로 해석한 거잖아."

"하지만 이 녀석도 너랑 놀고 싶은 거야. 계속 붙어서 떨어지질 않잖아. 자."

건네주는 리드줄을 잡자 고시로가 창고로 걸어갔다.

따라오라고 하는 것 같아서 자연스럽게 발이 움직였다.

이들이 쓰는 창고 스튜디오는 겉에서 보기에는 낡았지만 실내는 리모델링되어 있었다. 깔끔하게 칠해진 흰 벽에 백열등의 따뜻한 빛이 비쳐 분위기가 무척 편안했다.

와시오와 형들은 여름 내내, 시원한 이 창고에서 라이브 리허설을 한다고 했다. 오늘도 이른 오후 시간에 여기서 연습했단다.

시노는 고시로와 함께 소파에 앉아 연습하는 모습을 쳐다보왔다.

세 여자애들은 생각 이상으로 연주를 잘했다.

보컬은 키보드인 마코로, 와시오는 전혀 노래하지 않고 그녀들을 서포트하는 데 전념했다. 이따금 곡의 진행을 멈추고 세 사람에게 충고를 해주었는데, 음악 용어가 많아 의미는 이해하지 못했다.

피아노를 치며 마코가 발라드를 부르기 시작했다. 하늘색 셔츠 원피스 자락이 길어서 청초하고 우아했다.

양갓집 자제는 이런 옷을 입는 걸까.

마코의 노랫소리를 들으며 시노는 생각에 잠겼다.

내년 봄, 희망대로 여대에 입학하면 통학할 때 무엇을 입으면 좋을까? 지방의 '양갓집 아가씨'를 연출하려면 비용은 얼마가 들고 뭘 구입해야 좋을까?

아마도 최신 유행하는 것보다 아주 살짝 촌스러운 정도가 그럴듯해 보일 것이다. 해외 브랜드보다 일본의 고급 브랜드가 아가씨다울까? 어머니가 입는 브랜드의 옷을 딸에게도 사준다는 이미지다.

그래도 옷은 벗어서 상표를 보지 않는 한 어느 브랜드인지 좀처럼 알기 힘들다. 하지만 소품은 무엇을 들고 있는지 한눈에 보인다. 옷보다도 먼저 고급 소품을 갖추는 게 선결 과제다.

에르메스 스카프와 구찌 가방은 고급 브랜드 전문 중고 매장에서 이번 달에 구했다. 브랜드 소품은 낡아도 상관없다. 패션 잡지 독자 모델이 곧잘 그러듯이, "엄마가 쓰던 걸 물려받았어요"라고 하면 된다. 아주 낡았으면 "할머니의 유품이에요"다.

졸부와는 다른, 물건을 소중히 아끼는 양가의 자녀 어필을 마음껏 할 수 있다.

평소에 입는 옷은 양판점과 국내 고급 브랜드를 믹스하고, 나머지는 소품으로 해외 브랜드를 갖춘다. 그것이 베스트일까.

복장만이 아니다. 다도, 꽃꽂이도 배우고 싶다. 가능하면 서예와 예의범절도 익혀야 한다.

처음에는 문화센터라도 상관없다. 아무튼 대학 졸업 전에는 어느 정도 수준까지 익히고 싶다. 그리고 어학과 교양. 이쪽은 문제없다. 공부하면 어떻게든 된다.

이 두뇌와 몸, 그리고 전략이야말로 자신의 무기다.

하지만 외모를 꾸밀 장비가 압도적으로 부족하다. 옷이나 화장품을 살 자금이 필요하다. 그러니 뭐든지 지금은 참아야 한다.

하지만 지쳤다. 정말로 이걸로 괜찮을까.

콧속이 찡하게 아파오고 눈물이 또르르 흘렀을 때 마코의 노래가 끝났다.

고시로를 꼭 안으며 눈물을 살짝 닦았다.

연주를 마친 네 사람이 서로 얼굴을 마주보며 당황했다.

황급히 박수를 치자 모두 환하게 웃었다.

"어떡해, 감격했어요……. 아오야마 선배, 감사합니다."

"우리의 연주로 그렇게 울어주다니."

"나도 울 것 같아……, 그보다 이미 울고 있어요."

그 모습을 보고 눈물이 더 많이 흘렀다.

남들 앞에서 연주할 수 있을 만큼 악기를 다룰 줄 안다. 그것은 자식에게 오랫동안 음악을 가르칠 만큼 여유가 있는 집에서 자랐다는 뜻이다. 행복한 가정에서 자란 증거다.

아무리 전략을 짜낸들 결국 자신은 가품이다.

도금은 언젠가 벗겨지기 마련이다.

고시로가 품에서 빠져나가 와시오에게로 달려갔다. 와시오가 개를 가볍게 안아 올리고 등을 쓸어주었다.

"이제 세인트 엘모스의 와시오 선배도 멋진 모습 좀 보여줘야죠!"

"보여줬잖아. 제대로 연주했거든."

노래를 해야죠, 하고 마코가 말하고 고시로는 와시오의 뺨을 핥았다.

"봐요, 밴드 마스터도 한 곡 불러보라고 하잖아요. 아오야마 선배도 듣고 싶죠?"

눈물을 닦고 끄덕였다. 와시오의 노래를 제대로 들어보고 싶었다.

쇼트커트 여자애가 스틱을 들어 올리며 흔들었다.

"그럼 더 블루하츠의 'TRAIN-TRAIN' 불러요."

곧바로 인상적인 피아노 음색이 흐르기 시작했다. 당황하는 기색도 없이 마이크 스탠드의 각도를 조금 조절하고 와시오가 노래를 시작했다.

힘 있는 그 목소리가 마음을 파고들었다.

영광을 향해 달리는 저 열차를 타고 가자라는 가사를, 와시오가 되풀이했다.

어디로 가면 그 열차에 탈 수 있을까?

만약, 정말로 있다면 모든 것을 던져버리고 지금 당장 올라탈 텐데.

세 후배와 고시로의 배웅을 받으며 시원한 산기슭에서 바닷가 시가지로 돌아오자 시간은 10시가 지나 있었다.

간선도로 저 멀리에 몇 시간 전에 서 있던 육교가 보였다.

바람 잘 쐬었냐고 와시오가 물었다.

"응."

"집까지 데려다줄게. 아오야마네 집은 가게 위야?"

"데려다주지 않아도 돼."

분명히 어머니와 손님들은 이 시간에도 노래를 부르고 있을 것이다. 와시오에게 자신의 집을 보여주고 싶지 않았다.

스쿠터의 속도가 갑자기 느려졌다.

"아오야마, 역시 무슨 일 있었지?"

"왜?"

"너, 위에는 날라리풍인데 밑에는 맨발에 단화야. 그건 학교용이잖아? 너답지 않아. 급하게 집에서 뛰쳐나온 것처럼 보여."

바람을 가르는 소리 사이로 와시오의 목소리가 따뜻하게 가슴에 울렸다. 아무 말도 하지 않고 와시오의 어깨에 얼굴을 파묻었다.

"뭔가, 내가 해줄 수 있는 일 있어?"

시노는 눈물이 차올랐지만 숨을 크게 들이마시며 참았다.

"없어."

"그럼 어쩔 수 없지만. 어떡할래? 이 부근에서 내릴래?"

"집에 가고 싶지 않아."

와시오가 입을 다물었다. 스쿠터 엔진 소리가 유난히 크게 귀에 울렸다.

그럼, 하고 와시오가 작은 소리로 말했다.

"그 차고에서 묵을래?"

말없이 끄덕이자 "알았어" 하고 와시오가 말했다.

"가족이 걱정할 테니 자고 간다고 연락은 꼭 해."

"우리 엄마는 나한테는 신경도 안 써."

육교 밑을 지나 와시오가 스쿠터 속도를 올렸다. 순식간에 익숙한 풍경이 등 뒤로 흘러갔다.

그 끝의 편의점에서 음료수와 샌드위치를 사서 차고에 도착하자 밤 11시가 지나 있었다. 시노는 와시오의 뒤를 따라 안쪽 방으로 걸음을 옮겼다.

13제곱미터 정도 되는 방에는 행거와 텔레비전, 큰 소파가 있었다.

와시오가 소파 등받이를 눕혀 침대 형태로 만들고 시트를 펼쳤다.

"이불은 형이 쓰던 것밖에 없으니까 나중에 집에서 깨끗한 걸로 가져올게. 텔레비전 리모컨은 이거야. 게임이라도 하고 있을래?"

와시오가 플레이스테이션으로 손을 뻗었다.

시노는 아무 말도 하지 않고 조명 스위치를 껐다.

방의 불빛이 사라지자 순식간에 캄캄해졌다.

"아오야마?"

게임기를 세팅하던 와시오가 돌아보았다.

창문에서 달빛이 쏟아져 들어왔다. 그 밑에서 천천히, 홀터넥 상의를 벗었다.

미니스커트의 지퍼를 내리자 작은 천이 바닥에 툭 떨어졌다.

하얀 속옷 한 장 차림으로 와시오의 앞에 섰다.

와시오가 숨을 죽이는 기척이 났다.

"오늘 고마웠어. 와시오……, 이런 거 아직 모르지? 답례로 가르쳐줄게. 나라도 괜찮다면."

아마도 반 아이들 대부분이 아직 모를 거다.

여자의 몸에 있는 사물함와, 그 열쇠를 지닌 남자 몸의 비밀.

여름인데 드러난 가슴이 쌀랑했다. 오른손으로 왼쪽 어깨끈을 잡고 고개를 숙이자 달빛이 피부를 새하얗게 물들였다.

"너라면 괜찮아. ……아무것도 필요 없어."

고개를 들자 와시오는 꼼짝도 하지 않고 이쪽을 보고 있었다.

"이미 해본 여자는 싫어?"

"싫진 않지만……."

"않지만, 뭐?"

"……병이, 무서워."

무심코 눈을 감았다. 눈을 뜨자 조용히 눈물이 흐르고 있었다. 눈물은 멈추지 않고 뺨을 타고 계속 떨어졌다.

미안해, 하고 와시오가 외치며 어깨를 잡았다.

"거짓말이야, 미안해, 정말로 미안해. 방금 한 말은 거짓말이야. 그렇게 울지 마. 미안해. 그냥 상처 주고 싶어서 말했던 것뿐이야."

"왜 상처 주고 싶은데?"

"가르쳐주겠다는 표현이 싫어서. ……넌 아무한테나 그런 말을 하나 싶어서."

"안 해."

"미안해, 정말로 미안해. 어떡하지? 어떡하면 돼?"

와시오가 손을 뻗어 살짝 끌어안았다. 어린아이 달래듯 등을 쓸어주자 새로운 눈물이 또 흘러나왔다.

이 사람은 행복한 가정에서 자란 사람이다.

와시오는 울음을 그칠 때까지 안아주었지만 그 이상은 아무것도 하지 않았다.

그대로 지쳐서 잠이 들었다가 깨어나자 새벽 4시였다. 와시오는 차고에서 기타 연습을 하고 있었다.

가볍게 한 바퀴 돌자고 해서 둘이서 다시 스쿠터에 탔다.

밤과 새벽이 뒤섞인 이 시간대에는 간선도로를 오가는 자동차도 별로 없다.

헬멧을 쓰기 싫다고 했기 때문일까. 와시오는 신중하게 바이크를 몰았다.

바다에서 부는 바람에 머리카락이 나부꼈다. 얼굴에 닿는 것이 싫어서 와시오의 등에 뺨을 찰싹 붙이고 경치를 보았다.

아이오이 다리를 건너자 어선이 정박해 있는 물가 너머에 빨간색과 흰색으로 칠해진 굴뚝과 석유 플랜트의 눈부신 빛이 보였다.

오렌지빛으로 번쩍이는 외등 밑에서 와시오가 수험 공부는 잘되느냐고 물었다. 지망 학교를 물어서 도쿄에 있는 여자대학교 이름을 말하자, 진로 지도 교사와 같은 말을 했다.

"그 학교가 좋아. 나를 모르는 사람들 속에서 전혀 다른 내가 되고 싶으니까."

"그게, 어떤 넌데?"

"잘 설명하기 힘들어. 아무튼 지금의 나는 싫어."

자고 났더니 무언가가 빠져나간 느낌이다. 지금은 와시오의 물음에 솔직하게 대답할 수 있다.

와시오의 지망 학교를 묻자, 1지망은 나고야의 사립대학이었다.

"나는 집에서 다닐 수 있는 학교만 시험 볼 거야. 도쿄는 가끔 놀러 가는 걸로 충분해. 이 마을을 좋아하니까 아마 죽을 때까지 여기 있겠지."

간선도로로 접어든 스쿠터는 욧카이치 돔 방향으로 꺾었다. 해안을 따라 있는 녹지 공원에 생긴 이 시설은 이번 달에 막 오픈했다.

건물 옆을 지나자 스쿠터는 안벽으로 나왔다. 그 순간 작게 소리가 나왔다.

눈앞에 널찍한 운하가 펼쳐져 있었다. 맞은편 물가에는 거대한 공장들이 줄지어 있고 그곳을 비추는 빛이 수면에 반사되어 흔들렸다.

녹색, 하늘색, 흰색, 노란색, 오렌지색. 검은 바다를 물들이는 빛의 색깔을, 시노는 바라보았다.

앗, 하고 와시오가 소리를 지르더니 밤하늘을 가리켰다.

"불꽃이야, 저기, 봐. 저 굴뚝에. 저게 플레어 스택이야."

둥근 탱크들 너머에, 마찬가지로 빨간색과 흰색으로 칠해진 높은 굴뚝이 있었다. 그 끝에 거대한 불덩이가 풍선처럼 부풀었다가 순식간에 꺼졌다. 하지만 불덩이는 꺼졌다가도 바로 크게 번쩍이며 부풀어 올랐다. 빠른 템포로 몇 번이고 수축을 반복하는 그 모습은 태양 같기도 하고, 심장 박동처럼 보이기도 했다.

스쿠터를 세우고 타오르는 불길을 둘이서 보았다.

다시 달리기 시작했을 때 "괜찮아" 하고 와시오가 말했다.

"무슨 일이 있었는지는 모르겠지만 아오야마, 넌 괜찮아. 세인트 엘모의 불이 나타났으니까. 네 바람은 이제 틀림없이 이루어질 거야."

대답 대신 와시오의 몸을 뒤에서 끌어안았다.

"뭔가, 노래 불러줘."

"무반주는 어렵다니까."

잠시 고민하던 와시오가 '스피츠'를 좋아하느냐고 물었다.

"밴드? 가끔 들어."

"그 사람들, 처음에는 펑크 밴드였대. 그 말을 들은 뒤로 친근감이 생겨서 가끔 불러."

맞댄 몸을 통해 와시오의 단단한 등이 규칙적으로 흔들렸다.
그 흔들림에 맞춰 시노도 천천히 호흡했다.
숨을 가다듬은 와시오가 조용히 노래를 불렀다.

놓지 않을 거야 이대로 시간이 흘러도
하나뿐인 작고 빨간 등불을
계속 지켜나갈 거야

스피츠의 '스칼렛'이다.
목소리에 불려오듯 새벽빛이 비쳐들었다.

기쁨과 슬픔이 마음을 일그러뜨려도

추위에 떠는 두 사람을 따뜻하게 감싸줘

언제나 순수한 열로

눈을 감고 와시오의 목소리를 들었다. 이 사람의 노랫소리는 힘이 있고 따뜻하다.

노래를 끝까지 다 부르자 와시오는 스쿠터를 세웠다.

"아오야마, 너무 위험한 일은 하지 마."

"고등학교를 졸업하면 위험하고 말고 할 것도 없어. 바이크를 타든, 연애를 하든."

"너의 그건 연애야?"

"몰라."

시노는 와시오의 어깨에 다시 얼굴을 묻었다.

그의 등에 포갠 가슴이 뜨겁고 격렬하게 고동쳤다. 플레어 스택의 불길이 가슴에 깃든 것 같았다.

단단한 몸에 두른 팔이 떨어지기 싫다고 소리쳤다. 하지만 그 마음을 도저히 입 밖으로 꺼낼 수 없었다.

폭풍우 속을 지나가는 사람에게 용기를 주고 안전하게 인도해주는 불길.

굴뚝에 피어오른 불을 세인트 엘모의 불이라고 부를 수 있다면, 이 마음은 틀림없이 사랑, 처음 느껴보는 사랑이다.

"울어?"

"울면 뭐 해주려고?"

"그래, 뭐든 해줄게."

속삭이는 와시오가 한 번 더 고쳐 말했다.

"뭐든지 해줄게, 아오야마."

얼굴을 들자 아침 해를 받은 구름이 장밋빛으로 물들어갔다.

시노는 와시오의 등에 가만히 입술을 댔다.

알몸으로 끌어안을 때보다도 깊게, 그의 열기가 전해져왔다.

와시오와 있으면 진심으로 안심이 되었다. 하지만 여름 이후로 그와는 거리를 두기로 했다. 와시오처럼 행복한 가정에서 자란 사람에게 자신 같은 인간은 어울리지 않는다.

도쿄의 명문 여자대학에는 무사히 합격했다. 이제부터 다시, 새롭게 시작하면 된다.

졸업식이 끝난 뒤 사물함에 붙은 이름표를 떼고 있는데 와시오가 옆에 와서 섰다.

"너나 나나, 사물함에 갈아입을 옷 넣어두는 생활도 끝났구나."

그러네, 하고 대답하고 와시오를 보았다. 가슴 깊은 곳이 어렴풋이 괴로웠다.

두 사람의 사물함의 비밀은 아무도 모른다. 그 여름에 본, 세인트 엘모의 불인 스칼렛, 붉은 색도.

있잖아, 하고 가볍게 말하고 와시오가 얇은 종이봉투를 내밀었다.

"저번에……, 창고 스튜디오에서 만들어봤어."

봉투를 열자 더 블루하츠와 스피츠의 노래를 커버한 CD가 들어 있었다.

봉투를 가만히 가슴에 댔다. 흐릿한 괴로움은 달콤하고 안타까운 감정으로 변해갔다.

"받아도 돼?"

"당연하지. 다음에 창고에서 커버 곡 위주로 라이브를 하는데 괜찮으면 오지 않을래?"

"'TRAIN-TRAIN'도 부를 거야?"

"네가 요청하면 꼭 부를 거야."

하지만 라이브를 하는 그 날은 도쿄로 출발하는 날이었다.

그렇게 말하자 와시오가 아쉬운 표정을 지었다.

"도쿄로 출발하는구나. 그럼 연락처……, 아니, 너는 알려주지 않아도 괜찮아. 하지만 이게 내 연락처야. 무슨 일 있으면……, 길을 잃으면 돌아와."

와시오가 라이브 전단지 구석에 PHS 번호를 적어주었다.

"요청한 'TRAIN-TRAIN' 다음에 '러브레터'라는 노래도 부를 거야. 더 블루하츠의 노래야."

"러브레터는 부르는 것보다 쓰는 게 더 좋아, 와시오."

그렇지, 하고 와시오가 웃었지만 이내 진지한 표정으로 돌아왔다.

"잘 지내, 아오야마."

*

　3월 중순의 어느 토요일, 고돌모 부실 창가에서 햇볕을 쬐고 있는데 달콤한 과자 같은 향기가 감돌았다.

　고시로는 꼬리를 흔들며 일어났다.

　기장이 긴 코트를 입은 아오야마 시노가 부실로 들어왔다.

　고시로를 위해 써달라며 부원에게 봉투를 내밀었다.

　기부에 대한 인사를 한 뒤 쇼트커트 여학생이 친근감이 담긴 눈빛으로 말했다.

　"저기, 아오야마 선배. 와시오 선배가 오늘, 이제 곧 이리로 올 거예요."

　"와시오는 졸업해도 고돌모 활동을 해?"

　아뇨, 하고 여학생이 고개를 가로저었다.

　"우리 모임에서는 3학년 대표가 지난 1년 동안 가장 인상 깊었던 일을 일지에 적는 전통이 있거든요. 하지만 와시오 선배는 아직 진로가 정해지지 않아서 도저히 쓸 여유가 없었어요."

　그래서 오늘 쓰러 오는 거야, 하고 다른 부원들이 기쁜 듯이 미소 지었다.

　"와시오 선배가 뭐라고 적을까?"

　"나라면 아무로 나미에랑 SAM의 결혼."

　"나는 조호르바루의 환희*. 프랑스 월드컵에 일본이 처음 진출한 거."

"다이애나 왕비 서거. 야마이치 증권 파산, 이건 아닌가?"

서로 한마디씩 하는 부원들을 뒤로 하고 시노는 걸음을 옮겼다. 귀에 꽂은 빨간 이어폰에서 익숙한 목소리가 흘러나왔다.

'와시오……'

"이 목소리가 신경 쓰이니?"

동아리동에서 나온 시노가 이어폰을 빼 귓가에 대주었다.

영광을 향해 달려가는 저 열차에 타자고, 와시오가 노래하고 있었다.

'여름에 같이 들었지.'

"와시오의 노래를 들으면 용기가 나."

시노가 머리를 다정하게 쓰다듬어주었다.

"고맙다고 전해줘. 고시로."

고시로는 늘 앉아 있는 백네트 뒤로 가서 전철에 오르는 사람들을 보았다.

시노가 플랫폼에 서 있었다. 전철이 플랫폼에 들어왔다가 나가자 그녀의 모습은 이미 사라지고 없었다.

운동장 쪽에서 발소리가 들렸다.

와시오가 백네트 뒤로 오더니 아무도 없는 플랫폼을 물끄러

---

* 1988년 말레이시아 조호르바루에서 열린 월드컵 아시아 지역 예선에서 일본이 이란을 꺾고 최초로 월드컵 본선 진출을 이룬 일.

미 쳐다보았다.

그 발밑으로 다가갔다.

말을 할 수 있다면 전해주고 싶다.

그 애는 너의 노랫소리에 용기를 얻으며 열차를 타고 갔다고.

제5화
영원하게 만드는 방법

—

헤이세이 11년도 졸업생

헤이세이 11년(1999) 4월~헤이세이 12년(2000) 3월

요즘 들어 옛날만큼 냄새를 잘 맡지 못하게 되었다. 귀도 마찬가지다. 전철이 지나가는 소리와 학생들의 목소리가 붕 떠서 귀를 간질이듯 들려온다.

그 감각이 무척 기분 좋아 귀를 기울이고 있는 사이에 잠에 빠진다.

고시로는 하치료 고등학교의 운동장, 백네트 뒤에 엎드려 누워 작게 하품했다.

졸업식에 이어 종업식이 지나자 주시강 강가에 벚꽃이 만개했다.

바람을 타고 날아오는 벚꽃 향기에 고시로는 꼬리를 살랑 흔들었다.

'유카의 꽃이야…….'

울타리 너머에 있는 역에 전철이 들어왔다. 전철이 일으키는 바람에 이번에는 유채꽃과 목련 향기가 실려왔다.

꽃향기는 사람이 사랑에 빠졌을 때 나는 냄새와 비슷하다.

교실에서 누군가가 그랬다. 식물의 암술과 수술은 만나면 열매가 열리고 양쪽의 성질을 물려받은 다음 세대가 늘어난다고 한다.

초목이 사랑을 하면 꽃이 핀다. 꽃과, 사랑에 빠진 사람의 냄새가 비슷한 것도 당연하다. 다만, 양쪽 다 어렴풋해서 인간은 알아채지 못한다.

대신 인간은 색깔을 구분할 수 있다.

미술 수업을 계속 지켜보다 깨달았다. 이가라시나 학생들이 이야기하는 색깔의 차이를 모르겠다. 자기 눈에는 다 같은 색인데 사실 거기에는 수많은 색깔이 있고, 인간은 그것을 구분하고 음미할 수 있었다.

그중에서도 벚꽃은 벚꽃색이라고 하는 무척 아름다운 색깔을 가지고 있다고 한다.

'유카의 꽃은 어떤 색일까?'

고시로는 눈을 살짝 뜨고 주시강 강가의 벚나무를 보았다.

이 꽃은 언제나 만남과 이별을 가져온다.

벚꽃이 피었다 지면 새 교복을 입은 학생들이 이 학교에 나타난다. 그리고 세 번째 벚꽃이 필 무렵, 그들은 다음 장소로 떠난다.

졸업 후에도 이따금 얼굴을 내밀어주기도 하지만, 대부분의 학생은 두 번 다시 이곳에 나타나지 않는다. 이 교사를 자유롭게 누빌 수 있는 것은 벚꽃이 세 번 필 동안뿐이다. 똑같이 입은 교복은 그 증거다.

그러므로 유카와 고시로도, 아마도 더는 오지 않을 것이다. 알고는 있지만 여기서 계속 기다리게 된다.

꽃향기 사이로 익숙하지 않은 향기가 섞이자 고시로는 코를 킁킁거렸다.

인간의 냄새가 난다. 둥실 뜬 남자의 목소리가 들렸다.

"고시로는 아마 백네트 뒤에서 자고 있을 거예요."

이 목소리는 고돌모의 나카하라 다이스케다.

안경을 쓴 그는 역대 하치고 남학생 중에서 가장 머리가 길다. 어깨까지 기른 머리카락에는 곱게 윤기가 흐르는데, 아무래도 빗질할 때 빗을 다루는 독자적인 방법이 있는 듯했다.

그 덕분인지 다이스케가 빗질을 해주면 털에 윤기가 돈다. 게다가 그는 물끄러미 쳐다보거나 머리를 쓰다듬어주면서 언제나 정확하게 마음을 읽어준다. 그 능력도 역대 하치고 학생 중에서 으뜸이다.

"저도 아까 봤어요."

이번에는 고돌모 여자 부원의 목소리가 들렸다.

"고시로가 조금 비틀비틀하면서 운동장을 가로질러 갔어요. 하체가 약해진 걸까요?"

여학생의 목소리와 함께 은은하게 사랑 냄새가 났다. 이 아이는 봄방학 동안 고돌모 당번을 다이스케와 함께하고 싶어 했다.

선생님, 하고 다이스케가 큰 소리로 불렀다.

"이쪽이에요. 아마 백네트 뒤에 있을 거예요."

세 번째로 또 다른 누군가가 걸어왔다.

꿈일까. 그리운 향기가 점점 짙어졌다.

"고시로는 왜 이런 곳에 있을까?"

그리운 목소리에 무심코 눈을 번쩍 떴다.

고시로는 천천히 일어나 백네트 뒤에서 나왔다.

교사 방향에서 교복을 입은 남녀 학생들과 정장을 입은 긴 머리 여자가 걸어왔다.

'유카?'

달콤하고 황홀한, 꽃을 닮은 향기. 틀림없다.

'유카!'

떨리는 다리에 힘을 주고 정신없이 운동장을 달렸다.

"우와, 고시로, 빠르다!"

"왜 그래? 벌에 쏘이기라도 했어?"

학생들의 목소리가 들렸지만 이미 유카밖에 보이지 않았다.

"고시로, 건강해서 다행이야."

유카가 멈추더니 몸을 숙이며 양손을 내밀었다.

고시로는 그녀의 품에 뛰어들어 꼬리가 떨어져 나가도록 흔들었다.

이건 꿈일까? 꽃이 보여주는 꿈일까?

*

등 뒤에서 개가 하품을 하는 소리가 들렸다. "하앙"도 아니고 "후왕"도 아닌 소리였다.

칠판에 글을 쓰던 영어 교사, 시오미 유카가 돌아보았다.

그 모습에 이끌려 앞쪽 자리의 학생들도 돌아보았다. 그들의 시선을 받는 것이 싫어서, 마지막 줄에 앉아 있는 나카하라 다이스케도 뒤를 돌아보았다.

잠을 자던 고시로가 기분 좋게 몸을 뒤척였다.

유카가 미소 지으며 다시 칠판을 향했다.

11년 전에 이 학교에서 살기 시작한 고시로는 인간의 나이로 따지면 60대. 다이스케가 입학했을 때는 이미 노견으로, 운동장 백네트 뒤나 미술실, 고돌모가 쓰는 미술부실에서 자고 있을 때가 많았다.

그랬는데 새 학년이 시작되고부터 백네트 뒤로는 가지 않고, 대신 3학년 교실 뒤에 누워 있었다.

얌전한 데다 선생님이나 학생들도 익숙해서 쫓아내지 않았으므로 지난 3개월 동안 고시로는 3학년과 함께 수업을 듣거나 낮잠을 청했다.

다이스케는 돌아본 순간에 눈에 들어온 고시로의 모습을 노트에 그렸다.

1999년 7월. 다시 말해 지금이다.

노스트라다무스의 대예언에 따르면, 공포의 대왕이 하늘에서 내려와 앙골모아 대왕을 부활시킨다고 한다.

공포의 대왕에는 다양한 설이 있는데, 아무튼 지구는 전대미문의 위기에 처하고 인류는 멸망한다고 한다. 노스트라다무스의 예언은 과거에도 많이 적중했으므로 다이스케는 어릴 때부터 남몰래 세기말이 오는 것을 두려워했다.

오늘, 아니면 내일. 이 지구가 멸망한다면 영어 공부를 한들 무슨 의미가 있을까?

설령 멸망하지 않는다고 하더라도 미대 지망인 자신에게는 영어보다 실기가 훨씬 중요하다.

유카는 여전히 칠판에 글을 적고 있었다. 그 틈에 고시로를 슬쩍 돌아보고 그림의 세세한 부분을 그려 넣었다.

칠판에 필기를 마친 유카가 문법 설명을 시작했다.

이번에는 도수가 없는 안경 너머로 유카를 바라보았다.

올해 하치료 고교에 부임한 시오미 유카는 스물아홉 살이다. 이 고등학교 졸업생이자 고돌모 초대 멤버다.

모공이 보이지 않는 매끈하고 하얀 피부와 검은 머리카락. 언제나 상냥해 보이는 커다란 눈동자와 촉촉한 입술. 머리를 묶고 수수한 복장으로 교단에 서 있지만, 자신에게 이 사람은 시오미 선생님이라기보다 시오미 빵 공방의 예쁜 누나, 유카 누나다.

어렸을 때 이 사람을 만난 적이 있다.

당시에는 이 사람의 본가인 시오미 빵 공방 근처에서 살았다. 그 가게는 화덕에 구운 빵과 속 재료가 듬뿍 들어간 샌드위치가 맛있어서, 일요일 점심마다 가족끼리 빵 사러 가는 것이 즐거움이었다.

그런데 유치원 상급반에 올라갔을 무렵부터 부모님 사이가 나빠지기 시작했다. 그리고 초등학교 1학년 가을에 이혼이 결정되었다. 그 소식을 들은 다음 날, 자전거를 타고 시오미 빵 공방이 있는 논 사이의 외길을 달려가다 넘어졌다.

크게 다치지는 않았지만 다리의 통증과 넘어진 충격으로 한동안 일어서지 못했다.

그러자 머리가 긴 누나가 눈앞에 나타나 향긋한 빵 냄새가 나는 가게 안으로 데려가주었다.

점원들이 '유카'라고 부르던 그녀는 발치에 몸을 숙여 까진 무릎을 정성껏 소독해주었다.

내리깐 눈을 따라 난 속눈썹이 무척 길고 예뻤다. 다리의 통증도 잊고 그 얼굴에 그만 넋을 잃었다.

치료를 마친 유카가 일어났다. 그러자 이번에는 올려다보는 형태가 되었다.

괜찮아? 하고 위에서 표정을 살피듯이 유카가 물었다. 눈이 마주친 순간 몸이 바짝 굳을 정도로 긴장하며 가슴의 고동이 높아졌다.

그것이 자신의 첫사랑. 한눈에 반한 사랑이다.

지금도 그날의 충격을 뛰어넘는 상대를 만난 적이 없다.

그로부터 한 달 뒤, 부모님이 이혼하면서 이사했기 때문에 그 가게에는 더 이상 가지 않았다.

"다음은 사와이, 해석해봐."

네, 하고 순순하게 대답하고 두 자리 앞의 여자애가 일어났다. 마들렌 과자에 관한 영어 문장을 읽고 있었다.

마들렌이라는 과자는 여성의 이름에서 유래된 것으로, 그 이름은 성서의 막달라 마리아에서 왔다고 한다. 막달라 마리아를 프랑스어로 마리 마들렌이라고 하는 모양이다.

마리아라……, 하고 생각하며 이번에는 유카의 모습을 노트에 그려보았다.

그냥 그리기만 하면 재미가 없으니 여름방학에 미술 숙제로 모사한 라파엘로의 '목장의 성모'에 빗대어보았다.

성서의 양대 미인은 성모 마리아와 막달라 마리아다. 양쪽 다 수많은 종교화의 모티브가 되어 명작을 남겼다.

자신의 양대 미인 중 성모 마리아는 시오미 유카다.

그리고 막달라 마리아는 이 학교의 두 학년 선배였던 아오야마 시노다.

입학식 날 계단에서 처음으로 아오야마와 스쳐 지나갔을 때 너무나도 섹시해서 무심코 돌아보고 말았다. 교복 스커트와 루즈삭스 사이로 보이는 흰 피부는 지금도 눈에 선명하게 새겨져

개가 있는 계절

있다.

하지만 그 이상으로 놀라운 건 스물아홉 살이 된 '빵집 누나'가 옛날과 변함없이 청초하고 상냥해 보인다는 점이다.

안경이 거슬리기 시작해 벗고 몇 번이나 유카를 보며, 다이스케는 계속 그림을 그렸다.

원래 날씬한 사람이었지만 지난 한 달 동안 그녀는 더욱 말랐다.

이 교실 안에서 그 이유를 아는 건 자신뿐이다.

"다음, 나카하라."

"네?"

유카가 부르자 다이스케는 그림을 그리던 손을 멈췄다.

"네? 가 뭐니? 나카하라, 다음."

교과서를 든 마리아 님이 미소 지었다.

"야, 어디부터야?"

작은 소리로 말하자 앞자리 학생이 "26쪽 셋째 줄"이라고 속삭였다.

곧바로 일어나 영문을 읽고 해석했다. 그런데 당장 첫머리의 'However'라는 단어부터 막혔다. 거침없이 '영원하게 만드는 방법'이라고 번역하자, 유카가 의아한 표정을 지었다.

"어느 부분 하는 거니?"

"하우에버요."

옆 학생이 정답을 속삭였다. 하지만 목소리가 너무 작아 끝까지 들리지 않았다.

"어, 뭐라고? 하……. 어?"

사각사각, 분필이 칠판에 닿는 소리가 들리고 유카가 'However'라고 썼다.

"이건 '하지만'이라고 번역해. '영원하게 만드는 방법'은 좋은 말이긴 한데, 어디서 온 거니?"

"'how'가 'how to'니까 방법? 'ever'는 'forever'랑 비슷하니까 영원? 그렇게 생각했더니 입에서 멋대로 나왔어요."

"나카하라답긴 한데 이건 한 단어로 외워."

네, 하고 대답하며 다이스케는 생각했다.

나카하라답다는 게 무슨 뜻이지?

"야, 고시로. 슬슬 부실로 돌아가자."

방과 후 뒷다리로 머리를 긁는 고시로에게 다이스케가 말했다. 하얀 노견은 작게 하품을 하고 느릿한 걸음으로 따라왔다.

다이스케는 고시로와 나란히 동아리동으로 향했다.

올해 5월까지는 수업이 끝나면 나고야로 가서 미대 전문 입시학원에서 공부했다. 하지만 지난 두 달은 입원 중인 할아버지의 병문안을 가야 해서 일요일에 집중해서 배우는 강좌로 반을 옮겼다.

다이스케는 고시로를 부실로 데리고 가 꼼꼼히 빗질을 해준 뒤 혼자 학교를 나섰다.

개가 있는 계절

긴테쓰 욧카이치역에서 전철을 내려 버스터미널로 향했다. 병원으로 가는 버스가 출발하기까지 시간이 있었으므로 할아버지가 좋아하는 붕어빵을 사러 가기로 했다.

스즈카 영수학원이라는 학원 근처에 있는 이 가게의 붕어빵은 하나하나 정성껏 손으로 굽는다. 보통 붕어빵은 두 개의 철판 틀에 부은 반죽 한쪽에 팥을 올리고 그 두 개를 덮어 여러 개를 동시에 굽는다.

하지만 이 가게의 틀은 하나에 손잡이가 하나씩 달려 붕어를 꼬챙이에 뀐 형태로 되어있다. 그 틀을 불 위에 나란히 늘어놓고 은어 소금구이 하듯 굽는 모습은 언제 봐도 즐겁다.

완성된 붕어빵은 껍질이 얇아 그 자리에서 먹으면 가장자리가 바삭하고 향긋하다. 식어도 맛있고 빵과 팥이 촉촉하게 어우러진 느낌이 좋다며, 뜨거운 것을 잘 못 먹는 할아버지는 언제나 집으로 가지고 가서 먹었다.

다이스케는 할아버지와 자기 몫으로 두 개를 사서 병원으로 가는 버스를 탔다.

버스가 달리자 저 멀리 스즈카의 산들이 보였다.

할아버지는 저 산기슭 경사면을 이용해 우유 목장을 운영했다. 어머니의 본가이기도 한 그 목장은 원래 외증조부가 시작했다. 거기에 아이치현에서 낙농업을 하는 집의 열여덟 살짜리 아들이던 할아버지가 일하러 온 것을 계기로 조부모는 결혼을 했다.

하지만 어머니의 이야기로는 낙농가 셋째 아들인 할아버지와 목장 후계자인 할머니는, 당사자들은 물론 주위에서도 처음부터 데릴사위로 염두에 두고 있었다고 한다.

할머니는 8년 전에 타계했지만, 초등학교 고학년이 될 때까지는 여름방학마다 할아버지 집에서 한 달씩 보냈다. 할아버지와 푸른 목초지를 산책하거나 갓 짠 우유로 버터를 만들던 날들이 지금도 그립다. 할아버지는 갓 만든 버터를 언제나 갓 지은 뜨거운 밥에 올리고 간장을 살짝 뿌려 먹게 해주었다.

정신없이 먹었던 그 맛과 산책할 때 잡았던 할아버지의 큰 손을 떠올리면 울음이 나올 것 같다.

어릴 때 아버지와 헤어지기도 한 탓에 할아버지는 손자인 자신을 유난히 예뻐했다. 미대 입시학원에 다니는 비용을 지원해준 사람도 할아버지다.

할아버지는 심장질환을 앓았던 데다, 작년에 다리가 골절된 뒤로 걷지 못하게 되어 요양병원에서 돌봄을 받고 있다.

목장은 외삼촌 부부가 물려받았지만 바빠서 좀처럼 병문안을 갈 시간이 없다. 나고야의 회사에서 일하는 어머니는 퇴근이 늦어 역시나 평일에는 병원에 들르지 못한다. 그래서 대신 다이스케가 상태를 보러 다니는데, 요즘 할아버지는 잠에 빠져 있는 때가 많았다.

버스가 병원 앞에 도착했다.

서둘러 병동으로 들어가 할아버지가 입원한 층으로 향했다.

개가 있는 계절

4월에 용태가 안 좋아진 할아버지는 한 번 위독한 상태에 빠졌지만 회복했다. 그래도 5월에 들어서면서는 다인실에서 개인실로 옮겼다. 요즘에는 대화도 제대로 되지 않고 잘 먹지도 못한다.

그 가게의 붕어빵이라면 조금은 먹을 수 있을까.

들어갈게, 하고 말하고 문을 열자 할아버지의 신음소리가 들렸다.

"왜 그래, 할아버지!"

놀라서 들어가자 간호사 두 명이 머리맡에 서 있었다. 둘 다 카테터와 기구를 들고 있었다.

나이 많은 간호사가 다이스케를 보았다.

"아, 손자니? 미안하구나. 할아버지는 지금 가래를 뽑아내시는 중이야."

할아버지가 고통스러워하며 간호사의 손을 뿌리쳤다.

힘들죠? 하고 간호사가 미안해하며 할아버지에게 말했다.

"나카하라 씨, 많이 아프죠? 미안해요, 조금만 참아요."

보고 있기가 고통스러워 다이스케는 바닥을 보았다. 흡인기에서 커다란 소리가 났다.

"괜찮아, 괜찮아요. 이제 다 끝났어요, 애 많이 썼어요, 나카하라 씨."

"손자가 왔어요."

간호사가 의료기구를 들고 병실을 나갔다.

"할아버지……."

할아버지의 머리맡에 서자 눈꼬리에 눈물이 맺혀 있었다.

괜찮아? 하고 물으려다 다이스케는 입을 다물었다. 물어볼 필요도 없었다. 그리고 할아버지도 대답할 수 있을 것처럼 보이지 않았다.

할아버지가 힘없이 중얼거렸다.

"겐지……."

"외삼촌? 오늘은 올 수 있을까? 모르겠지만……, 왜? 내가 대신 듣고 전해줄게."

할아버지가 고개를 가로젓고 애원하는 눈으로 다이스케를 보았다.

"미사코, 미, 사코."

"엄마도 오늘은 늦을 거랬어. 뭔데? 내가 잘 전달할 테니까 말해봐."

"목……장에."

할아버지의 눈꼬리에 고여 있던 눈물이 방울이 되어 흘러내렸다.

"돌아, 가……."

"돌아가……, 돌아가고 싶어? 목장으로?"

할아버지가 끄덕이고 떨리는 손을 뻗었다.

"돌아가고 싶구나. 알았어, 외삼촌이랑 엄마한테 꼭 그렇게 전할게."

할아버지의 눈물을 티슈로 닦아주자 다시 가녀린 목소리가 들렸다.

"학……, 학교."

"학교? 잘 다니고 있어."

할아버지가 문 쪽을 가리켰다. 빨리 가라고 하고 싶은 듯했다.

"입시학원 말이야? 저번에도 말했잖아. 일요일 반으로 옮겨서 괜찮아. 실기는 주말에 한꺼번에 잔뜩 몰아서 하고 있어."

나카하라 씨, 하고 부르며 병원 직원이 들어왔다.

"기저귀 갈게요. 손자는 잠깐 밖에 나가 있을래?"

다이스케는 허둥지둥 복도로 나왔다.

알고는 있지만 할아버지가 기저귀를 찬다는 걸 듣기 괴롭다.

다이스케는 벽에 기대 고개를 푹 숙였다.

할머니도 타계하기 전까지 이 병원에 입원했었는데, 그 무렵에는 아직 초등학생이라 아무것도 몰랐다.

그때 어른들은 이런 감정을 느끼고 있었던 것이다.

"끝났어요, 들어가봐요."

직원의 말에 다이스케는 고개를 들었다.

"죄송합니다. 감사해요."

고개를 숙이자 푸근한 인상의 직원이 손을 가로저었다.

"아니에요, 고맙긴요. 이게 우리 일인데요. 그보다 할아버지, 다리가 조금 붓기 시작했어요."

"어떻게 하면 돼요? 만져주거나 하면 돼요?"

"가능하면. 우리도 신경 쓸게요."

직원은 따뜻한 목소리로 말하고 카트를 밀며 옆방으로 들어갔다.

병실에 들어가자 다이스케는 할아버지의 이불자락을 걷어보았다. 확실히 발가락이 커져 있고 정강이도 부풀어 있었다.

"할아버지, 다리 좀 만져줄게."

부기를 빼려고 힘을 주어 문지르자 할아버지가 신음했다.

"미안해, 힘이 너무 셌어?"

문지르던 손 밑에서 지우개 찌꺼기 같은 것이 후둑후둑 떨어졌다. 피부가 벗겨진 건지 때인지 몰라 다이스케는 당황했다.

"어떡해, 미안해. 할아버지, 힘을 너무 줬어? 아파?"

머리맡으로 다가가자 할아버지가 고개를 가로저었다. 얼굴이 일그러져 있었다.

"왜 그래? 힘들어? 가래? 큰일 났다, 어떡하지? 간호사. 간호사 부르자."

할아버지가 다이스케의 팔을 잡았다.

"시, 러."

"싫어? 부르지 마?"

할아버지가 끄덕였다.

"하지만 안 부르면 위험한데."

팔을 잡은 할아버지의 힘이 세졌다. 필사적으로 부르지 말라고 애원하고 있었다.

개가 있는 계절

"안 돼, 할아버지. 대체 무슨 소리를 하는 거야."

간호사 호출 버튼을 누르자 간호사가 들어와 곧바로 다시 흡인 준비를 했다.

할아버지가 다이스케를 보고 몇 번이나 고개를 가로저었다.

"할아버지, 금방 끝나."

"나카하라 씨, 미안해요. 조금만 참아요."

할아버지가 간호사의 손을 뿌리치는 것을 보고 다이스케는 무심코 말했다.

"할아버지, 참아!"

할아버지의 신음소리와 함께 기계 소리가 크게 울렸다. 다이스케는 그 소리에 무심코 몸이 떨려 눈을 감았다.

흡인을 마치고 간호사가 나가자 할아버지가 뭐라고 중얼거렸다.

"뭔데? 왜 그래? 물?"

머리맡으로 다가가자 "죽고, 싶어"라는 말이 들렸다.

"그런 말 하지 마!"

버럭 화내는 목소리가 나오는 바람에 "미안해" 하고 다이스케는 중얼거렸다.

할아버지가 눈을 감았다.

다이스케는 어떻게 해야 좋을지 몰라 머리맡에 멀뚱히 서 있었다.

"아이고, 다이스케, 와 있었구나."

병실 문이 열리고 외삼촌이 들어왔다.

"네가 고생이 많구나. 왜 그러니?"

외삼촌의 목소리에 다이스케는 살짝 고개를 가로저었다.

"아무것도 아니야……, 또 올게."

그래, 하고 외삼촌은 파이프 의자를 꺼내 할아버지 머리맡에 앉았다.

다이스케는 도망치듯 병실을 빠져나와 복도에서 숨을 가다듬었다.

시계를 보니 버스 시간은 아직 한참 남아 있었다. 뭐라도 마시고 마음을 진정시키려고 자판기와 소파가 있는 휴게실로 향했다.

엘리베이터 앞에 설치된 휴게실로 가자 젊은 여자가 소파에 앉아 있었다.

시오미 유카다. 학교에서는 묶고 있는 머리를 풀어내리고 혼자 고개를 숙이고 있었다.

그녀의 어머니는 지난달부터 이 층의 개인실에 입원해 있다.

어머니와 같이 할아버지 병문안을 왔을 때 복도에서 그녀와 딱 마주쳤다. 그때 어른들끼리 대화하면서 유카가 말했다.

인기척을 느꼈는지 유카가 고개를 들었다.

"나카하라……."

다이스케는 유카에게 목례를 하고 자판기에서 페트병에 든 차를 샀다. 뚜껑을 돌려 따려고 했지만 잘 열리지 않았다. 손이

개가 있는 계절

떨리고 있었다.

유카가 말없이 손을 내밀었다.

부끄러워서 말투가 거칠어졌다.

"됐어요. 괜찮아요."

"괜찮지 않잖아. 손이 떨리는데."

페트병을 들고 유카가 뚜껑을 열었다. 다이스케는 돌려받은 음료수를 손에 들고 유카에게서 떨어진 소파에 앉았다.

차가운 차를 한 모금 마시자 마음이 점점 가라앉았다.

"선생님도……, 괜찮지 않은 얼굴이에요."

그런가? 하고 말하고, 유카는 자신의 뺨을 만졌다.

간호사가 부르자 유카가 병실 쪽으로 갔다. 하지만 금방 다시 돌아오더니 병실에서 가지고 온 건지 빈 페트병을 쓰레기통에 버렸다.

"나카하라는 누구 기다리는 중이야?"

"버스 시간요……."

"집은 어디야?"

사는 동네를 대자 "데려다줄게" 하고 유카가 말했다.

"괜찮아요. 버스도 금방 오는데."

"수험생은 빨리 돌아가야지. 뒷자리에서 고시로가 자고 있지만 그래도 괜찮으면 데려다줄게."

"고시로가 있어요?"

있어, 하고 말하고 유카는 엘리베이터 버튼을 눌렀다.

바로 문이 열렸다. 먼저 탄 유카가 이쪽을 보았다.

상냥한 눈길에 이끌리듯 엘리베이터 안으로 들어갔다.

보조 가방을 어깨에 고쳐 메자 붕어빵의 달콤한 향기가 났다.

유카의 차는 메르세데스 벤츠의 하얀 스테이션 왜건이다.

유카는 조수석에 가방을 놓더니 뒷좌석 문을 열었다. 운전석 뒤에는 개 이동장이 놓여 있었다.

타, 하고 말하자 다이스케는 고시로의 이동장 옆에 앉았다.

4월 개학식 아침, 새로 부임한 유카가 이 차를 타고 나타났을 때는 놀랐다. 보닛에 우뚝 솟아 있는 세 꼭지 별 엠블럼은 교장의 차보다 위풍당당한 데다, 운전석에 앉은 가녀린 유카는 앞유리에 달라붙어 있는 듯했다.

유카가 천천히 신중하게 주차장에서 도로를 향해 자동차를 몰았다.

처음이야, 하고 중얼거리자 "뭐가?" 하고 묻는 소리가 났다.

"저, 벤츠 처음 타봐요."

"원래는 오빠 차였어. 낡은 데다 크고 왼쪽 핸들이라 무서워. 하지만 어쩔 수 없었어. 이 차가 아니면 엄마를 눕힌 상태로 통원시킬 수 없었거든."

확실히 차 안은 널찍해서 의자를 눕히면 몸집이 작은 사람은 안에서 잠도 잘 수 있을 것 같았다.

유카가 나직하게 말했다.

개가 있는 계절

"이제 모시고 다니지는 않지만."

다이스케는 화제를 바꾸고 싶어서 고시로가 들어 있는 이동장으로 눈을 옮겼다. 털 냄새인지 오래된 걸레 같은 냄새가 흐릿하게 났다.

"고시로는 왜 이래요?"

"저녁에 갑자기 괴로워하더라고. 먹은 걸 다 토했어. 고돌모 학생이 놀라서 이가라시 선생님을 찾아와서……. 오늘 밤에는 내가 맡기로 했어. 수의사인 친구에게 데려갈 거야."

"어디 아픈 걸까요?"

"고시로도 나이가 있으니까. 개는 수명이 짧으니까 언젠가는 먼저 떠나보내야겠지."

빨간 신호에서 차를 멈추자 유카가 라디오를 틀었다.

두 남녀 진행자의 토크가 신나게 울려 퍼졌다.

"라디오 시끄럽니? 음악을 틀어도 되는데 사람 목소리를 들으면 정신을 다른 데로 돌릴 수가 있어서."

"선생님은 평소에 집에서 뭐 들으세요?"

"여러 가지. 가리지 않고 들어."

라디오에서 괜히 슬픈 느낌의 탱고 멜로디가 흘러나왔다.

'당고 3형제'라는 동요다. 쇼와 시대에 유행한 '헤엄쳐라! 붕어빵 군'의 매출 기록을 뛰어넘을지도 모른다고 여성 진행자가 소개했다.

그 이야기에 붕어빵을 사온 것이 떠올랐다.

"선생님, 붕어빵 드실래요?"

지금? 하고 유카가 부드럽게 물었다.

"이토상점에서 붕어빵을 사왔었거든요. 할아버지가 좋아하셔서요."

"할아버지께 안 드려도 괜찮았어?"

"그럴 상황이 아니었어요."

이동장 안에서 고시로가 움직이는 기척이 났다. 지금까지 맡아본 적 없는 특이한 냄새가 다시 피어올랐다.

"선생님, 고시로는……, 상태가 좋아져도, 다시는 기운차게 뛰어다니거나 하진 못하겠죠?"

그렇겠지, 하고 유카는 대답하고 라디오 음량을 낮췄다.

"내가 고등학생이었을 때 들은 말을 요즘 새삼 곱씹고 있어. 처음 하치고에서 고시로를 키우기로 했을 때 당시의 교장 선생님이 이렇게 말씀하셨든. 생명을 돌보는 게 어떤 뜻인지 직접 겪으면서 고민해보라고. 생명을 돌본다. 무거운 말이야."

할아버지의 눈물이 마음속에 떠올랐다.

외삼촌은 할아버지의 애원을 어떻게 들을까.

"저희…… 할아버지가 가래 흡인하는 걸 싫어해요. 고통스럽겠죠. 거부하면서 몇 번이고 필사적으로 저한테 애원하셨어요. 하지만 저는 아무것도 할 수 없었어요. 안 하면 돌아가시니까요. 하지만 할아버지는 괴로워하셨어요. 울고 있었어요……. 어떻게 해야 좋을까요?"

"공부는…… 잘하고 있니?"

"왜 지금 그런 말을 하세요?"

유카가 정신이 든 것처럼 "미안해" 하고 말했다.

"미안해. 방금은 머리가 너무 멍해서……, 반사적으로 튀어나왔어."

유카가 한숨을 내쉬었다.

"정말로 미안해. 네 이야기에 중간부터 엄마 생각을 했어."

똑같아, 하고 유카가 중얼거리는 소리가 들렸다.

"나도 똑같아. 우린 정말 아무것도 할 수가 없구나……. 우리 엄마는 이미 입으로 밥을 먹을 수가 없어서, 위루라고 하는데, 그걸로 위에 직접 영양을 공급하고 있어. 하지만 정말로 그걸 바라셨을까? 오히려 고통스러운 상태를 연장시키고 있을 뿐이 아닌가 하는 생각이 들어. 오빠는 그렇게 하면 된다고 해. 하지만 병원에는 전혀 안 와, 바쁘다면서. 너처럼 독신이 아니라서 시간을 자유롭게 쓸 수가 없다고."

유카는 쌓아두었던 마음을 토해내듯이 말하고 한숨을 내쉬었다.

"미안해. 학생한테 푸념을 했네."

"선생님은 왜 혼자 사세요?"

"그런 건 왜 묻니?"

빨간 신호에서 조금 거칠게 차를 세우고 유카가 고개를 숙였다. 다이스케는 뒷자리에서 몸을 내밀고 사과했다.

"죄송해요, 선생님, 무심코……. 그냥, 선생님 정도면 남편 후보로 줄 설 사람이 얼마든지 있을 텐데 싶어서요."

신호가 파란색으로 바뀌었다. 유카가 이번에는 신중하게 차를 움직였다.

조용한 차 안에 여성 진행자의 목소리가 흘렀다.

이번에는 우타다 히카루의 'First Love'를 소개하고 있었다. 이 노래는 타키자와 히데아키가 연기한 고등학생이 교사와 금단의 사랑에 빠지는 드라마의 주제가다.

교사 역할은 마츠시마 나나코로, 이 사람은 요즘 '예쁜 누나, 좋아하세요?'라는 카피 문구가 있는 광고에 나온다.

자동차는 욧카이치 시가지로 접어들었다. 네온사인 불빛이 차 안으로 흘러들어왔다.

룸미러에 유카의 눈동자가 비쳤다. 옛날과 변함없이 아름다운 눈이지만, 그 무렵보다 슬퍼 보이고 근심이 가득했다.

"선생님은 기억하지 못하시겠지만, 저는 어릴 때 선생님을 만난 적이 있어요. 시오미 빵 공방 근처에서요. 넘어져서 울고 있었는데 선생님이 나와서 무릎을 소독해줬어요."

유카가 무언가를 떠올린 듯한 목소리를 냈다.

"혹시 자전거 타다 넘어진? 올림픽 무렵에, 서울 올림픽 하고 있었을 때 말이야."

"그건 기억 안 나요. 아직 일곱 살이었거든요."

11년 전이구나, 하고 유카가 그리운 듯이 말했다.

개가 있는 계절

"기억나. 라디오 들으면서 가게 보고 있었는데 손님이 없어서 포스터를 그리는 중이었어. 그 그림을 보고 '강아지야?' 하고 말해줘서 기뻤지."

앗, 하고 이번에는 다이스케가 놀란 소리를 냈다. 확실히 그런 말을 한 기억이 있었다.

"뭔가 이상한 그림이 있었어요. 계산대 근처에."

"이상한 그림? 뭐야, 그렇게 생각했었어? 얼마나 기뻤는데."

"강아지인지 고양이인지 생쥐인지 모르겠어서 물어봤던 것 같은데……."

"미대 지망하는 사람들 눈은 엄격하구나."

룸미러에 비친 눈동자가 그리움에 젖은 색채를 띠었다.

"그건 고시로가 마침 하치고에 왔을 때였어. 아직 작았지. 키워줄 가족을 찾는 포스터였어."

"그때부터 학교에 있었어요?"

고시로의 이동장 문을 가만히 쓰다듬어보았다. 잠들었는지 아무런 반응이 없었다.

그 당시에는 개를 키우고 싶어서 참을 수가 없었다. 아버지는 키워도 된다고 했지만 어머니는 허락해주지 않았다.

부모님이 헤어지기로 했을 때, 어째서인지 자기가 개를 키우고 싶다고 떼를 썼기 때문이라는 생각이 들어 견딜 수 없었다. 지금 생각하면 어른들이 그런 이유로 이혼할 리는 없는데 말이다.

"그 작은 꼬마가 너였구나……."

유카가 웃으며 가볍게 눈가를 닦았다.

"많이 컸네. 키도 나보다 훨씬 크고. 그 가게랑 집도 지금은 다른 사람 손에 넘어가서 없어."

"그 뒤로 이사해서 그건 몰랐어요."

"지금은 공터가 됐어. 그런데 집은 어디쯤이야?"

조금 더 이야기하고 싶어서 일부러 멀리 둘러가는 길을 가르쳐주었다.

길이 좁아져서인지 유카가 차의 속도를 낮췄다.

아까는 미안했어, 하는 목소리가 들렸다.

"엄마 일로 머리가 복잡하기도 했지만, 내가 고등학교 다닐 때 너처럼 미대를 지망하는 사람이 있었어. 그 사람도 할아버지가 입원했었거든. 그래서 그 사람이랑 겹쳐 보여서 수험 공부도 걱정이 됐어."

"혹시 고시로라는 사람이에요? 고시로 일지에 강아지 그림을 그린 사람이요."

"맞아, 하야세. 하야세 고시로."

"알아요. 이가라시 선생님이 말씀하셨어요. 하치고 역대 미대 지망자 중에서 그림을 가장 잘 그렸던 학생 이름을 따서 고시로의 이름을 지었다고요."

그런데도 그는 지망 대학에 합격하지 못했다. 그 이야기를 하면서 이가라시는 수험은 예상하기 힘들다고 했다.

자신도 하야세와 같은 대학을 목표하지만 지금 상태로는 현역 합격은 어렵다.

"그렇구나……. 하야세는 역시 재능이 뛰어난 사람이었구나."

집이 가까워졌다. 어머니가 아직 퇴근하지 않아서 집은 여전히 캄캄했다.

다이스케는 아파트 앞에서 세워달라고 하고 차문 손잡이를 잡았다.

"선생님, 저도 아까 이상한 말을 해서 죄송해요."

"잊고 있었는데."

유카가 웃더니 손을 내밀었다.

"붕어빵 먹을래."

자요, 하고 종이봉투를 내밀자 유카는 "하나면 돼" 하고 말했다.

"너도 먹어."

다이스케는 봉투에서 하나를 집고 차에서 내렸다.

유카의 차가 모퉁이를 돌아갔다. 그것을 지켜본 뒤 붕어빵을 베어 물었다.

촉촉하고 부드러운 단맛은 할아버지와 함께 먹었던 옛날 그때와 변함이 없었다.

7월 중반이 지났지만 장마는 아직 끝나지 않고 비가 계속해서 내렸다. 일기예보를 보자니, 아무래도 여름방학에 들어갈 무렵에 장마가 끝난다는 선언이 나온다는 것 같다.

고돌모 부실에서 다이스케가 일지를 쓰고 있는데, 2학년 남학생이 고시로의 털을 빗겨주었다.

다이스케는 그 후배가 유카의 본가가 있었던 지역에서 온 것을 떠올리고 시오미 빵 공방의 이야기를 넌지시 물어보았다.

후배는 브러시에 낀 털을 빼며 가볍게 대답했다.

"아아, 시오미 빵 공방요? 지금은 망했는데요, 그 빵집이 영어 시오밍네 본가였어요."

일부 학생이 유카를 아이돌처럼 시오밍이라고 부르는 것은 알고 있었다. 하지만 실제로 들으니 묘하게 불쾌해서 다이스케는 퉁명스럽게 대답했다.

"알아. 옛날에 그 근처에 살았었거든."

아, 하고 후배가 흥미가 생긴 듯이 물었다.

"몇 살 정도였어요?"

"일곱 살인가? 그 집 빵 맛있었는데 왜 망했나 싶어서."

"잘은 모르지만 거품경제 시절에 시오밍의 오빠가 카페 바니 주점이니 온갖 장사에 손을 댔다가 망했대요. 시오밍도 약혼했었는데 오빠네 빚 때문에 파혼당했다고……."

"그래? 나는 다르게 들었는데."

부실 한쪽에서 만화책을 읽고 있던 옆반 호시노 다이스케가 이야기에 끼어들었다.

자기 학년 전후로는 어째서인지 '다이스케'라는 이름이 많다. 어머니 말로는 태어났을 때 고교 야구에서 아라키 다이스케라는 선수가 대활약하면서 '다이스케 붐'이라는 것이 일어난 영향인 듯했다.

"다른 이야기라니, 뭔데요?"

후배의 물음에 호시노가 머리를 긁었다.

"시오미 선생님은 나고야에서 일하는 남자랑 약혼했는데 그 녀석이 도쿄로 갔나 해외 부임했나 해서 파국에 이르렀다고. 우리 친척이 예전에 일했었어. 빵집 말고 오빠 부부가 하는 주점에서. 그 사람들 입이 가볍거든."

고시로가 낮은 소리로 작게 신음했다.

"왜 그래, 고시로? 어디 아파? 가려워?"

후배의 목소리에 고시로가 다시 신음했다. 평소에는 얌전한데 별일이다.

다이스케는 고시로의 곁으로 가서 양손으로 얼굴을 끼우듯이 잡았다. 기분 탓인지 눈이 화난 것 같았다.

"음……, 너, 괜한 헛소문 좀 퍼뜨리지 말라고 하고 싶은 얼굴이구나."

"그럴 리가 있겠어요? 가렵든지 아프든지 둘 중 하나예요."

아니, 하고 말하며 호시노가 다이스케의 옆으로 왔다.

"사실은 나도 가끔 생각해. 고시로는 가끔 우리가 무슨 이야기를 하는지 아는 것 같은 표정을 짓는다니까."

후배가 고시로의 목에 빗을 댔다.

"저는 잘 모르겠던데요. 하지만 만약 그렇다면 어떤 식으로 말할까요? 이미 영감님이니까 〈사자에 씨〉에 나오는 나미헤이*

처럼 말할까요?"

"'욘석아, 나는 그런 식으로 말하지 않아.'"

호시노가 나미헤이의 목소리를 흉내 내고 고시로의 얼굴을
양손 사이에 끼우고 흔들었다.

"너는 훨씬 더 귀엽게 말하지? 강아지 때 그림 보면 진짜 귀
엽잖아. 그, '전설의 사나이 고시로'가 그린 거……, 이렇게 말하
니까 어쩐지 〈북두의 권〉 같지 않냐?"

"그 고시로라는 사람은 키가 아주 크고 잘생긴 데다 장발이
었대요."

"장발이면 나카하라 정도?"

호시노가 머리를 만지자 다이스케는 "만지지 마" 하고 가볍
게 손을 뿌리쳤다.

두 사람이 재방송으로 봤다는 '세기말 구세주 전설'이라는 부
제의 애니메이션 〈북두의 권〉 이야기를 시작했다. 다이스케는
대화에 끼지 않고 일어섰다. 그대로 서가로 가서 고돌모 초대
일지를 꺼냈다.

헤이세이 원년부터 시작되는 이 일지의 첫 장에 그 '전설의
사나이'가 강아지 고시로를 그려두었다.

확실히 귀엽고 잘 그렸다. 하지만 미술교사 이가라시가 역대

---

* 4컷 신문 만화이자 동명의 애니메이션 〈사자에 씨〉에 나오는 사자에 남매의 아
  버지 이소노 나미헤이.

개가 있는 계절

미대 지망자 중에서 으뜸이었다고 칭찬할 정도로 대단하다는 생각은 들지 않았다.

반쯤 질투를 담아 힘껏 일지를 닫았다. 힘이 남아돌아 바닥에 떨어지면서 일지 커버가 벗겨졌다.

인조가죽으로 된 검은 커버 밑에서 종이로 된 표지가 드러났다. 다시 끼우려고 커버를 완전히 벗기자 한쪽 표지에 그려진 그림이 보였다.

더플코트를 입은 긴 머리 소녀가 웃고 있었다. 보는 사람도 절로 미소가 나올 만큼 밝고 행복하게 웃고 있었다.

시오미 유카다. 어릴 때 넋을 잃고 보았던 모습 그대로였다.

발치에는 작고 하얀 개가 있었다. 강아지 시절의 고시로다. 그림 밑의 사인으로 하야세 고시로의 작품이라는 걸 알았다.

"이게 뭐야……, 세상에."

그 그림의 사랑스러움은 기억 속의 유카를 덮어쓰기 할 정도로 선명하고 강렬했다. 다이스케는 심장을 움켜잡힌 것처럼 꼼짝도 못하고 서 있었다.

무릎 뒤에 무언가가 닿았다. 돌아보자 고시로가 몸을 비비고 있었다.

"왜? 너도 이 그림 보고 싶어? 아니지……, 빗질 계속 해줬으면 좋겠어?"

호시노와 후배의 대화는 〈북두의 권〉에서 〈드래곤볼〉로 옮겨갔고, 이번에는 10월부터 시작된다는 애니메이션 〈원피스〉로 불타올랐다.

후배 대신 고시로의 털을 정돈해주며 다이스케는 소녀 시절의 유카 그림을 다시 떠올렸다.

자신이 지망하는 대학은 그런 사람도 떨어지는 곳이구나.

고돌모 부실에서 하야세가 제대로 그린 그림을 본 뒤로 생각처럼 그림을 그릴 수가 없었다.

다이스케는 하기 강습이 시작된 8월 토요일, 나고야 시영 지하철 지쿠사역을 나와 히로코지길의 긴 육교를 건넜다.

흐릿한 하늘 아래, 비슷한 나이대의 남녀가 묵묵히 같은 방향으로 걸어갔다.

지쿠사역과 가와이학원 지쿠사지점을 잇는 이 육교는 빅토리 브리지라고 불린다. 매일 수많은 학생들이 지나는 탓에 어쩐지 끝이 움푹 들어간 것처럼 느껴지는 다리다.

다리를 다 건너면 사람들 대부분은 왼쪽으로 돌아 학원 건물로 빨려 들어갔다. 몇 미터 끝에 똑바로 걸어가는 학생이 딱 한 명 있는데, 그는 자신과 같은 미대 지망자다. 통로 끝에는 가와이학원 미술연구소의 아틀리에가 있다.

그림 재료인 오일 냄새가 나는 엘리베이터에 타자 마음이 긴장되었다. 그 기세로 오늘도 오로지 과제에 집중했다.

그러나 처음에는 몰입할 수 있었지만 한숨 돌리고 주위를 둘러보자 주변의 모두가 자신보다 잘 그리는 것처럼 보였다. 지난

개가 있는 계절

며칠 동안 줄곧 이런 패턴에 빠졌다.

마음을 진정시키려고 했지만 손을 움직이면 움직일수록 완성도는 떨어졌다. 강사의 평가는 생각 이상으로 신랄해서 그 자리에서 달아나고 싶었다.

유카를 그린 그 그림에 저주라도 걸려 있었던 걸까.

노스트라다무스가 예언한 위험한 7월은 지구 차원에서는 무사히 넘어갔다. 하지만 개인적으로, 하야세의 그림은 세상의 종언을 이끄는 공포의 대왕급 충격을 주었다.

무엇보다 노스트라다무스의 예언은 옛날의 것이다. 어쩌면 한두 달의 시차가 있을지도 모른다. 그렇다면 세기말의 위기가 도래하는 때는 이번 달이다.

차라리 이런 세상 따위 화려하게 끝나버렸으면 좋겠다.

다이스케는 짜증을 안고 학원을 나왔다.

지하철 지쿠사역에서 나고야역으로 향하며, 긴테쓰 나고야선 좌석에 쓰러지듯이 털썩 앉았다.

전철이 지하에서 지상으로 나오자 밖에는 비가 내리고 있었다. 그 빗소리를 듣고 있는 사이 짜증은 불안으로 바뀌어갔다.

요즘 들어 계속, 실력이 나아지지 않는다. 그런데도 주변 사람들은 엄청난 기세로 실력을 키워갔다. 그 결과, 회를 거듭할수록 강평 순위가 떨어졌고, 자신은 까마득한 아래에 남겨졌다.

무엇이 문제일까? 어떻게 하면 좋을까? 지망 학교를 바꾸는 게 나을까? 애당초 미대에 진학해서 밝은 미래가 있을까? 그림으로 먹고살 수 있는 사람은 분명 아주 극소수에 불과하다.

물론 이제 와서 이런 걸로 고민하는 시점에서 이미 다른 수험생에게 졌다고 할 수 있다.

그 하야세라는 사람은 이런 약해빠진 고민은 하지 않았을 것이다.

어금니를 깨물고 있는 사이에 30여 분이 지나고 전철은 욧카이치역에 도착했다. 갈아타기 위해 긴테쓰 우쓰베선 플랫폼으로 향하는데 어머니에게서 전화가 왔다.

할아버지가 위독하다고 한다. 택시를 타고 병원으로 오라고 했다.

비가 억수같이 쏟아지는 가운데 서둘러 병원으로 달려가자, 병실에는 이미 목장을 물려받은 외삼촌 부부와 어머니가 와 있었다.

"늦어서 미안해, 할아버지는?"

"어, 다이스케, 왔니?"

할아버지의 머리맡에 앉아 있던 외삼촌이 가볍게 손을 흔들었다.

"할아버지는 다시 괜찮아졌어. 전화해야겠다고 생각은 했는데, 미안하다. 정신이 없어서."

"아뇨, 괜찮아요. 회복하셨으면 됐어요…….."

화구가 든 커다란 가방을 바닥에 내려놓자 외숙모가 "가방이 크기도 하네" 하고 말했다. 어쩐지 가시가 있는 말투였다.

"다이스케는 학원에서 돌아오는 길이니? 밥은 먹었고?"

"아뇨, 아직……, 무슨 일 있어요?"

"뭐, 그렇지."

외삼촌이 말을 흐려서 침대 발치 부근에 있는 외숙모와 어머니를 보았다.

짧은 머리를 뽀글뽀글하게 파마한 외숙모는 입을 굳게 다물고 한곳만 물끄러미 보고 있었다. 어머니는 그 옆에서 벽에 기대어 서 있었다. 외숙모 옆에 의자가 하나 있는데 일부러 앉지 않는 것이다.

다이스케는 접이식 의자를 펼치며 어머니에게 말했다.

"엄마, 왜 그래? 앉아. 왜 서 있어?"

어머니는 대답하지 않고 앉지도 않았다.

오빠, 하고 부르더니 어머니가 머리를 쓸어 올렸다.

"오빠는 그걸로 괜찮아? 너무 몰인정하지 않아?"

"미사코. 다이스케도 권하잖아. 일단 앉아."

"왜 그래? 무슨 상황인지 도저히 모르겠는데."

할아버지의 위에 튜브로 영양을 공급할지 말지로 의견이 나뉘었다고 외삼촌이 대답했다. 유카가 말했던 '위루'라는 의료 행위다.

외삼촌 부부는 자연스러운 상태를 바라고, 어머니는 위루를 원했다.

어머니가 목소리를 짜내듯이 말했다.

"아빠는, 몇 번이나 다시 괜찮아졌잖아. 지금 살려고 필사적 이라고."

그럴지도 모르지만, 하고 말하고 외삼촌이 누워 있는 할아버 지를 보았다.

"하지만 이 이상의 치료는 오히려 몸에 부담을 준다고 의사 도 말하잖아."

"그래도 아빠는 다이스케가 커가는 모습을 더 보고 싶으실 거야."

다이스케는 침대에 다가가 할아버지의 모습을 보았다. 할아 버지는 꼼짝도 하지 않고 눈을 감고 있었다.

뺨이 움푹 꺼진 할아버지의 얼굴을 보고 있으니 가래 흡인이 괴로워 눈물이 맺혔던 얼굴이 떠올랐다.

몇 초의 흡인에도 그토록 괴로워하는데 위에 구멍을 뚫는 것 을 할아버지가 원할까.

다이스케는 머리맡에서 떨어져 목소리를 낮추었다.

"엄마……, 할아버지는 가래 흡인도 무척 괴로워하셨어. 비명 을……, 지르셨어. 이 이상 고통을 계속 주는 건……."

외숙모가 잘게 끄덕였다. 그것을 본 어머니가 작은 소리로 말 했다.

"다이스케, 먼저 집에 가."

"오라고 했다가 가라고 했다가, 뭐야? 위루보다, 그 전에 한 번 할아버지를 집으로 모시고 가자. 할아버지는 줄곧 집으로 돌아가고 싶어 하셨어. 목장이 보고 싶으시대."

외삼촌이 한숨을 내쉬었다.

"그건 좀 어렵구나, 다이스케."

"다이스케, 이야기가 복잡해지니까 넌 좀 가만히 있어."

"나도 의견 좀 내면 어때서? 아쉬울 때만 어른 취급하고 이럴 때만 애 취급하는 건 이상하지 않아?"

"그래, 이상하지."

맞은편 벽만 가만히 보고 있던 외숙모가 갑자기 끼어들었다.

"아가씨는 이상해. 언제나 중요한 순간에는 코빼기도 내비치질 않아. 일이 바쁘다고 하는데 누군 안 바쁜가? 우리도 소를 돌보면서 짬 내서 오는 건데 왜 친딸인 아가씨는 늘 안 와? 전에 위독하셨을 때도 안 나타났잖아."

"그때는 다시 괜찮아졌다고 오빠랑 다이스케가 전화해줬으니까 그랬죠."

할아버지는 일주일 전 저녁에도 위독한 상태에 빠졌었다. 다이스케가 도착했을 때 외삼촌 부부는 이미 병원에 있었지만 어머니는 출장으로 오사카에 가 있어서 병원에 오지 못했다.

외숙모의 모진 말투에 어머니가 불쌍해져 다이스케는 황급히 덧붙였다.

"외숙모, 그건 좀……. 엄마는 그때 오사카에 있었으니까 바로 올 수 없었어. 대신 내가 왔었잖아."

외숙모가 날카로운 눈으로 보았다.

"그야 네가 누구보다 먼저 오는 게 당연하지. 남자라는 이유로 할아버지가 널 가장 예뻐하셨으니까. 입시학원 다니는 돈도 할아버지가 내주셨잖아? 우리 애한테는 그런 적 단 한 번도 없었는데."

그건 아니죠, 하고 어머니가 지체 없이 맞받아쳤다.

"지카 성인식 때 후리소데 기모노 샀잖아요. 취직했을 때는 차도 샀고. 결혼할 때도 할아버지가 대준 돈으로 그렇게 호화로운 식을 올려놓고. 출산했을 때도 그래요. 우리 애는 아직 그런 거 하나도 못 받았다고요. 고작 입시학원 정도로 왜 그래요? 대단한 건수라도 잡은 것처럼 말하지 마세요."

"다이스케의 입시학원 비용은 고1 때부터 대주고 있으니 기모노라면 두세 벌? 자동차는 경차라면 몇 대나 살 수 있잖아요. 그뿐이야? 지카가 입학할 때는 책가방 하나만 달랑 샀는데 다이스케는 남자라며 책상까지 샀잖아! 무슨 일이 있을 때마다 아버지는 아가씨네가 한 부모 가정이라 도와줘야 한다고 했지만, 막상 이렇게 되니까 하나부터 열까지 다 우리한테만 떠넘기잖아."

외삼촌이 나직하게 말했다.

"둘 다 그만해."

벽에 기대 있던 어머니가 외숙모를 똑바로 보고 섰다.

"올케 언니, 그렇게 말하니까 나도 한마디 할게요. 아빠 목장이랑 집은 어떻게 할 거예요? 나는 내 상속분은 포기하려고 했어요. 안 그러면 목장을 팔아서 현금화하는 수밖에 없으니까. 나도 하고 싶은 말이 얼마나 많은지 알아요?"

"그만해. 아버지가 듣고 계시잖아. 미사코, 흥분하지 말고 앉아, 응?"

외삼촌이 일어나 두 사람 사이에 끼어들었다. 평소 쾌활하던 외삼촌이 괴로워하는 모습을 보고 다이스케도 어머니를 말렸다.

"엄마, 그만해. 이런 곳에서 싸우지 마. 싸우려면 다른 곳에서 싸워."

"애, 다이스케."

흥분한 외숙모가 일어났다.

"이런 얘기를 할 수 있는 곳이 개인실이야. 이런 대화를 휴게실에서 할 수 있겠니? 너희 엄마는 우리 집에는 오지도 않는데."

"다이스케, 너 먼저 집에 가 있어. 언니, 애한테 화풀이하지 말아요."

외삼촌이 일어나 바지 뒷주머니에서 지갑을 꺼냈다.

"다이스케, 미안하지만 지금은 자리 좀 비켜줄래? 받아라."

외삼촌이 지갑에서 5천 엔짜리 지폐를 꺼냈다.

"전화해서 택시 불러. 번호는 공중전화 어딘가에 붙어 있으니까. 돈이 남으면 그걸로 뭔가 사먹고. 택시 영수증은 받아놔라."

"버스로 가면 되니까 괜찮아."

"오빠, 됐어. 다이스케, 돌려줘."

"괜찮으니까 받아, 다이스케."

외삼촌이 호주머니에 지폐를 찔러 넣었다. 돌려주려고 했지만 빨리 나가달라고 부탁하는 듯한 외삼촌의 얼굴에 다이스케는 병실을 나왔다.

이런 이야기를 들은 뒤에 남의 돈을 쓰고 싶지는 않았다. 버스를 타려고 생각하며 엘리베이터로 향하자 휴게실에 등을 웅크린 여자가 앉아 있었다.

유카였다. 등에 드리워진 긴 머리카락이 살짝 흔들렸다.

우는 것 같았다.

못 본 척하고 지나가 엘리베이터 앞에 서자 등 뒤에서 남자의 커다란 목소리가 들렸다.

"유카, 우리 먼저 간다."

볕에 잘 그을린 남자와 피가 고인 물집 같은 검붉은 손톱을 한 여자가 옆에 섰다. 악어가죽 파우치를 옆구리에 낀 남자는 우람했지만 태닝머신과 헬스클럽에서 만든 것 같은 몸이었다.

유카는 인사도 하지 않고 입을 다물고 있었다.

엘리베이터 문이 열리고 두 사람이 탔다.

"아, 괜찮아요, 먼저 가세요."

다이스케는 유카의 가족을 먼저 보내고 휴게실로 돌아왔다.

손수건을 건네고 싶었지만 데생할 때 쓴 목탄 얼룩이 묻어 있다. 하는 수 없이 나고야역에서 대출 홍보용으로 나눠준 휴대용 티슈를 내밀었다.

유카가 천천히 고개를 들고 다이스케를 보았다.

머리를 내린 모습에 소녀 시절의 모습이 겹쳐 안타까웠다.

"선생님, 저기……, 혹시?"

돌아가셨느냐는 말을 차마 하지 못하자 유카가 짐작하고 "아니야" 하고 대답했다.

"그냥…… 여러 일이 좀 있었어."

유카는 휴대용 티슈를 두 장 꺼내 얼굴을 닦았다.

"고마워. 꼴사나운 모습 보여서 미안해……."

다이스케는 말없이 고개를 가로젓고 휴게실을 나왔다.

바로 올라온 엘리베이터를 타고 버스 정류소로 향했다.

그런데 토요일 밤이라서인지 버스 대수가 적었다. 다음에 오는 버스는 한 시간 반 뒤였다.

택시를 타기로 마음을 바꾸고 매점 옆에 있는 공중전화로 향했다.

외삼촌이 말했던 택시 회사 연락처는 공중전화 위쪽 벽에 붙어 있었다. 다이스케는 PHS를 들고 그 번호를 쳐다보았다.

택시 회사의 번호 밑에 장의사 전화번호가 몇 군데 줄지어 있었다.

멍하니 그 번호를 보고 있는데 여자 목소리가 들렸다.

"나카하라……."

온화한 유카의 목소리에 다이스케는 장의사 번호에서 눈을 뗐다.

붙어 있는 종이를 본 유카의 얼굴이 어두워졌다.

"택시 타려고? 오늘은 비가 오니까 좀처럼 안 잡힐 거야."

유카가 입구 쪽을 보았다. 빗줄기는 잦아들었지만 아직 그치지는 않았다.

"괜찮으면 데려다줄게."

"아니에요, 괜찮아요."

괜찮다고 말하는 목소리가 살짝 떨렸다.

유카가 등을 가만히 토닥였다.

"괜찮으니까 가자. 음료수라도 사서."

음료수 같은 건 필요 없다. 다만 그 목소리의 다정함에 끄덕였다.

유카가 꽃무늬 우산을 펼치고 빗속으로 걸음을 옮겼다. 다이스케는 그 등이 번져 보여 안경을 벗고 눈가를 닦았다.

비가 와서 다행이었다.

이런 빗속에서라면 울어도 많이 표시가 나진 않는다.

유카의 자동차 뒷좌석에는 오늘도 고시로의 이동장이 있었다.

고시로가 토한 뒤로 주말이 되면 유카는 고시로를 집으로 데려간다. 오늘은 수의사에게 진찰 받고 돌아가는 길이라고 했다.

뒷좌석 문을 열고 짐을 정리하려던 유카가 손을 멈췄다.

"미안해. 오늘은 짐이 너무 많네. 조수석에 탈래?"

눈물은 닦았지만 어쩐지 부끄러워 다이스케는 말없이 끄덕였다. 아주 조금 울었을 뿐인데 너무 피곤했다. 아마 유카도 그럴 것이다.

차는 천천히 주차장에서 도로로 나갔다. 유카의 운전은 언제나 신중하다.

다이스케는 페트병에 든 차를 마시며 창밖을 보았다.

빗줄기는 완전히 약해져 조금만 더 있으면 그칠 것 같았다.

새카만 어둠 속에 주택가 불빛이 드문드문 켜져 있었다.

차창 밖에 펼쳐진 어둠에서 유카에게로 눈길을 옮기자 담담한 모습으로 차를 운전하고 있었다.

다이스케는 페트병 뚜껑을 닫고 무릎에 내려놓았다.

울고 있는 유카를 지나치지 못하고 돌아온 탓에 동요하는 모습을 들키고 말았다. 그런 데다 집으로 데려다주고 음료수까지 사주었다.

이래서는 마치 어린 꼬맹이 같다.

나카하라, 하고 차분한 목소리가 들렸다.

"내 차도 따줘. 그리고 거기 있는 홀더 써도 돼."

다이스케는 무릎 위에 내려둔 페트병을 드링크홀더에 넣은 뒤 유카의 음료수 뚜껑을 열어 건넸다.

재스민차를 마시고 유카가 작은 소리로 말했다.

"그 공중전화……, 나도 처음 봤을 때는 동요했어. 무심코 잊기 쉽지만 병원은 원래 그런 곳이지. 삶과 죽음이 혼재하는 곳이야."

"알고는 있지만…… 어쩐지……."

할아버지가 다음에 그곳에서 나올 때는 돌아가셨을 때다. 그렇게 생각하면 견디기 힘들었다. 그렇다면 짧은 시간이라도 괜찮으니 할아버지를 한번 집에 데려가주고 싶었다.

자동차를 운전할 수 있으면 커다란 차를 빌려 할아버지를 태우고 아주 조금이라도 좋으니 목장의 공기를 마시게 해줄 수 있는데.

"그냥…… 저는…… 빨리 어른이 되고 싶어요."

"그래? 나는 어릴 때로 돌아가고 싶어. 고등학교 무렵이면 좋겠다."

유카가 가느다란 손가락을 뻗어 라디오를 켰다.

여자 진행자가 1990년대 히트곡 차트를 소개하고 있었다.

쳄발로의 인상 깊은 전주에 이어 여가수의 노랫소리가 흘러나왔다.

드림스 컴 트루의 'LOVE LOVE LOVE'다. 1995년 오리콘 차트 연간 랭킹 1위였다고 한다.

옛날 생각나네, 하고 유카가 중얼거렸다.

"이 무렵에는 구와나시에 있는 고등학교에서 일했었어. '사랑한다고 말해줘'였나? 토요카와 에츠시랑 토키와 타카코가 나오는 드라마를 보는 게 낙이었지."

"선생님도 드라마 보시는군요. 그것도 멜로를."

"선생님도 드라마도 보고 연애도 해."

뒷자리에서 고시로가 하품을 했다. 라디오에서는 보컬이 '사랑을 외치다'라는 뜻의 가사를 노래하고 있었다.

그 말에, 고시로 일지 커버 밑에 숨겨놓듯 그려져 있던 유카의 그림이 떠올랐다.

"선생님은 혹시 고등학교 때 인간 고시로랑 사귀었다든가……, 하지 않았어요?"

"이상한 걸 묻는구나."

당황하는 말투에 바로 "죄송해요" 하고 사과가 튀어나왔다.

"뭐랄까……, 학교에 있을 때처럼 머리를 묶고 있으면 선생님이라는 생각이 드는데 지금처럼 풀고 있으면 시오미 빵 공방 누나라는 인상이 더 강해서요."

"넌 빵집 누나한테 그런 걸 물어보니?"

"그럼요. 인생 선배잖아요."

정확히 말하면 인생 선배가 아니라 첫사랑 상대. 예쁜 빵집 누나다.

"인생 선배라. 뭐, 그래. 그런 이야기라도 하면 정신을 다른 데 돌릴 수 있으니까. 하야세는, 그 시절 하치고 여학생이라면 누구나 동경했어. 멋있었거든."

"키가 엄청 크고 우락부락하고 장발이었다고 하던데요?"

"그거, 누구 얘기야? 하나도 안 맞잖아."

"그래요? 하치고에 떠도는 세기말 고시로 전설이에요."

세기말 고시로 전설, 이라고 되풀이하더니 유카가 웃었다.

"이야기가 엄청나게 커졌네. 하야세는 굳이 말하자면 너랑 분위기가 비슷해. 여자들이 몰래 뒤에서 좋아하는 부분도. 너는 그림을 그릴 때 안경을 벗잖아? 여자애들이 다 그 모습에 두근두근한대."

그런 이야기는 들은 적이 없었으므로 다이스케는 고개를 갸웃거렸다.

"그런 부분에 왜요?"

"진지하게 임한다는 느낌이 나서가 아닐까? 안경은 이성과 깊이 접촉할 때도 벗으니까."

깊이 접촉한다는 게 어떤 상황인지 생각하다 다이스케는 한 손으로 입가를 막았다.

"그게 뭐예요. 키스라든가? 아니면 그 이상의 일이라든가? 안경 좀 벗었다고 그런 망상까지 해요? 여자는 야하네."

"나는 수업 중에 나카하라가 안경을 벗으면 아, 노트에 그림을 그리고 있구나 하고 생각해. 그래도 수업에는 좀 집중하렴. 그 안경은 도수 없는 거야?"

"맞아요. 안경이 없으면 안정이 안 돼요. 얼굴이 좀 여자애 같아서요."

"그건 이목구비가 잘생겼다는 뜻이니까 숨기지 않아도 되는데. 확실히 옛날에 우리 집 앞에서 울고 있었을 때도 귀여웠지……."

아아, 하고 유카가 작게 소리를 질렀다.

"맞다……, 아마 나도 그때 순간 여자앤 줄 알았지."

"선생님, 무심하게 남이 신경 쓰는 부분을 찌르시네요."

너야말로, 하고 장난스러운 목소리가 들렸다.

"한 번도 아니고 두 번이나 미대 입시를 준비하는 사람한테 그 그림을 들켰다니. 하야세는 그 그림을 보고 말문을 잃었어. 끔찍한 것을 봤다는 표정이었지. 차라리 비웃는 게 훨씬 나았을 텐데."

"선생님은 정말로 그림에 재능이 없나 봐요."

그런가 봐, 하고 유카가 부끄러운 듯이 웃었다. 그 미소에 마음이 갑자기 가벼워졌다.

라디오 진행자가 1997년의 밀리언셀러 곡을 소개했다. 이번에는 피아노 전주가 흘러나왔다. 글레이의 'HOWEVER'다.

다이스케는 얼마 전 수업을 떠올리고 웃었다. 덩달아 유카도 다시 웃었다.

"HOWEVER구나……. 고등학교 시절의 사랑은 생각해보면 달콤하고 솜사탕 같았지. HOWEVER, 하지만."

"그거, 제대로 기억했어요. 이제 절대로 안 잊어요."

"그래, 잊지 마."

유카가 웃고 한숨을 쉬었다.

"교사답지 않은 말을 하자면, 어른이 되면 사랑은 그렇게 달콤하지 않아. 특히 사회인이 되면."

"그래도 대학교 시절은 즐겁군요?"

"그야 즐겁지. 아무런 책임도 없으니까. 사랑과 공부가 일이

나 마찬가지거든. 그래도 지방에서 도시로 진학한 애들은 취업할 때 고민이 많아. 고향으로 돌아갈지 도시에서 일할지. 그 결과에 따라서 순식간에 사랑이 끝나기도 해."

유카의 출신 대학은 도쿄의 사립대 중에서도 문턱이 높은 곳이다. 고돌모의 호시노 다이스케의 누나가 같은 대학교에 진학해 지금은 도쿄의 라디오방송국에서 일한다.

"선생님은 도쿄에서 취직할 생각은 없으셨어요?"

"그것도 생각해봤는데, 그 무렵에 아버지가 쓰러지셨어. 집안 일은 안 해도 되니까 아무튼 돌아오라고 가족이 울면서 애원했거든."

유카는 고향으로 돌아왔지만 본가인 빵집은 도산했다. 병원에서 본, 노는 것만 좋아하게 생긴 그 남자는 소문이 사실이라면 문어발 경영으로 가게를 망하게 한 오빠다.

"제멋대로네요."

무심코 중얼거리자 의외로 단호한 목소리로 유카가 답했다.

"아니, 제멋대로라고 생각하진 않아."

"왜요?"

"가족 입장에서는 역시 손주나 자식이 가까이 살기를 바라거든. 다만 내가 그 마음을 뿌리칠 만큼의 무언가를 도쿄에서 발견하지 못했을 뿐이야. 만약 그런 게 있었더라면 다들 응원해줬겠지. 교사도 되고 싶었으니까 이 선택으로 충분했어."

희망한 대학에 진학하면 내년에는 자신도 상경한다.

언젠가 자신도 고민하게 될까. 고향으로 돌아올지, 도쿄에 남을지.

"도쿄에 사는 애들은 좋겠어요. 고향에 남을지 떠날지 고민할 필요도 없잖아요. 입시도 집에서 보러 갈 수 있고. 통근, 통학도 그렇고요."

"여기서도 나고야 정도면 집에서 다닐 수 있어."

"하지만 저는 도쿄로 가고 싶어요."

도쿄라, 하고 유카는 중얼거렸다.

"21세기 일본, 네가 아빠가 될 무렵에는 그게 해외로 바뀌어 있을 수도 있겠다. 우리가 상경 문제로 고민하듯이 네 자식들은 일본의 대학으로 갈지 미국에 있는 대학으로 갈지 고민하거나, 취직도 일본이나 해외를 두고 고민하겠지."

"그런 먼 미래의 일은 아무래도 좋아요. 어쩌면 내일 지구가 멸망할지도 모르는데."

"노스트라다무스의 예언 말이구나."

바로 나오는 말에 다이스케는 말똥말똥하게 유카를 바라보았다.

"혹시 선생님도 신경 쓰여요?"

"조금은. 나도 옛날에 그 책 읽었어. 어릴 때 유행이었거든."

"7월은 무사히 지나갔죠."

"하지만 8월은 태음력 7월과 겹치잖아. 음력으로 예언한 거라면 어쩌면 이번 달에 무슨 일이 일어나는 게 아닐까 하고 말이야."

유카가 완전히 똑같은 생각을 해서 놀라 무심코 목소리가 커졌다.

"어, 진짜요? 선생님도 그렇게 생각해요?"

"사실은 지난달부터 가끔 생각해. 만약 이 세상이 끝난다면 나는 무얼 할까 하고."

"선생님은 뭐 할 거예요? 지금 이 순간 세상이 멸망한다면요."

"병원으로 돌아갈 거야."

갑자기 현실로 끌려나오자 기분이 울적해졌다. 잠들어 있는 할아버지의 병실에서 어머니와 외숙모가 언쟁하던 모습이 떠올랐다.

미안해, 하고 유카가 당황하며 말했다.

"진지하게 대답해버렸네. 넌 뭐 할 거야?"

"네? 저도 일단은 집으로 돌아갈 거예요."

어색한 분위기가 가라앉은 가운데 자동차는 시가지로 접어들었다.

라디오에서는 1998년의 밀리언셀러가 나왔다. SMAP의 '밤하늘의 저편'이다.

창밖을 보니 비는 완전히 그치고 달이 빛나고 있었다.

바람이 없는지 산업단지의 굴뚝 연기가 위로 곧게 올라갔다.

빨간 신호에서 차를 멈춘 유카가 음료수를 마셨다.

"공기가 맑아졌네. 비가 그친 이런 날은 빛이 선명하게 보여.

아까 한 질문 말인데, 세상이 끝날 것 같은 '기분'이 들 때라면 즐거운 대답을 할 수 있어. 야경을 보러 갈 거야."

자동차는 집 근처로 가까워지고 있었다. 아쉬운 마음에 다이스케는 유카에게 물었다.

"어디서 봐요?"

"다루사카산이라든가, 항구 쪽이라든가. 야경을 보고 있으면 작은 일은 잊을 수 있고 다시 힘내자는 생각이 들거든. 하지만 요즘에는 몇 번을 봐도 별로 기운이 안 나더라."

"작은 일이 아니니까요."

"그렇지…… 집이 이 모퉁이를 돌아서였던가?"

자동차가 길을 꺾어 들어가자 고시로가 뒷좌석에서 작게 신음했다.

다이스케는 조수석에서 몸을 돌려 고시로의 상태를 살폈다. 이동장 안에서 고시로가 쳐다보았다.

"왜 그래, 고시로? 그런 진지한 얼굴로."

차를 운전하며 유카도 다정하게 말을 걸었다.

"고시로, 조금만 더 있다가 꺼내줄게."

고시로가 다시 작게 짖었다. 다이스케가 이동장으로 손을 뻗자 열심히 손가락 냄새를 맡으며 똑바로 쳐다보았다.

무언가를 재촉하는 것 같았다.

얕은꾀가 떠올랐다. 고시로를 핑계 삼아 조금 더 유카와 함께 있으려는 꾀였다.

고시로를 물끄러미 보았다. 이쪽의 기분 탓이 아니라 아직 같이 있고 싶은 모습이었다.

"선생님……, 고시로가 밖으로 나오고 싶어 하는 것 같아요."

"좁아서 갑갑할 거야. 조금만 더 기다려."

뻔뻔하다고 느껴졌지만 다이스케는 더 밀어붙여보았다.

"저기요, 선생님. 고시로가 다 같이 야경을 보러 가고 싶다고 하는 기분이 들어요."

집 앞에 정차한 유카가 참다못해 웃음을 터트렸다.

"나카하라는 야경이 보고 싶어?"

"보고 싶어요."

유카가 비상등을 켰다. 정차 중을 알리는 소리가 또각또각 차 내에 울렸다.

유카가 고시로를 돌아보고 이동장을 쓸었다.

"고시로가 밤 외출을 좋아하긴 하지. 요전에도 같이 야경을 보러 갔는데 가만히 앉아서 열심히 보더라."

"죄송해요. 이상한 말을 해서."

유카가 비상등을 껐다.

"괜찮아. 갈까? 이 세상이 끝나기 전에 살았던 마을을 보러 가자."

사실은 야경을 구실로 이 사람을 어딘가로 데려가고 싶었다.

지금의 자신으로서는 이것이 최선이었다.

유카가 말한 항구 쪽의 야경 명소는 얼마 전에 완공된 욧카이치항 포트빌이었다. 항구 관리조합과 관련 사무소가 들어오는 그 건물은 현에서 가장 높은 빌딩이다. 지상 90미터의 최상층에는 '바다테라스14'라는 전망실이 있다.

남국풍 야자나무가 늘어선 주차장을 지나자 바람에 소금 냄새가 섞였다.

다이스케는 고시로를 넣은 이동장을 안고 유카와 함께 전망실로 들어갔다.

저녁부터 비가 세차게 내려서인지 유리로 된 넓은 실내에는 사람이 별로 없었다.

유카와 유리 앞에 나란히 서자 아득한 발밑으로 산업단지 공장들의 빛이 펼쳐져 있었다.

메탈릭한 흰색과 옅은 녹색으로 된 빛의 소용돌이 속에서 깜빡이는 붉은 램프가 켜진 굴뚝이 수도 없이 솟아 있었다. 플랜트의 설비 상태를 알 수 있도록 밝게 켜진 빛은 어찔하도록 눈부셨다. 밤의 어둠 속에서 공장지대의 존재감이 부각되어 보였다.

그 너머에는 노란색과 오렌지색 빛 알갱이가 지표면을 따라 가득 뿌려져 있었다.

사람이 사는 거리의 빛은 따뜻한 반면, 공장 지대의 빛은 차고 날카롭다. 그리고 그 모든 빛을 양팔로 끌어안듯이 거대한 산맥과 밤하늘이 펼쳐져 있었다.

고시로의 이동장을 바닥에 내려놓고 그 옆에 유카가 양쪽 무릎을 꿇고 앉았다.

다이스케는 둘을 창가에 남겨두고 매점에서 쿠키를 샀다.

계산하는데 계산대 옆에 진열된, 렌즈가 달린 일회용 필름카메라가 눈에 들어왔다. 유카와 고시로를 찍으려고 그 일회용 카메라도 같이 샀다.

카메라를 사자 암막을 빌려주었다. 전망실에서 야경을 찍을 때는 유리의 반사를 막기 위해 암막 안에서 찍는 게 좋다고 한다.

검은 암막 천은 부피가 상당했다. 그것을 보고 좋은 생각이 떠올라 다이스케는 유카에게 잔달음으로 달려갔다.

"선생님, 선생님, 암막을 써봐요."

유카가 신기한 듯이 고개를 들었다.

"어떻게 쓰는데?"

"기다려봐요."

다이스케는 유카의 머리 위쪽 유리에 암막의 흡착판을 붙였다. 흡착판으로 고정한 크고 검은 천을 베일처럼 유카의 머리 위로 덮자 가녀린 몸은 완전히 검은 천에 뒤덮였다.

그 옆에 같은 요령으로 흡착판을 고정하고 고시로의 이동장에 천을 덮었다.

다이스케도 유카와 고시로를 뒤덮은 암막 안으로 들어갔다. 그러고 있자 셋이서 작은 텐트 안에 있는 것 같았다.

"선생님, 이렇게 하면 아무도 못 보니까 고시로를 이동장에서 꺼내줄 수 있어요."

322   개가 있는 계절

"확실히 그렇긴 하지만……."

유카가 암막 안을 둘러보았다.

"하지만 안 돼. 규칙은 규칙이니까."

"아무도 몰라요. 그리고 오늘은 거의 전세 낸 거나 다름없는 상태잖아요. 아무한테도 피해 안 준다니까요."

지금 전망실에는 야경을 촬영하는 사람이 두 명 있을 뿐이었다. 그들도 각자 암막을 유리창에 붙이고 있어 삼각대와 발밖에 보이지 않았다.

유카가 암막 밖으로 얼굴을 내밀고 상태를 확인했다.

"그래, 괜찮겠다. 꺼내줄까?"

이동장 문을 열자 고시로가 나왔다. 유카의 옆에 딱 붙어앉아 유리에 코를 대고 밖을 보았다.

유카가 고시로의 머리를 쓰다듬으며 거리의 빛을 보았다.

"개는 색깔을 인식하지 못한대. 세상이 거의 흑백으로 보이나 봐. 하지만 빛은 식별할 수 있을 거야."

유카가 빛 사이에 새카맣게 물든 한쪽을 가리켰다.

"저기가 이세만이야. 그 너머의 빛은 지타반도고."

바다 너머에 빛의 띠가 이어져 있었다. 할아버지의 고향이 있는 그 땅은 목장의 가장 높은 곳에서도 잘 보였다.

"할아버지의 목장도 경치가 좋아요. 거기서도 이세만이 보이거든요. 미즈사와 쪽…… 고자이쇼다케산 기슭에 있어요."

"그 지대는 표고가 높으니까. 미즈사와는 저쪽이야. 너랑 내가 어릴 때 살았던 곳도."

유카가 지타반도와는 반대 방향을 가리켰다.

검게 이어진 산들의 기슭에 작은 빛 알갱이가 모여 있었다.

유카가 그 빛을 바라보았다.

"옛날에 섣달그믐날 밤에 야경을 보러 간 적이 있어. 우리 가게 근처에 잇쇼부키산이라는 동산이 있었잖아?"

"잘 기억 안 나요."

"그곳도 야경이 예뻐. 오솔길을 벗어나면 스즈카산과 요로산맥과 이부키산까지 보이거든. 그 뒤로 야경이 좋아졌어. 요코하마도 도쿄도 홍콩도 하코다테도 보러 다녔지. 하지만 지금은 이곳이 가장 좋아."

"선생님, 사진 찍어요."

일회용 카메라를 든 손을 유카가 재미있다는 듯이 보았다.

"머지않아 휴대전화나 PHS에도 카메라가 달려서 나올 거래."

"사진을 찍을 일이 그렇게 많을까요?"

"있으면 찍겠지. 넌 사진도 잘 찍을 것 같아. 좋겠다. 그림에 재능이 있는 사람은."

그럴까요? 하고 다이스케는 일부러 건성으로 대답하고 유카와 고시로의 사진을 찍었다. 잘 찍을 수 있을지 자신은 없지만 유리창에 대고 야경도 찍어보았다.

"전에 'However'를 '영원하게 만드는 방법'이라고 해석했었잖아? 그건 재미있었어. 너다워서."

"뭐가 나답다는 건지 전혀 모르겠어요."

"그림이나 사진은 찰나를 영원하게 만드는 방법이라고 생각하거든. 나는 강아지 시절의 고시로 그림을 가지고 있는데."

유카가 고시로의 등을 쓰다듬었다.

그것은 하야세가 그린 그림일까.

"그때 일은 이미 기억나지 않지만 그 그림 속에서 강아지 고시로의 모습은 영원해……. 사진을 좀 더 많이 남겨뒀더라면 좋았을걸. 영원하게 만드는 방법을 가지고 있는 사람이 부러워."

고시로 일지 커버 아래 그려진 그림을 이 사람은 알고 있을까.

알려주고 싶었지만 계속 숨겨두고 싶은 마음도 들었다.

밤하늘 저편에서 밝은 빛이 하나둘 가까워졌다. 나고야나 도쿄에서 오는 비행기 불빛이다.

"하야세는 지금 외국에 있대. 너도 틀림없이 이 마을에서 멀리 떨어진 어딘가에서 활약하겠지."

"그렇게 되면 좋겠지만 일단 대학에 붙을 것 같은 느낌이 전혀 안 들어요."

유카가 유리창에 이마를 대고 눈을 감았다.

다이스케는 빛의 소용돌이 속으로 떨어질 것 같아서 그 어깨로 손을 뻗었다.

하지만 닿기 전에 다시 거두고 고시로의 등을 쓰다듬었다.

유카가 눈을 뜨고 손으로 산 쪽을 가리켰다.

"산이 있지, 그리고 바다가 있어. 거리와 항구와 공장까지 전부 다 보여. 여기서 보는 경치가 가장 이 지역답다고 생각해. 우리는 여기서 살면서 성장했어."

잊지 마, 하고 유카가 속삭였다. 그 미소를 빛의 바다가 비추었다.

이튿날인 일요일은 하기 강습을 쉬는 날이다. 어제 밤늦게서야 병원에서 돌아온 어머니는 계속 기분이 언짢았고, 아침을 먹자마자 예약해둔 미용실에 갔다.

다이스케는 욧카이치역에서 버스를 타고 할아버지와 외삼촌이 운영하는 목장으로 갔다.

축사를 들여다보자 외삼촌이 소에게 먹이를 주고 있었다. 다이스케를 보자 손을 멈추고 땀을 닦으며 걸어 나왔다.

"다이스케, 어제는 미안했다. 웬일이니? 엄마가 뭐라고 하던?"

"그건 아니지만, 미안해. 일은 방해하지 않을 테니까 공터 쪽을 좀 봐도 돼?"

"그럼 물론이지. 나중에 집에 들러. 밥이라도 먹고 가."

양동이를 든 외숙모가 축사로 들어왔다. 인사했지만 건성으로 대답하고 바로 다시 나갔다.

그 뒷모습을 외삼촌이 쳐다보았다.

"외숙모를 너무 나쁘게 생각하지 마라. 평소에 얌전한 사람은 마음속에 쌓아두는 게 많아서 막상 토해내기 시작하면 그치질 못하거든."

　어차피 어린애는 어른의 사정 같은 건 모른다.

　그렇게 말하려다 그만두었다. 다이스케는 대신 신경 쓰지 않는다고 말하고 축사를 나왔다.

　이 목장에서는 산비탈을 이용해 방목장을 만들었다. 지금 시간에 소는 없다. 땀을 닦으며 가파른 비탈을 천천히 올라갔다.

　녹색 목초지에 상쾌한 바람이 불었다.

　방목장을 지나 더욱 높이 올라가면 가장 높은 목초지에 할아버지가 손자를 위해 놀이기구를 손수 만들어준 작은 공터가 있다.

　어릴 때 할아버지 손을 잡고 올라왔던 공터에 섰다. 멀리 아래에는 녹색 차밭이 펼쳐져 있다.

　오른쪽에는 고자이쇼다케산의 훤히 드러난 표면이 다가와 있고, 왼쪽으로는 아득히 멀리 욧카이치 시가지가 작게 보였다.

　그 너머에는 푸른 바다가 펼쳐져 있다. 바다 너머로 보이는 땅은 지타반도. 할아버지의 고향이다.

　목장을 보고 싶다고 한 할아버지는 어느 풍경이 보고 싶었던 걸까.

　오랫동안 살아온 이 땅일까. 아니면 고향의 목장일까.

　다이스케는 스케치북을 펼치고 풍경을 종이에 옮겨 담았다.

　설령 세상이 어떻게 되더라도 찰나를 영원하게 만드는 방법을, 자신은 이 손에 가지고 있다.

다이스케는 목장에서 그리기 시작한 그림에 정신없이 몰두해 그날 안에 완성하고 다음 날 할아버지에게 가지고 갔다.

두 번의 고비를 넘긴 할아버지는 앙상했고, 눈을 감고 있었다. 그래도 다이스케가 침대 옆으로 다가가자 가늘게 실눈을 떴다.

"할아버지, 몸은 좀 어때? 오늘은 내가 그림을 그려왔어."

다이스케는 그려온 그림을 할아버지의 눈앞에 놓았다.

"어때, 보여? 공터에서 본 풍경이야. 집도 있고 축사도 있어."

할아버지가 희미하게 미소 지었다.

"하늘이 맑아서 어제는 지타반도까지 보였어. 봐봐, 할아버지, 여기야."

지타반도의 위치를 가리키자 할아버지가 살짝 손을 움직였다.

"사진도 찍어왔는데 볼래?"

할아버지가 희미하게 고개를 가로젓고 그림 쪽으로 손을 뻗었다.

그림 속의 고향을 어루만졌다. 떨리는 손이 축사와 집으로 옮겨갔다.

할아버지는 몇 번이고 그림을 쓰다듬으며 웃고 울었다.

그리운 집과 목장에 손을 흔드는 것 같았다.

그렇게 느낀 순간 눈물이 뚝뚝 떨어졌다.

방목장 한쪽에 억새 이삭이 물결치기 시작한 무렵 할아버지는 여행을 떠났다. 병실에 걸었던 목장 그림은 관에 같이 넣었다.

개가 있는 계절

자신이 그린 그림을 다른 사람에게 선물한 것은 처음이었다. 이토록 마음을 담았던 것도, 먹고 자는 것도 잊고 그렸던 것도.

해가 바뀌고 1월, 2000년의 시작과 함께 유카가 가족상으로 학교를 쉬었다. 교실에서 그 소식을 듣고, 어머니를 위해 커다란 자동차를 운전하는 나날도 끝났다고 생각했다.

그해 3월, 지망 대학의 합격자 발표에 자신의 수험번호가 있었다.

실기 1차 시험을 통과하고 2차 시험을 볼 수 있게 된 시점에서 혹시나 하고 희망을 가졌었다. 하지만 막상 실기 2차가 시작되자 주변 수험생들의 수준이 너무나도 뛰어나서 마음이 푹 꺾이고 말았다. 그랬는데도 합격한 게 신기했다.

3월 말, 다이스케는 어머니가 장기 출장으로 집을 비운 가운데 혼자 이삿짐을 옮겼다.

침대와 책상 등 대형 가구는 도쿄에서 새로 살 예정이라 옮길 짐은 많지 않았다.

그래도 이불 주머니와 오래 써서 손에 익은 오디오를 집에서 꺼냈을 때, 아마 자신이 두 번 다시 이 집에서 살 일은 없을 거라고 느꼈다.

할아버지가 그랬던 것처럼, 열여덟 살에 집을 떠난 뒤 인생의 마지막은 틀림없이 멀리 떨어진 어느 마을에서 맞이할 것이다.

열여덟 살의 봄, 할아버지는 어떤 마음으로 고향을 뒤로 했을까?

눈부신 햇살 속에서 도쿄로 가는 트럭을 보내며 전에 없이 할아버지와 가까워진 느낌이었다.

이사는 같은 방향으로 가는 여러 사람의 짐을 트럭 한 대에 한꺼번에 실어 보내는 혼재운송에 맡겼다. 도쿄에 도착하기까지 이틀 걸리지만 가격은 저렴하다.

그 사이에 해두고 싶은 일이 있었다.

다이스케는 두 권의 고시로 일지를 식탁에 꺼냈다. 초대 고시로 일지 커버를 벗기자 더플코트를 입은 유카와 강아지 고시로가 표지에 나타났다.

그 일지 뒤표지에 가볍게 연필로 밑그림을 그렸다. 교단에서 미소 짓는 유카와, 발밑에 누워 있는 고시로다. 오후부터 한밤중까지 단숨에 그려낸 뒤 일지를 펼쳐 하야세 고시로의 그림과 비교해보았다.

망했다, 라는 말이 새어나왔다.

"떨어지잖아……. 딱히 이기고 지는 문제는 아니지만."

자기 그림도 나쁘지는 않지만 전해지는 마음의 밀도가 달랐다. 하야세가 그린 유카에게는 보는 사람을 미소 짓게 만드는 힘이 있었지만 자기 그림에는 그것이 없었다.

할아버지가 그랬던 것처럼 하야세가 그린 그림을 만져보았다. 거침없는 선에서 그린 사람의 강렬한 감정이 전해져왔다.

"그 정도로 좋아했구나, 고시로. 차였나? 아니, 아마도……."

그는 아마도 감정이 너무 깊은 나머지 입 밖으로 꺼내지도
못했을 게 틀림없다.

그리고 완전히 똑같은 시기에 어린 자신도 그녀를 만나 사랑
에 빠졌다.

다이스케는 초대 고시로 일지에 고이 커버를 끼웠다.

첫사랑이었던 사람을 다시 만났다. However, 하지만 고백조
차 하지 못하고 그 사랑은 끝났다.

그래도 이걸로 충분하다.

아무리 세월이 흘러도, 아무리 멀리 떨어져 있어도 그림에 숨
긴 이 마음은 틀림없이 영원하다.

다이스케는 3대째 고시로 일지를 펼치고 1999년도 졸업생의
말을 적었다.

헤이세이 11년도 졸업생 나카하라 다이스케

올해에 가장 인상 깊은 일

1999년, 세기말 도래. 'HOWEVER' 노스트라다무스의 예언 위기
는 무사히 회피.

유행한 노래는 'First Love'

잘 가라 20세기. 반갑다 21세기.

*

벚꽃 피는 계절이 돌아왔다. 공기 속에 꽃향기가 가득했다.

주시강 강가의 벚나무 아래에서 고시로는 눈을 감았다.

멀리서 발소리가 들려왔다. 꽃향기에 섞여 사랑에 빠진 사람의 냄새가 다가왔다.

'다이스케야……'

고돌모 3학년 나카하라 다이스케는 얼마 전에 졸업식을 맞이한 학생이다.

그와 함께 교내를 걸으면 언제나 많은 여학생들에게서 사랑에 빠진 냄새가 피어오른다.

하지만 다이스케의 사랑 냄새는 유카와 함께 있을 때만 난다. 좁은 차 안에 있으면 안타까울 정도로 향기가 짙어지지만 유카는 전혀 알아채지 못한다.

고시로는 눈을 살짝 뜨고 유카의 다리를 코로 찔렀다.

다정한 목소리가 머리 위에서 내려왔다.

"왜 그래, 고시로? 추워?"

'춥지는 않지만 다이스케가……'

"배고파? 한 입 먹을래? 하지만 빵은 몸에 안 좋은데."

벚나무 아래에 돗자리를 깔고 점심을 먹던 유카가 빵을 손에 들고 고민했다.

'빵이 아니라. 바로 저기에, 봐.'

유카의 다리를 다시 코로 찌르는 사이에 다이스케가 말을 걸었다.

"선생님, 여기 계셨어요?"

주시강 맞은편에서 다이스케가 손을 흔들었다.

콘크리트로 덮은 이 강은 여자 서너 명이 손을 잡고 늘어선 정도의 폭이다. 거리가 가까워 소리를 그다지 크게 지르지 않아도 맞은편 기슭과 대화할 수 있다.

"벚꽃을 보러 가셨다고 해서 틀림없이 산책하는 줄 알고 이쪽 기슭을 계속 걸어 다녔어요."

"고시로가 지친 것 같아서. 햇볕 쬐기로 노선을 바꿨어."

이 강은 한쪽 기슭은 산책하는 사람들을 위한 곳, 다른 한쪽은 앉아서 꽃을 보는 사람들을 위한 곳이라고, 벚꽃이 피는 계절에는 이용법이 정해져 있다.

확실히 작년까지는 산책용 기슭을 걸었다.

"그쪽으로 가도 돼요?"

그럼, 하고 유카가 대답하자 다이스케가 바로 작은 다리를 건너 달려왔다.

"꽃놀이하기 좋은 날씨네요. 고시로가 기뻐 보여요."

"고시로는 이 벚나무 길이 좋은가 봐."

유카가 가느다란 손가락으로 도서관 뒤를 가리켰다.

"옛날에는 저 장소를 좋아했었대. 저기서 벚꽃을 보며 곧잘 낮잠을 잤다고 들었어."

"제가 입학했을 때는 백네트 뒤가 이미 지정석이었어요. 그랬는데 올해는 3학년 교실로 옮겼고요. 무슨 기준으로 좋아하는 장소를 정하는 걸까요?"

영차, 하고 다이스케가 소리를 내며 몸을 들어올렸다.

실눈을 뜨자 유카의 옆에 앉은 다이스케에게 안겨 있었다.

사랑 냄새가 코를 간질였다. 꽃향기에 섞인 다이스케의 냄새는 무척 달콤하다.

유카의 목소리가 기분 좋게 귀에 울렸다.

"고시로가 아까부터 졸려 보이더라. 자다 깨다 하고 있어."

"확실히 엄청 기분 좋은 얼굴로 자고 있네요. '바라건대 봄 벚꽃 밑에서 죽게 하소서'……, 앗, 재수 없게. 미안해, 고시로."

의미는 모르지만 사과했으므로 꼬리를 흔들었다.

괜찮다는 뜻이 전해졌는지 다이스케가 등을 쓰다듬었다.

그 시, 다음 구절은 뭐였지? 하고 유카가 중얼거렸다.

"생각났다. '그 중춘仲春 보름에'. 음력 2월이니 딱 지금 무렵이네. 사이교 법사는 낭만적이야."

"다음 구절까지는 몰랐어요. 그리고 중이 쓴 노래였구나."

"중이라고 부르면 국어 선생님이 우실걸. 그보다 합격 축하해. 나카하라, 정말 대단하구나."

당황했는지 등을 쓰다듬는 다이스케의 손이 좀 거칠어졌다.

"저도 깜짝 놀랐어요. 이가라시 선생님도 기적의 합격이라고 하셨어요."

"기적이든 뭐든 문을 비틀어 열었으니까 앞으로는 자신감을 가지고 전진하면 돼."

다시 몸이 떠오르고 네 다리가 땅에 닿았다.

땅에 내려주었으므로 고시로는 유카 앞에 앉았다. 벚꽃을 올려다보자 꽃잎이 유카의 어깨에 하늘하늘 떨어졌다.

다이스케가 그녀의 어깨로 가만히 손을 내밀었다. 사랑 냄새가 점점 강해졌다.

'어깨를 당겨 안으면 좋을 텐데.'

고시로는 다이스케를 보았다.

유카에게 닿을 것 같던 다이스케의 손이 멈추더니 코트 호주머니로 들어갔다.

'힘내! 다이스케!'

작게 한 번 짖자 다이스케가 한심해 보이는 표정을 지었다.

"······틀렸어. 고시로."

다이스케와 있으면 유카에게서도 은은하게 달콤한 향기가 난다. 틀림없이 그녀도 이 아이를 좋아한다.

'힘내! 불가능하지 않아.'

한 번 더 짖자 다이스케가 머리를 쓰다듬어주었다.

"괜찮아, 고시로."

이거면 됐어, 하고 남들에게는 들리지 않을 정도의 목소리로 다이스케가 말했다.

유카가 손을 뻗어 등을 쓰다듬어주었다.

"별일이네. 고시로가 이렇게 멍멍 짖다니."

"'힘내' 하고 격려해준 거예요."

"전부터 생각했는데, 나카하라는 고시로랑 대화가 통하는 것 같아."

다이스케가 웃는 기척이 났다.

"옛날부터 그랬어요. 개든 새든 소든, 미간 근처를 보면 감정을 알 것 같은 느낌이 들어요."

"감수성이 풍부하면 남들에게는 보이지 않는 게 보이는지도 몰라. 아는 사람의 딸도 어릴 때 계속 선인장을 보며 대화했었다고 하더라."

고시로는 다시 졸음이 쏟아져서 몇 번인가 머리를 흔들고 필사적으로 눈을 떴다.

다이스케가 흥미진진하게 유카에게 물었다.

"그 애는 지금도 대화할 수 있어요?"

"초등학교에 들어간 뒤로 안 한대. 새로운 것이 눈에 들어오면 그전까지 보이던 것들은 더 이상 보이지 않게 되는지도 모르겠다고…… 그렇게 말하더라. 유치원 시절과 작별하고 한 단계 성장했다는 뜻인지도 몰라."

"제 건 그런 능력은 아니에요. 혼자 멋대로 고시로의 감정을 추측하는 것뿐이죠. 그런데 샘."

다이스케는 선생님을 샘이라고 짧게 발음하고 가방에서 일

개가 있는 계절

지를 한 권 꺼냈다.

"이거 알아요?"

"고시로 일지잖아. 첫 번째 권."

"나중에 커버 벗겨봐요."

"지금 벗겨보면 안 돼?"

안 돼요, 하고 다이스케가 단호하게 말했다.

"내가 돌아가면 벗겨봐요. 선생님은 알고 있었어요?"

뭘? 하고 되물은 유카의 머리카락에 꽃잎이 몇 장이나 떨어져 있다.

"됐어요. 보면 아니까."

다이스케의 손이 고시로의 머리로 뻗어왔다.

다정하게 쓰다듬는 그 손에서 아찔할 만큼 달콤한 사랑 냄새가 전해져왔다.

안녕, 하고 다이스케가 미소 지었다.

"건강하게 잘 지내요, 시오미 선생님."

일지를 건넨 다이스케의 무릎에 고시로가 코를 비볐다.

'떠나는 거야, 다이스케?'

"옹? 힘내라고?"

언제나 정확하게 감정을 읽어내는 다이스케가 처음으로 틀렸다.

'아니야. 떠나는 거야?'

"고마워, 힘낼게. 고시로."

'다이스케, 아니야! 갑자기 왜 그래?'

"열심히 살아갈 거야. 너도 잘 지내."

전하려고 애쓰면 애쓸수록 다이스케와 감정이 어긋났다.

다이스케에게서 사랑 냄새가 사라지고 전에 맡아본 적 없는 활기찬 냄새가 피어오르기 시작했다.

보이던 것이 더 이상 보이지 않을 때. 그것은 새로운 것이 눈에 들어올 때.

다이스케가 점점 멀어져갔다. 그 뒷모습을 보며 생각했다.

그는 유카와 함께한 시절에 작별을 고하고 한 단계 성장한 것이다.

머리 위에서 종이 스치는 소리가 났다. 유카가 고시로 일지의 커버를 벗기고 있었다.

유카가 작게 소리를 질렀다. 일지를 들고 일어나 다이스케가 사라진 벚나무 너머를 보았다.

유카가 천천히 돗자리에 앉아 일지를 펼쳤다.

"자, 고시로. 이것 봐, 우리 그림이야. 나카하라랑……."

유카의 목소리가 끊어졌다.

"하야세의 그림이야."

일지를 활짝 펼치자 앞표지와 뒤표지에 그림이 하나씩 있었다. 표지에는 처음 만난 무렵의 유카가 코트를 입은 모습으로 웃고 있었다. 발밑에는 작은 개가 있었다.

뒤표지 그림은 칠판 앞에 있는 지금의 유카다. 어른이 된 자신이 그녀의 발밑에서 행복한 표정으로 누워 있었다.

그림에서 눈을 떼고 앞발을 보았다. 두 장의 그림에서는 풍성하게 덮여 있는 다리털이 군데군데 빠져 맨살이 비쳐 보였다.

눈도 달랐다. 두 그림 모두 커다란 눈을 하고 있지만 요즘은 눈을 뜨는 것이 귀찮고 졸음이 와서 참을 수가 없다.

올려다보니 유카의 어깨에 꽃잎이 하늘하늘 떨어졌다.

"고시로, 기분 좋아 보이네."

이 사람은 이 꽃에서 따와 유카라는 이름을 갖게 되었다.

벚꽃색이라고 하는 아름다운 색이지만 자신에게는 그 색이 도저히 보이지 않는다.

'그림보다 너의 꽃 색깔이 보고 싶어……. 있지, 유카.'

유카가 무릎 위로 안아 올리자 고시로는 꼬리를 흔들었다.

'개는 다음 세상에도 다시 개로 태어나는 걸까? 아니면 사람으로 태어날 수 있을까? 하지만 어느 쪽이든 괜찮아.'

그녀의 무릎 온기에 고시로는 눈을 감았다.

'다음에 다시 태어나도 널 만날 수 있다면.'

유카의 옆에서 일지 냄새가 났다. 종이 사이에서 아이들의 냄새가 피어올랐다. 냄새 속에서 많은 학생들의 얼굴과 목소리가 떠올랐다.

인간 고시로와 유카로부터 시작된 수많은 아이들이다.

눈을 뜨자 처음 보는 색깔이 머리 위에 펼쳐졌다. 꽃송이마다 과자처럼 달콤하고 부드러운 색깔이 칠해져 있었다.

이게 이 꽃의 색깔, 벚꽃색.

유카가 일어났다. 그녀의 품 안에서 꽃 색깔로 물든 강을 보았다.

"봐, 고시로. 꽃잎이 강을 뒤덮었어."

수면을 완전히 뒤덮듯이 꽃잎이 흘러 내려왔다. 주변이 온통 가슴 설레는 색깔로 가득했다.

'보여. 이게 유카의 꽃 색깔이구나.'

"꼬리 흔드는 것 좀 봐. 벚꽃이 좋아?"

유카가 얼굴을 보았다. 그녀의 얼굴은 흐릿해서 잘 보이지 않지만 그 너머에 벚꽃색 하늘이 펼쳐져 있었다.

보이던 것이 보이지 않게 되고, 새로운 것이 눈에 들어올 때.

'작별이구나, 유카.'

"왜 그래, 고시로? 졸려? 웃는 것 같아."

'고마워, 정말 좋아하는 사람. 다음 생도 그 다음 생도.'

유카의 뺨을 한 번 핥고 고시로는 조용히 눈을 감았다.

'계속 너희와 함께하고 싶어.'

최종화
개가 있는 계절
—
레이와 원년(2019) 여름

헤이세이 13년(2001) 미국대폭발테러사건 발생

이치로 선수, 메이저리그에서 신인왕 및 MVP 더블 수상

헤이세이 14년(2002) 축구, 한일 월드컵 개최

헤이세이 17년(2005) 주부국제공항 개항. 아이치 엑스포, 사랑·
지구박람회 개최

헤이세이 23년(2011) 동일본대지진 발생

헤이세이 24년(2012) 런던 올림픽에서 레슬링 요시다 사오리 선
수가 3연패

헤이세이 25년(2013) 도쿄 올림픽 개최 결정. '오·모·테·나·시'*
가 유행어로 등극

헤이세이 28년(2016) 홋카이도 신칸센 개통. 〈포켓몬GO〉, 영화
〈너의 이름은〉 대히트

헤이세이 30년(2018) 평창 올림픽에서 피겨 하뉴 유즈루 선수가 2연패. 아무로 나미에 은퇴

헤이세이 31년(2019) 5월부터 레이와로 연호 변경. 하치료 고교 창립 100주년 기념식전 개최(NOW!)

도서위원회 위원장 가미시마 사쿠라는 하치료 고교 도서관 벽에 장식된 연표를 올려다보았다.

헤이세이는 4월로 끝나고 지금은 레이와 원년 8월이다.

무더위가 이어지고 있지만 새로 개장한 도서관은 냉방이 잘되어 쾌적하다.

레이와로 시대가 바뀐 올해에 이 학교는 창립 100주년을 맞이했다. 8월인 오늘, 내빈을 맞아 기념식전이 성대하게 열린 참이었다. 뒤이은 축하 파티 장소는 100주년을 맞아 동문들이 보내온 기부금으로 전면 리모델링한 이 도서관이다.

에어컨 외에도 최신 컴퓨터 두 대와 대형 모니터를 설치하고, 이번처럼 리셉션을 개최할 수 있는 다목적 공간을 만든 것도 이번 리모델링의 핵심이다.

새 도서관을 공개하는 날이기도 한 오늘을 위해 도서위원회 고문인 마쓰호 선생님의 아이디어로, 하치료 고등학교 100년의

---

* 손님에 대한 극진한 환대를 뜻하는 말로, 2013년 IOC 총회에서 열린 2020 도쿄 올림픽 유치를 위한 연설에서 한 음절씩 또박또박 끊어 발음한 '오모테나시'가 깊은 인상을 남기며 올림픽 유치에 결정적으로 기여했다는 평가를 받았다.

개가 있는 계절

역사와 일본의 행보를 소개하는 연표 패널을 제작했다.

사쿠라가 담당한 부분은 헤이세이 10년부터 일어난 일본의 주요 사건과 사진 모음이다. 100년분의 전시라 꽤 규모가 있지만 무심코 자신이 담당한 곳으로만 눈이 간다.

"앗, 사쿠라, 여기 있었구나."

명랑한 목소리에 돌아보자 친구 다카나시 아오이가 있었다. 손에는 비닐봉투를 들고 있었다.

미술부와 사진부에서 활동하는 그녀는 오늘을 위해 유화와 사진을 한 점씩 도서관에 전시했다.

"왜 그래, 아오이? 전시에 무슨 문제 생겼어?"

"아무 문제없어. 그보다 하야세 선배 일로 의논할 게 있어서."

아오이의 눈길을 따라가자 수많은 사람에게 에워싸인 남자가 시야에 들어왔다.

장신에 검은 옷이 잘 어울리는 그 사람은 유럽을 거점으로 활동하는 화가, 하야세 고시로다.

그는 미술계의 굵직한 상을 몇 개나 수상했고, 해외에서 이름을 날리는 일본인 중 한 명이다. 이번에 100주년을 기념해 이 학교를 모티브로 그린 그림을 기증해주었다.

"저 화가 선배가 왜?"

"사실은 내가 엄청난 팬이거든."

자신의 말에 부끄러워졌는지 아오이가 쑥스럽게 웃었다.

"팬이랄까, 동경하는 사람……, 우리 아빠가 하야세 선배의 미술부 후배라 화집이나 뭐 그런 것들이 집에 많았거든. 그래서 말인데 이거."

아오이가 왼손에 든 봉투를 사쿠라의 눈앞에 내밀었다. 하치고 교문 앞에 있는 베이커리의 봉투다.

"그 빵이 왜?"

"좀 전에 기자가 인터뷰하는 걸 들었는데, 하야세 선배가 고등학교 때 좋아했던 건 '빵과 그림'이었대. 그러고보니 아빠도 그랬어. 하야세 선배는 빵을 좋아했다고. 그래서 아까 가서 사왔지. 하치고 학생이 좋아하는 빵이라면 당연히 패션 아니겠어?"

"그건 하치고 학생이라기보단 아오이가 좋아하는 거 아니고? 하야세 선배 때도 있었던가?"

패션이란 폭신폭신한 코페 빵에 마가린을 바른 것이다. 확실히 먹는 사람을 자주 보긴 하지만 자신이 좋아하는 것은 딸기샌드다.

아아, 하고 한숨을 내쉬고 아오이가 이마에 손을 짚었다.

"그건 생각 못 했네. 하지만 괜찮아. 그거 말고도 맛있어 보이는 거 많이 사왔으니까. 그래서 말인데, 나중에 같이 전해주러 가지 않을래?"

"좀 긴장된다."

"그러니까 같이 가줘."

그래, 하고 대답했을 때 환호성이 터져 나왔다.

이 방의 한쪽 구석에 있는 컴퓨터 코너에서였다. 아오이가 기쁜 듯이 그쪽을 보았다.

"저 코너 인기 많네. 사진부로서 뿌듯해."

이 축하 파티를 위해 아오이를 비롯한 사진부는 학교에 보관되어 있는 졸업 앨범의 단체사진을 모두 스캔해 도서관 컴퓨터로 열람할 수 있게 했다.

그 코너에서는 열여덟 살 무렵의 모습을 다 같이 볼 수 있다 보니 다양한 연령대의 동문 그룹들이 모여 즐겁게 모니터를 보고 있었다.

다시 큰 환호성과 박수가 터져 나왔다.

벽걸이 프로젝터 스크린에 쇼와 63년도 졸업생의 반별 사진이 차례차례 나오고 있었다.

저 해가 특히 인기가 많네, 하고 말하며 아오이가 스마트폰을 만졌다.

"하야세 선배가 나오니까 다들 보고 싶겠지. 제작자의 특권으로 부원은 스마트폰으로도 접속할 수 있단다. 자, 봐."

아오이의 스마트폰 화면에 검은 학생복의 남학생과 블레이저를 입은 여학생이 나란히 서 있었다. 오래 전의 교복이지만 스탠드칼라 교복은 남자가 예리하고 강해 보인다.

사진을 확대해보자 늠름한 표정의 하야세가 화면을 가득 채웠다.

"아오이, 웬일이야? 열여덟 살의 하야세 선배, 완전 멋있다."

"좋지? 그리고 놀라운 건, 이 안에 사실은 영어 마쓰호 선생님도 있어. 이것도 아빠 정보."

"진짜? 같은 반이었구나……. 앗, 알았다!"

여학생들 쪽으로 눈을 돌리자 유난히 청초하고 예쁜 이목구
비를 가진 학생이 있었다. 다정해 보이는 큰 눈동자가 확실히
도서위원회 고문, 영어 마쓰호 유카 선생님이었다.

"마쓰호 선생님은 분위기가 별로 안 변했네. 하지만 하야세
선배랑 동급생이라는 말은 안 하던데. 오히려 전시물 반입이 늦
어진 부가 있어서 식에도 참석하지 않고 계속 여기서 준비하고
있었어."

그럼, 하고 아오이가 장난스럽게 웃었다.

"선생님이랑 같이 빵 주러 갈까? 청춘의 맛."

"그게 좋겠다. 그런데…… 어?"

주변을 둘러보며 사쿠라가 중얼거렸다.

"선생님은 어디 가셨지?"

*

소년은 어른이 될수록 더욱 늠름해진다.

보내온 나날이 충만했다면 그 늠름함에는 자신감이 깃들고,
해를 거듭할수록 매력이 무르익는다.

하지만 소녀는 어떨까? 해를 거듭할수록 커지는 매력이 여자
에게도 있을까.

개가 있는 계절

하치료 고등학교 개교 100주년 축하 파티장에서 마쓰호 유카는 생각에 잠겼다.

오후 2시부터 체육관에서 시작된 식은 무사히 끝났다.

이어서 오후 5시부터 도서관에서 시작된 이 축하 파티는 내빈과 동문을 중심으로 한 스탠딩 파티다. 평소에 학생들이 이용하는 책상과 의자를 치우고 파티장을 만들었다.

작은 단상에서 졸업생이 연설을 시작했다. 자신과 마찬가지로 이 학교에서 교편을 잡았던 사람이다.

20대 끝 무렵부터 3년간 모교인 하치료 고교에 부임했었고, 그 뒤에는 현의 다른 고등학교에서 영어를 가르쳤다. 작년에 다시 모교로 부임해왔으므로 이번 식전에는 교직원으로 참가했다. 헤이세이 원년에 졸업했을 때는 상상도 못했던 미래다.

같은 감개무량함을 그도 느끼고 있을지 모른다.

동급생이었던 하야세 고시로의 모습을, 유카는 멀리서 지켜보았다.

많은 사람 속에서 검은 예복 차림의 하야세가 이야기를 하고 있다. 고등학생 무렵에는 단정한 이목구비가 냉정해 보였는데, 48살이 된 지금은 냉정함은 온데간데없고, 미소 짓는 순간 떠오르는 눈가의 주름이 다정해 보였다.

근사하게 나이가 들었다. 충만한 시간을 보내온 것이다.

시오미, 하고 부르는 남자의 목소리에 유카는 뒤를 돌아보았다.

상대의 가슴에 있는 핑크색 명찰에 후지와라 다카시라고 적혀 있었다. 고교 시절에 학생회장이었고, 고시로를 이 학교에서 기를 수 있도록 힘써준 동급생이다.

"어머, 후지와라. 오랜만이네."

"몇 년 만이지? 잘 지냈어?"

긴 앞머리가 멋스러웠던 후지와라는 머리숱이 듬성듬성했다. 그래도 싹싹하고 가벼운 말투는 여전했다.

"시오미, 너는 변한 게 없구나. 바로 알아봤어."

"변했지. 체력도 떨어졌고."

"그건 다 똑같지. 뭐, 시오미……, 지금은 마쓰호야? 행복해 보여서 다행이야."

마쓰호라고 적힌 명찰을 보고 후지와라가 웃었다.

그 '행복'이 결혼생활을 말하는 거라면 사실과는 좀 달랐다.

서른두 살에 결혼했지만 4년 뒤에 헤어졌다. 아이가 없었던 탓도 있어 서로 감정이 식자 이혼을 결정하는 데에도 거침이 없었다.

그런데도 남편의 성을 쓰는 것은, 빚을 대신 갚아달라고 강요하는 데다 이상한 사업에 끊임없이 손을 대려고 하는 오빠와 이름상으로라도 연을 끊고 싶었기 때문이다.

후지와라가 가볍게 등을 두드렸다.

"시오미는 여기 선생님이지? 왜 이런 구석에 있어? 하야세한테 가보자."

"학생들의 작품을 보고 있었어. 다들 열심히 했구나 싶어서."

도서관 벽과 높은 책꽂이 위에는 100주년을 기념해 문화 관련 동아리에서 제작한 작품들이 걸려 있다.

　후지와라가 하치료 고교와 일본의 100년 행보를 적은 연표에 눈길을 주었다.

　"그보다 저 연표, 우리 시대가 너무 옛날이라 충격이야."

　"쇼와와 헤이세이 시대의 경계니까. 당연히 옛날이지."

　"게다가 내년에 벌써 올림픽이 개최된다니. 바로 얼마 전에 도쿄로 결정 난 느낌인데."

　큼지막한 종이에 적힌 연표에는 올해의 레이와 개원과, 이 학교의 100주년에 대한 기록 뒤에 여백이 펼쳐져 있다. 전시할 때 남은 부분을 잘라내려고도 했는데, 미래를 잘라내는 느낌이 나서 그대로 남겨두었다.

　유카는 아무것도 적혀 있지 않은 새하얀 레이와 시대를 바라보았다.

　앞으로 어떤 미래가 적혀 나갈까. 그때 자신은 무엇을 하고 있을까.

　미술부 회화로 눈을 옮긴 후지와라가 "충격이라고 한다면……" 하고 목소리를 낮추었다.

　"큰 소리로 말할 순 없지만, 미술부 작품은 우리 때의 하야세 만큼의 충격은 없네."

　"그런 충격이 있으면 제2의 하야세겠지."

　졸업생 연설이 끝나고 박수가 쏟아졌다. 후지와라가 대화를 멈추었으므로 둘이서 박수를 쳤다. 하야세를 에워싸고 있는 사람들도 단상을 향해 큰 박수를 보냈다.

이 내빈 중에서 가장 주목을 끄는 사람은 화가 하야세 고시로다.

그는 30대 후반 이후로는 국내보다 해외에서 평가가 높았다. 그러다 몇 년 전에 도쿄에서 개업한 호화 호텔 현관 로비에 대벽화를 그림으로써 일본에서도 유명해졌다.

일본의 사계절마다 피는 화초를 각각 그린 벽화였는데, 호텔에 방문한 계절의 꽃 앞에서 기념 촬영을 하는 것이 SNS에서 유행했다. 모든 꽃 앞에서 사진을 찍은 미국 여배우가 무척 행복한 결혼을 함으로써, 꽃 사진을 '완수'하면 행복이 찾아온다는 소문이 전 세계에 퍼져 지금은 도쿄 명소 중 하나로 자리 잡았다.

2년 전, 그 하야세 고시로에게 그림을 의뢰해서 개교 100주년 기념으로 하치고에 기증하자는 동문들의 시도가 이루어졌다. 옛날에 이 학교에서 키우던 개, '고시로'를 돌보던 고돌모 졸업생들이 중심이 되어 추진했다.

해외에 거주하는 하야세에게 그 의뢰를 전달한 사람은 유럽에서 남편과 함께 오가닉 에스테틱 살롱 그룹을 경영하는 여성으로, 일본 여성잡지에서 '마담 시노'라고 불리는 졸업생이었다.

곧바로 취지에 찬성한 많은 졸업생들에게서 기부금이 모였다. 그러자 하야세는 작품은 그냥 기증할 테니 모인 기부금은 학교의 시설 확충에 써달라고 요청했다.

개가 있는 계절

그래서 먼저 도서관 설비가 보수되었다. 이후로도 시설 확충이 예정되어 있다.

사람들이 환담을 나누었다. 젊은 여자 졸업생 무리가 하야세와 기념 촬영을 하고 있었다.

"하야세는 젊은 애들부터 나이든 사람에게까지 고루 인기가 많구나. 그런데 다들 그렇게 예술에 관심이 많은 걸까?"

"예술은 잘 몰라도 하야세와는 이야기하고 싶은지도 모르지."

하긴, 하고 대답하고 후지와라가 웃었다.

"아차, 중요한 걸 잊고 있었네. 이 다음에 하야세를 중심으로 높으신 분들과의 자리가 있는데, 고돌모에서도 2차를 할 거야. 괜찮으면 얼굴 내밀어. 오, 하야세가 자유로워졌다."

하야세의 주변에 있던 사람들이 이동해 그가 혼자가 되었다.

"가자, 동급생의 특권이잖아. 하야세랑 반말로 얘기해야지."

"후지와라, 먼저 가 있어."

후지와라가 잔달음으로 하야세에게 다가가 곧바로 말을 걸었다. 하야세의 시선이 향하는 것을 느끼고 유카는 책꽂이 뒤로 숨었다.

옛날보다 더 매력적으로 변한 하야세의 앞에 나서기가 부끄러웠다.

별을 보듯 멀리서 바라보는 정도가 딱 좋았다.

새로운 동문 연설이 들려왔다. 헤이세이 6년도에 졸업한 우에다 나쓰코라는 의사다. 동일본대지진 때 의료진으로 현지에 들어갔던 그녀는 지금도 피해지역 지원 자원봉사를 하고 있다고 한다.

메이지 시대부터 시작된 일본의 근대 역사 속에서 헤이세이는 유일하게 전쟁이 없었던 평화로운 시대다.

하지만 자연재해는 몇 번이고 덮쳐왔다. 헤이세이 7년에 한신·아와지 대지진, 그로부터 16년 뒤인 헤이세이 23년에는 동일본대지진이 일어났다. 니가타, 구마모토, 홋카이도에도 큰 지진재해가 일어났고, 집중호우로 인한 수해도 많았다.

시대가 21세기로 넘어가고 과학기술이 발전해도 갑작스러운 재해로 일상생활이 무너지는 사태는 여전히 막지 못하고 있다.

리셉션 준비를 한 두 제자가 우에다 의사의 연설을 열심히 듣고 있었다. 한 명은 의학부 지망인 가미시마 사쿠라, 옆에 있는 학생은 미술부이자 한 학년 아래던 다카나시 료의 딸, 아오이다.

만약 자식 복이 있었다면 자신에게도 이 나이대의 딸이나 아들이 있을 것이다. 다카나시와 꼭 닮은, 동글동글한 눈의 아오이를 볼 때마다 그런 생각이 든다.

동일본대지진 부흥 지원에 관한 우에다 의사의 강연이 끝나자 폐회 인사가 이어졌다.

하야세가 다른 내빈들과 함께 다음 장소로 이동했다. 다른 사람들도 돌아갈 준비를 시작했다.

"시오미 선생님!"

머리카락이 짧고 몸에 붙는 정장을 입은 남자가 다가왔다. 오렌지색 명찰을 보니 헤이세이 11년도에 졸업한 나카하라 다이스케다.

"어머, 나카하라! 못 알아봤어."

"머리를 아주 짧게 잘랐거든요."

대학교를 졸업한 후에 대형 광고 대행사에 들어간 나카하라는 몇 년 전에 독립해 광고와 로고 디자인 등을 하는 그래픽 디자이너가 되었다고 들었다.

하야세의 작품을 학교에 기증하는 프로젝트에는 나카하라도 발기인으로서 이름이 올라와 있다. 번잡한 수속도 대부분 그가 처리했다고 한다.

나카하라가 이름표를 보고 "앗" 하고 소리를 질렀다.

"선생님은 이제 마쓰호 선생님이 되었군요. 뭔가 부르기 어렵네요."

"그래? 나는 익숙해졌어."

"그야 그렇겠죠."

나카하라가 개가 그려진 세련된 전단지를 여러 장 내밀었다.

"선생님, 고돌모 2차 소식은 아세요?"

"들었어. 나중에 잠깐 얼굴만 내밀까 생각 중이야……."

"그럼 이거 받으세요. 만약 다른 고돌모 부원을 발견하면 전해주세요."

"고돌모 사람들을 그렇게 많이 알진 못하는데."

"사실은 몰래 표시를 남겨뒀어요. 이름표 구석에 강아지 스티커가 붙어 있는 게 표시예요."

건네받은 전단지는 2차 모임 안내라기엔 과하게 세련된 디자인이 들어가 있었다. 그리고 이름표도 자신과 가까운 연대의 졸업생을 바로 알아볼 수 있도록 창립 연도부터 5년 단위로 색을 구분해, 그 일람표를 참가자에게 배부했다.

그래도 창립부터 30년까지의 색깔을 가진 이름표는 없었지만, 그 이후의 색깔은 드문드문 보였고, 70년분의 십여 가지 색깔 이름표를 단 사람들이 오가는 모습은 무척 화려했다.

"혹시 이 이름표랑 전단지도 네가 만들었어?"

"당연하죠. 저도 나름 관록이 붙었는데 고돌모 마지막 부원이라 주변에는 온통 선배들뿐이잖아요. 완전히 막내라니까요. 이름표랑 카드도 선배가 강하게 밀어붙여서 제가 쓱싹 만들었어요."

나카하라는 한탄하는 것치고는 즐거운 듯이 말하고 단상으로 눈을 돌렸다.

"앗, 큰일 났다. 그 선배가! 선생님, 나중에 봐요. 와시오 선배! 여기서 노래하지 마요. 다음 장소에 가라오케 있다고요."

이목구비가 단정한 남자가 무반주로 교가를 부르기 시작했다. 술에 취했는데도 음정이 정확하고 성량도 풍부했다.

그 목소리에 맞춰 사람들이 교가를 부르기 시작했을 때 접수 테이블로 남색 재킷을 입은 통통한 남자가 달려왔다.

"죄송합니다, 벌써 끝났어요? 앗, 내 이름이다."

통통한 남자가 책상에 펼쳐놓은 이름표 중에서 녹색 이름표를 집어 들었다. 그 이름표 구석에 작은 강아지 스티커가 붙어 있었다. 유카는 전단지를 들고 말을 걸었다.

"저기, 이후에 장소를 옮겨 모임이 있어요. 그 외에 고돌모 2차 모임도 있고요."

전단지를 건네자 "오오" 하고 남자가 힘차게 끄덕였다.

"다행이네요. 그래도 이쪽 행사는 벌써 끝났구나……."

"삿쨩!"

접수대 옆에서 계속 혼자 서 있던 남자가 통통한 남자에게 말을 걸었다. 은테 안경을 쓴 스마트한 신사였다.

통통한 남자가 순간 눈이 가늘어지더니 손을 들었다.

"다카양? 혹시 아이바?"

"그래, 나 기억나?"

"기억하고말고."

통통한 남자가 아이바라는 이름의 남자의 등을 가볍게 두드렸다.

"비행기가 연착돼서 차라리 오지 말까도 생각했는데……. 하지만 다카양이 온다고 들었거든. 어쩐지 기다려줄 것 같은 느낌이 들었어. 아주 약간이지만."

"기다렸어. 마지막 코너에서."

두 사람이 뿜듯이 웃었다.

"다카양, F1, 아직 봐?"

"평생 볼 거야."

"나도. 올해는 두근두근해. 혼다가 레드불이랑⋯⋯."

"그 이야기 어디 가서 천천히 해보자."

"그래, 이야기하자. 그리고 마시자."

둘이서 어깨를 나란히 하고 걸어갔다. 신나게 이야기하는 뒷모습이 소년 같았다.

고시로가 이 학교에서 살았던 것은 100년 중에 12년이다.

쇼와 시대 끝자락에 이 학교에 와서 20세기 끝 무렵에 떠나갔다.

그때 고등학생이었던 학생들은 30대 후반에서 40대 정도로, 저마다의 분야에서 한창 일할 나이다.

든든하다고 느끼며 두 사람을 배웅하는데 미술 교사였던 이가라시가 어깨를 쳤다.

"마쓰호. 고시로의 그림 봤어?"

"아직 제대로 못 봤어요."

"그러면 안 되지, 빨리 봐. 개 고시로가 그려져 있어."

이가라시는 교사 생활을 은퇴한 뒤 하치료 고등학교 맞은편에 있는 동문회관의 관장이 되었다. 퇴직과 동시에 백발을 기르기 시작해 지금은 나이 든 히피 같지만 정작 본인은 신선 같은 분위기를 노렸다고 한다.

"고시로는 강아지 시절의 그림이에요?"

"성견이었어. 한가운데에 자연스럽게 끼어 있더라. 그리고 나도. 수염까지 빠짐없이 그려져 있어. 먼저 그것부터 봐줘."

"선생님, 자랑하러 오셨군요?"

"당연하지. 오늘은 여기저기에 자랑할 거야. 그런데 체육관에 하야세가 깜빡하고 놓고 간 게 있대. 아직 문 열려 있나?"

"잠갔지만 다시 열게요. 제가 가져올게요."

괜찮아, 하고 이가라시가 가볍게 손을 흔들었다.

"그보다 너는 하야세랑 얘기 좀 해봤어? 2차에 가. 오랜만에 일본에 돌아왔는데 동급생이랑 얘기도 제대로 못하면 불쌍하잖아."

"후지와라가 가 있어요……. 그보다 놓고 간 게 뭔데요?"

"봉투인가 봐. 무대 위에 갈색 봉투가 있으면 그거야."

유카는 이가라시에게 기다리라고 하고 체육관으로 서둘러 걸음을 옮겼다.

정면 현관 앞을 가로지르자 몇 시간 전에 흰 천을 걷고 선보인 하야세의 그림을 잠깐 보고 싶어졌다.

잔달음으로 되돌아가 현관으로 향했다.

정면 현관으로 들어와 바로 보이는 벽에 올려다봐야 하는 커다란 그림이 걸려 있었다.

제목은 '개가 있는 계절'.

투명한 푸른 하늘 아래 교사 전경과 수많은 학생들이 그려져 있었다.

유카는 잠깐만 볼 생각이었는데 즐거워 보이는 학생들의 모습에 이끌려 그림을 꼼꼼히 살펴보기 시작했다.

교사 앞 운동장에는 트랙을 달리는 학생과 야구부 학생들이 세밀하게 그려져 있었다. 오른쪽 구석에는 그들을 응원하듯 취주악을 연주하는 학생들 무리가 있었다.

교사로 눈을 옮기자 수많은 창문 안쪽으로 책상 앞에 앉아 있거나 친구들과 도시락을 먹는 학생들의 모습이 보였다.

그 중심에 이가라시와 고시로가 그려져 있었다.

고시로는 수염을 기른 이가라시에게 안겨 3층 창문에서 밖을 보고 있었다.

"고시로, 이런 곳에……."

하얀 털이 풍성한 개를 보자 콧속이 찡하게 아팠다.

유카는 눈물이 나려는 것을 참고 고시로를 올려다보았다.

쇼와에서 헤이세이, 그리고 레이와.

새 연호가 시작되는 이 해에 고시로가 그림이 되어 돌아왔다.

고시로의 대각선 위, 최상층 창문을 보니 머리가 긴 소녀가 있었다.

창문에서 종이비행기를 날리고 있었다. 다른 학생은 교복과 체육복을 입고 있는데 그녀만 하얀 더플코트를 입고 있었다.

등 뒤에서 은은하게 감귤계의 온기가 느껴지는 향이 났다.

포르투갈과 비슷했다. 그렇게 생각했을 때 온화한 남자의 목소리가 들렸다.

"왜 그 애만 하얀 옷을 입고 있느냐는 질문을 많이 받았어."

돌아보지 않고 그림을 올려다본 채 물었다.

"뭐라고 대답했어?"

"희망의 상징이니까, 라고 대답했어. 학생이지만 학생이 아니야. 지금도 옛날에도 그녀는 내 희망이야."

검은 예복을 입은 키가 큰 남자가 옆에 와서 섰다. 하야세 고시로다.

하야세가 하얀 넥타이를 가볍게 풀고 그림을 올려다보았다.

"그 무렵에는 하루하루가 너무 피곤했어. 귀가하는 길에 보는 시오미네 집 불빛에 언제나 힘을 얻었지. 그 빛을 올려다보면 추위도 더위도 어려운 집안 사정도 한순간이나마 잊을 수 있었어. 이름, 바뀌었구나."

"16년 전에."

대답하는 목소리가 살짝 떨렸다.

그림을 보고 있던 하야세가 불쑥 물었다.

"잘 지냈어?"

"덕분에. 하야세는?"

"나도 그럭저럭. 하지만 재작년에 건강이 안 좋아졌어. 지금은 괜찮지만⋯⋯. 요양하면서 떠오르는 건 고등학교 시절의 일뿐이더라. 미술부실과 고시로."

불이 꺼진 저녁의 교내는 조용했다. 현관에 켜진 형광등 소리가 지잉지잉 울렸다.

"나도 30대에 한번 결혼했다가 헤어졌어."

한동안 침묵하던 하야세가 "시오미는?" 하고 물었다.

"나도, 저기…… 똑같아."

"그 이야기는 아까 들었어. 우리의 공통 은사님에게서……."

이가라시 선생님은……, 하고 불만이 담긴 목소리가 나왔다.

"선생님은 대체 무슨 이야기를 하고 다니시는 거야!"

내지른 소리에 놀랐는지 하야세가 입을 다물었다.

"아니, 개인정보를 떠벌릴 수는 없다고 하셨지만 내 질문 방법이 아주 교묘했거든. 이런 것도 자화자찬이라고 해야 하나?"

화가가 쓰는 자화자찬이라는 말에 무심코 웃자 하야세도 눈이 가늘어지며 웃었다.

사람들 앞에서는 보여주지 않던 편안한 표정에 가슴이 뜨거워졌다. 느슨하게 푼 넥타이와 살짝 흐트러진 셔츠 옷깃도 어쩐지 눈부셨다.

숯불 같은 열기를 억누르고 싶어서 유카는 하야세에게서 그림으로 눈을 옮겼다.

"이 그림, 하야세도 어딘가에 있어?"

"나는 여기. 카르통이 든 가방이 있잖아?"

하야세가 백네트 뒤를 가리켰다. 커다란 어깨에 거는 가방을 발밑에 둔 남학생이 학교를 올려다보고 있었다.

"고시로가 자주 있던 곳이야……."

"그 얘기를 들었거든. 그래서 인간 고시로도 백네트 뒤에서 희망을 올려다보고 있는 거야."

하얀 옷을 입은 소녀를, 유카도 올려다보았다.

하야세의 부드러운 목소리가 들렸다.

"이 작품을 구상하던 무렵, 나는 아직 반쯤 요양 중이었어. 의뢰해준 시노 씨……, 마담 시노와 어떤 테마가 좋을까 하고 의논했어. 그러자 '망설임이 생길 때 돌아오는 장소'가 어떠냐고 하더라."

"좋은 테마야. 하지만 어디로 돌아오면 좋을지 모르겠어."

"나도 그랬어."

하야세가 그림 앞으로 한 걸음 다가갔다.

"그런데 새하얀 캔버스를 보고 있었더니 그리고 싶은 게 자연스럽게 떠올랐어. 그건 장소지만 장소가 아니고, 학생이지만 학생이 아니었어."

하야세가 그림 안의 희망을 보았다. 그와 어깨를 나란히 하고 같은 것을 올려다보고 싶었다.

하지만 그 한 걸음을 내디딜 수가 없었다.

"넌 좋겠다. 새하얀 바탕에 그리고 싶은 게 떠오르다니. 나는……, 학생들이 만든 연표의 새하얀 여백을 보면 그냥 불안해지기만 했어. 어떤 시대가 다가올까, 그때 나는 무얼 하고 있을까 하는 생각이 들어서."

"생각대로 그릴 수 있을지 어떨지 불안해져도 어제보다 오늘, 오늘보다 내일이 더 좋아질 거라고 믿고 계속 그리는 수밖에 없어. 언제나 그렇게 그려왔으니까. 시오미도 그렇잖아?"

하야세가 돌아보았다. 유카는 놀라서 가볍게 손을 저었다.

"하야세, 나, 그림은 전혀……."

못 그려, 하고 말하려다 그가 그림을 말하는 게 아니라는 걸 깨달았다.

"그래……."

지금까지 넘겨온 수많은 계절이 마음에 떠올랐다.

"나도 열심히 그려왔어, 하야세."

한 걸음 내디뎌 하야세의 옆에 섰다. 그림 속의 고시로가 더욱 가까워졌다.

"그럴 거라고 생각했어. 제자들을 보면 알아, 시오미."

그럼, 하고 하야세가 중얼거렸다.

"빠져나갈까?"

"응?"

옆을 보자 하야세가 웃고 있었다.

"튀자. 옛날에는 나가자고 할 수 없었지만 지금이라면 할 수 있어."

야, 하고 태평한 목소리와 함께 발소리가 가까워졌다.

이가라시가 어두운 복도를 걸어왔다.

"하야세, 이런 데 있었어? 빨리 가자. 네가 없으면 2차 분위기가 안 살잖아."

그림을 보며 하야세가 팔짱을 꼈다.

"선생님, 우리는 지금부터 몰래 빠져나갈 거예요. 잘 말해주실 거죠?"

"잘 말해달라니, 어떻게 말하라고?"

이가라시가 쓴웃음을 지었다. 고등학교 때 같은 냉정한 말투로 하야세가 대답했다.

"그거야 어른의 재량이죠."

"너도 어엿한 어른이잖아."

"하야세, 그러지 말고 빨리 돌아가자."

하야세가 팔을 풀더니 쿡쿡 웃었다.

"선생님한테 혼나는 것 같아……."

"그럼. 난 이래 봬도 교사인걸."

"둘이서 뭘 그렇게 시시덕거려? 너희가 애들이냐?"

"우리는 선생님 앞에선 학생으로 돌아가거든요."

우리라고 하야세가 말해준 게 아주 살짝 기뻤다.

하지만 하야세가 없으면 확실히 모임의 분위기가 살지 않을 거다.

"미안해, 하야세. 놓고 온 게 있다고 했지? 가져올게. 선생님이랑 먼저 다음 장소로 가 있어."

"괜찮아. 찾았으니까."

하야세가 이가라시를 보았다.

그런 거였구나, 하고 중얼거리며 이가라시가 손으로 백발을 쓸었다.

"잊은 걸 찾았구나."

네, 하고 하야세가 끄덕였다.

"이번에는 완벽하게요."

그 순간 이가라시가 웃음을 터뜨렸다.

"알았다. 가봐, 고시로. 둘 다 내가 잘 말해놓을게."

"앗, 선생님, 잠깐만요……."

간다, 하고 말하듯 가볍게 손을 흔들고 이가라시가 어두운 복
도로 되돌아갔다.

"가자, 시오미."

하야세가 큰 손을 내밀어 당황했다. 이 손을 뿌리칠 용기가
없었다.

가만히 손을 잡았다. 하야세가 힘껏 끌어당겼다. 거리가 너무
가까워 고동이 빨라졌다.

고개를 들자 고시로가 그림 속에서 지켜보고 있었다.

그리움에 눈을 감았다.

어디선가 작게, 멍 하고 개가 짖는 소리가 들려왔다.

개가 있는 계절

옮긴이의 말

고시로가 불러주는 내일을 위한 응원가

　일본에는 전국의 서점 직원이 사람들에게 추천하고 싶은 책을 뽑는 '서점 대상'이라는 문학상이 있다. 2004년에 설립된 이 상은 작가나 문학가가 전형에 참여하는 것이 아니라 오로지 서점 직원들의 투표로 후보와 수상 작품이 결정된다. 일본에서는 나오키상과 아쿠타가와상 못지않게 주목도가 높고, 전문가가 선정하는 게 아니라 일반인이 공감하고 남에게 추천하고 싶은 책을 뽑는다는 점에서 큰 의미가 있는 상이다. 《개가 있는 계절》은 2021년 서점 대상 3위에 올랐다.

　《개가 있는 계절》은 작가 이부키 유키의 고향 미에현 욧카이치시에 위치한 모교를 배경으로 쓴 청춘소설이다. 작품에 등장하는 개 고시로 역시 작가가 고등학교 때 실제로 학교에서 키우던 개가 모델이다. 작가의 인터뷰에 따르면 1974년부터 1985년까지 살았던 실제 고시로는, 작가가 2학년 때 별이 되었다고 한다. 작품 속에서처럼 작가가 고등학교에 입학했을 때는 이미 노견이었고, 너무나 자연스럽게 교내를 활보하고 교실에서 낮잠을 잤기 때문에 고등학교에서 개를 키우는 것이 특이한 케이스라는 인식조차 못해봤을 만큼 지극히 당연히 그곳에 있는 존재였다고 한다.

작품의 배경인 1988년부터 2000년까지 변해가는 시대의 모습과, 그 시대의 변화를 고등학교라는 제한된 공간에서 맞이하는 학생들의 모습을 고시로는 묵묵히 지켜본다. 고시로가 살았던 12년 동안 서울 올림픽이 열렸고, 한신·아와지 대지진이 일어났고, 노스트라다무스의 지구 종말론 등 세기말 열기에 일본 사회 전체가 들썩들썩했다.

이 시대의 변화를 우리가 가장 가까이서 체감할 수 있는 물건이 전화기일 것이다. 1990년대는 정보통신산업이 비약적으로 발전한 시기였다. 개인휴대통신이 없던 시대다 보니 1화에서 시오미 유카는 하야세 고시로에게 말을 전하기 위해 집 앞을 지나가기를 기다렸다가 종이비행기를 날린다. 그러다 삐삐가 등장하고, PHS(Personal Handy-phone System)가 등장하고, 요즘 학생들은 스마트폰을 들고 있다.

시대가 바뀌고 교복 스타일이 바뀌고 사용하는 물건이 달라져도 고등학교라는 특수한 공간은 어떻게 보면 정적이라고 할 만큼 한결같다. 청소년기는 아이도 아니고 어른도 아닌 미묘한 변화의 시기다. 그리고 변화에는 불안정이 수반된다. 사회에 나가 돈을 벌지도 못하고 어린아이처럼 모든 것을 어른들에게 의존할 수도 없다. 존재의 정의를 명확하게 내리기 힘든 이도저도 아닌 어중간함이 불안을 부른다. 사실 이 정적인 공간인 고등학교는 그런 과도기의 청소년이 마음껏 안심하고 불안에 떨며 고민할 수 있는 공간을 만들어주는 든든한 울타리인 것이다. 그 울타리 안에서 학생들은 사랑, 친구, 진로, 가족 문제로 고민하며 미래를 준비하면 된다. 여기서는 그런 아이들의 중심을 잡아주는 상징적인 존재가 언제나 그 자리에 있는 고시로다.

누구나 거치는 시기이기에 어떤 이는 이 책을 읽으며 추억에 젖을 것이고 어떤 이는 지금 내 이야기라고 고개를 끄덕일 것이다. 그런 보편성이 바탕에 있기 때문에 시대와 국경을 초월해 모두가 공감할 수 있는 이야기라고 생각한다.

작가는 《개가 있는 계절》에서 어느 시대에나 변하지 않는 '희망'을 그렸다고 했다. 작가는 과거를 배경으로 이야기를 썼지만 어쩌면 작가의 진짜 하고 싶은 이야기는 미래에 있지 않았을까. 지금은 코로나 팬데믹이라는 전대미문의 위기를 겪고 있다. 이 생생한 현실 속에서 지금도 누군가는 변화의 불안 속에서 사랑, 친구, 진로, 가족 문제로 치열하게 고민하고 있을 것이다. 하지만 언젠가는 이 시간들도 과거가 되어 저마다의 이야기 속에 연속된 하나의 챕터로 자리 잡을 것이다.

이 책은 그런 우리 모두를 위한 작가의 응원가라고 생각한

다. 그리고 역자도 그 응원가의 돌림노래를 부를 수 있어서 영
광이다.

2021년 어느 날
이희정

개가 있는
계절

1판 1쇄 발행 2021년 11월 17일

저   자 이부키 유키
옮 긴 이 이희정
발 행 인 유재옥

본 부 장 조병권
담 당 편 집 박소연
편 집 1 팀 이준환 김혜연 박소연
편 집 2 팀 정영길 조찬희 박치우 조현진
편 집 3 팀 오준영 곽혜민 이해빈
디 자 인 김보라 서정원
표지디자인 곰곰사무소
라 이 츠 한주원
디 지 털 박상섭 이성호 최서윤
발 행 처 (주)소미미디어
발 행 등 록 제2015-000008호
주   소 서울시 마포구 토정로 222, 403호(신수동, 한국출판콘텐츠센터)
판   매 (주)소미미디어
제 작 처 코리아피앤피
마 케 팅 한민지 최정연
물   류 허석용 백철기
전   화 편집부 (070)4260-1393, (070)4405-6528 기획실 (02)567-3388
           판매 및 마케팅 (070)4165-6888, Fax (02)322-7665
ISBN 979-11-384-0512-6 03830

* 책값은 뒤표지에 있습니다.
* 파본은 구입하신 서점에서 교환해드립니다.